LA FEMME QUI GÊNAIT

Stéphanie **BUELENS**

LA FEMME QUI GÊNAIT

Roman traduit de l'anglais (États-Unis)
par Robert Pépin

CALMANN
LEVY
NOIR

CALMANN LÉVY
ÉDITEUR DEPUIS 1836

Titre original (États-Unis) :
AN INCONVENIENT WOMAN

Première publication : Scarlet Books, New York, 2020

COUVERTURE :
Maquette : olo.éditions
Photographie de couverture : © RZCREATIVE / Stocksy.com

ISBN 978-2-7021-8073-0

Ce livre est dédié à ceux et celles qui ont l'âme d'un combattant, et croient en l'amitié authentique.

Pour Paul Ward, William Larsen, Vittorio Carelli pour nos rires et nos larmes partagés, et nos combats incessants pour le bonheur, Rosheen et Raman Chawla pour leur générosité sans limite, et pour ma famille des plus unies : mes parents, Luc et Bernadette Buelens, ma sœur Pauline, et mes frères Grégoire et Matthieu, leurs épouses Cécile et Florence, et leurs enfants Mathis, Alexandre, Lola, Louison et Tom.

« Le monde entier peut devenir l'ennemi
quand on perd ce qu'on aime. »

Kristina McMorris, *The Bridge of Scarlet Leaves*

PROLOGUE

C'était dans ses bras, les muscles de son cou et la force de ses jambes que résidait son pouvoir tandis qu'il m'emportait dans les profondeurs. Prise dans son étreinte, je me sentais aussi impuissante que la mer sous la lune. Mais je n'avais pas peur.

Jusqu'à ce qu'il s'arrête et me lance : « Lâche-moi ! »

Au lieu de quoi, je resserrai les bras autour de sa nuque.

Il me montra le bateau.

— Nage !

C'était trop loin, et les vagues étaient hautes.

Je m'accrochai à lui de toute ma force. Ce fut inutile. Il me dénoua les bras. Ils n'étaient que bouts de ficelle.

— Nage ! répéta-t-il, et il me poussa dans le courant.

Je coulai, puis refis surface.

— Jusqu'au bateau, Claire ! m'ordonna-t-il.

Il n'était pas question de lui désobéir.

Je nageai.

Les vagues déferlèrent sur moi avec violence. Elles avaient quelque chose de malintentionné. De la haine pour ma peur. Je regardai derrière moi en espérant que peut-être, il soit en train de nager vers moi. Mais il resta au même endroit, de l'eau bouillonnante jusqu'à la poitrine.

Une crête d'écume se répandit sur moi. M'emplit la bouche d'eau. Je suffoquai et toussai. Mes jambes cessèrent de pousser. Mes bras cessèrent de battre. Je coulai lourdement, telle une pierre.

Soudain je vis un éclair de lumière au-dessus de moi. Je me propulsai vers lui, comme à coups de griffes, je remontai vers la surface et la perçai. Et haletai désespérément. J'étais affamée d'air.

Je pivotai, maintenant certaine qu'il se portait à mon secours. Mais il n'avait pas bougé.

L'eau semblait plus lourde. Elle avait décidé de m'engloutir. Je ne pouvais pas le lui permettre. Je poussai sur mes jambes et à chaque impulsion avançai d'un rien.

Encore et encore, avancer un centimètre déchirant après l'autre.

Enfin, j'arrivai au bateau.

Je tendis le bras, attrapai le plat-bord. Tirer encore une fois. J'étais presque sauvée. Je pris une profonde inspiration. Me préparai pour l'effort final. Un. Deux. Trois. Allez!

Alors quelque chose attrapa mes jambes encore immergées. Je regardai dans l'eau. Il avait les mains autour mes chevilles et me tirait vers le bas. Sous l'eau, je vis la tête de mon père.

Puis il y eut un cri :

— Ça va?

Un autre bateau s'approchait de moi, un vieil homme à la barre.

— Ça va, petite?

Mon père avait dû l'entendre, lui aussi. Il me lâcha, remonta à la surface et fit semblant de rire.

Mais la vérité se lisait dans ses yeux.

PREMIÈRE PARTIE

CLAIRE

CHAPITRE 1

Dans la demi-lumière de l'aube, cela me vient sous la forme vague et floue d'un rêve.

Je sais que c'est un souvenir qui le fonde, même si visuellement il a quelque chose d'hollywoodien. Je le regarde comme je le ferais d'une scène de film aimablement sentimental. Du genre *La Rose et la Flèche*.

Je suis debout dans un grand champ vert.

J'ai dans les vingt-cinq ans.

La lumière est vive et chaude.

Une brise caresse l'herbe qui ondule cependant qu'un homme se presse dans mon dos.

Je sens la chaleur de son corps et son souffle comme de plume.

— Ne bouge plus, me dit-il.

Il me prend la main et la porte jusqu'à l'arc.

— Tire la corde vers moi.

Ma main dans la sienne, il me tire doucement en arrière et la corde se tend.

— Et maintenant, tiens bon, dit-il lorsqu'elle est au bord de se rompre.

Pendant un instant de grande tension et de picotements, tout balance avant le lâcher.

Puis il dit :

— Allez !

Je m'exécute, et la flèche vole vers la cible qui attend.

Avant qu'elle ne la frappe, je me réveille et me rends compte que ce n'était ni Robin des bois ni Marianne dans un film.

C'était Max et Claire dans la réalité.

Et nous ne nous tenions pas dans un champ d'un vert luxuriant.

Nous étions dans le désert.

Et ce n'était pas un arc que je tenais. C'était un flingue.

***

Deux heures plus tard, je me regarde fixement dans la glace de la salle de bains. Au début, il n'y est qu'une masse indistincte, mais lorsque la buée de ma douche du matin se dissipe, mes traits deviennent plus distincts.

C'est comme si j'émergeais lentement d'épaisses profondeurs d'eau. Enfin, je refais surface.

Et là elle est : Claire Fontaine.

Normale sous tout rapport, et de façon convaincante.

Rien d'autre qu'une énième femme qui se prépare à aller travailler.

Personne ne se douterait que…

***

Après ma douche, j'enfile mon peignoir, gagne mon bureau et allume mon ordinateur.

Je n'ai jamais espionné Simon sur Internet. Cela étant, je le surveille de près. J'ai une alerte sur son nom, et il y a quelques jours, j'ai reçu la notification d'une annonce de mariage.

Je suis allée en ligne pour confirmation, et là ils étaient.

Simon qui sourit d'un air triomphant, certain que son dernier trophée est à portée de main. Charlotte, sa fiancée, inconsciente de ce qui se trame.

Emma, sa fille de dix ans.

Je sais qu'il va recommencer.

Pour me rappeler ce qu'il est vraiment, j'entre son nom dans le moteur de recherche et coche « Images ».

Un mur de photos apparaît à l'écran :

Simon à des galas de charité, costume et nœud papillon.

Sur des parcours de golf avec des célébrités, des politiciens et des hommes d'affaires.

Simon qui distribue des médailles de civisme – et en reçoit.

Simon l'altruiste qui, une pelle à la main, creuse un trou où déposer la première pierre d'un centre artistique qui portera son nom.

Qui affiche sa fortune.

Simon devant la porte de sa grande maison, adossé à une voiture de prix, à la barre de son yacht.

Et c'est de ça que je suis tombée amoureuse ? De tout son grand spectacle ?

Parce que si c'est bien le cas, je suis encore plus à blâmer.

Mais il ne sert à rien de repenser à hier, de regretter de ne pas avoir vu plus tôt son vrai visage.

C'est à Emma que je dois penser.

Cheveux blonds.

Yeux bleus.

Innocente et confiante.

Tout à fait son type.

***

Le téléphone sonne alors que je m'apprête à aller voir mon premier élève.

Simon. Son nom s'affiche à l'écran.

C'est un appel que j'attendais et pourtant, j'hésite avant de répondre. Pour finir, j'y vais d'un « Oui ? » sec.

— Je n'arrive pas à croire que tu aies fait ça, Claire, me lance-t-il.

Voix tendue, maîtrisée, tout en lui tenu sous contrôle.

En arrière-plan, j'entends le lourd clapot de l'eau et aussitôt l'imagine debout à la proue de son bateau, dans sa grande tenue de marin de pacotille. Blazer bleu avec boutons de cuivre jaune. Pantalon et chaussures blancs. Casquette avec insigne en or. Et son yacht qu'il a baptisé *Ma petite chérie* – ça dit tout.

— Claire… ? Toujours là… ?

Je ne réponds pas, il se fait avocaillon, distributeur de solides conseils. Le ton est sage et patient. Qui, hormis une sotte, ne l'écouterait pas ?

— Claire, reprend-il, cette lettre est totalement inappropriée. Et cette accusation sans fondement. Comme toujours.

Que je tente de lui fournir le genre de preuves auxquelles il est habitué, et de requêtes admissibles par une cour de justice, et je serai sur la défensive pendant le reste de cette conversation. Il contrera toutes mes déclarations avec des feintes pleines d'astuce. Cela me frustrera, m'épuisera, et me laissera bouillante de colère et d'impuissance tandis qu'il sourira d'un air suffisant à l'autre bout du fil.

Certaines femmes suivent leur colère. Elles s'emparent d'un démonte-pneu, l'emportent jusqu'à la voiture de leur époux et y cassent le pare-brise, fracassent les phares et démolissent la carrosserie.

Si la fureur des femmes pouvait être aussi facilement apaisée, il n'y aurait plus de voitures sur les routes.

Et voilà que Simon le caméléon se mue en psychologue. Du genre de ceux qu'on voit à la télé : obligeant, plein de sollicitude, ruisselant de sympathie et de compréhension.

Il parle de ma « culpabilité corrosive », de mes « problèmes de confiance », de mes « soupçons scandaleux ».

Puis il passe à notre vie commune.

Il est désolé qu'elle se soit terminée ainsi, abîmée par mon « sombre passé », sa façon à lui de dire que mon père a tenté de me noyer. Il ne croit évidemment pas à cette histoire, et s'en moque probablement dans mon dos : « Le premier délire de Claire. »

Mais se donne-t-il même seulement la peine de parler dans mon dos ?

Suis-je même seulement digne de ses sarcasmes ?

— Je me soucie toujours de toi, reprend-il. Vraiment.

Je sais que ce n'est pas vrai. Le divorce efface tout.

Malheureusement, je n'ai pas encore été assez effacée.

Telle une tache qui s'obstine, j'ai reparu.

— Je t'en prie, Claire, disons qu'il ne s'agit que d'un malheureux épisode.

Je l'entends, mais ne puis m'empêcher d'imaginer ce qui aurait pu être. Ma fille, Melody, à vingt et un ans, juste en train de décrocher sa licence. Dans cet autre avenir, elle me dit de ne pas m'inquiéter : « Oh, maman, ce que tu peux être mc. » Soit, en texto abrégé : « Mère célibataire ». Et la scène repartant dans le passé, elle a huit ans et joue dans la mer. De la lumière scintille sur l'eau. Elle qualifie ces éclats de « diamants ».

Je sais que ce constant basculement d'aujourd'hui à hier, de ce qui fut à ce qui aurait pu être, est une étrange distorsion de mon esprit, mais il y a des moments où je me rappelle l'avenir comme s'il s'était vraiment produit, le passé et lui se fondant comme les couleurs sur la palette d'un peintre. Alors, c'est seulement le présent qui me paraît irréel.

Pour Simon, ce n'est là qu'un énième symptôme de ma folie. Une tournure de mon esprit dont il peut user pour construire son affaire contre moi.

Mais je ne peux m'empêcher de donner un avenir à Melody, même s'il n'est qu'imaginaire.

Je la revois. En train de jouer dans la piscine, Max lui apprenant à nager. Et tous, nous rions. Melody sur un poney, Max en tenant les rênes. Et les vacances qu'on raconte défilent: Melody en train d'ouvrir ses cadeaux de Noël, ou assise à un grand dîner de Thanksgiving avec Max qui découpe la dinde traditionnelle.

Max, mon mari.

Melody, ma fille.

Car jadis, j'eus une famille.

— Claire, me demande Simon, on fait comme ça? On dit juste que tu as eu… une petite dépression nerveuse?

Simon, l'ami qui longtemps souffrit et pardonne.

Quand encore une fois je ne réponds pas, il y va d'un soupir tragique et las de tout.

— Me faire le coup du silence est puéril, reprend-il. Absolument puéril.

On est passé au père frustré.

Combien de masques porte-t-il donc?

Ava voit les hommes comme des petits garçons qui se ruent vers une falaise. Ils sont toujours certains de ne pas passer par-dessus bord, et c'est bien cette sorte de confiance en soi qu'a Simon.

— Tu m'écoutes, dis?

La voix est pleine de sollicitude, aimable – à croire qu'il est mon ange gardien. Elle me rappelle celle de mon père. L'un comme l'autre, ils font semblant de me plaindre, d'être désolés que je sois victime de sinistres délires. Parce que je pourrais être heureuse, insistent-ils, si seulement je me tenais à bonne distance de ces visions maléfiques. *Passe à autre chose*, tel est le mantra qu'ils partagent. *Oublie le passé. Surtout les instants que tu n'as fait qu'imaginer.*

Il y a des moments où leurs lèvres me semblent comme en suspens contre mes oreilles.

À sans cesse murmurer : *Rien de tout cela n'est vrai.*

Parfois j'y appuie fort mes mains pour les faire taire.

Comme une femme vraiment folle.

Une ou deux fois, j'ai même hurlé.

En silence.

Seulement en esprit.

Personne ne m'entend.

— Je ne peux pas te laisser me refaire ce coup-là, enchaîne Simon. Ni à moi ni à toi. Et certainement pas à Charlotte ou à Emma.

Enfin dans son meilleur rôle : celui du protecteur bienveillant. De l'homme qui ne pense jamais à lui. Parce que c'est toujours quelqu'un d'autre qu'il essaie de protéger. Autrefois, c'était moi et Melody. Aujourd'hui c'est Charlotte et Emma. Il y aura toujours quelqu'un d'autre. Et ce ne sera toujours que mensonges.

— Je t'en prie, n'oublie pas ce qui s'est passé la dernière fois, ajoute-t-il.

Enfin, nous arrivons à l'inévitable conclusion de ces échanges : les menaces.

Celle-là est subtile et indirecte, mais je la reçois comme une gifle.

J'en ai assez.

— Te rappelles-tu à quoi Melody ressemblait ? lui demandé-je d'un ton glacial.

— C'était un accident, Claire. Elle est montée dans une embarcation. La mer était démontée, elle a chaviré.

— Et pourquoi donc est-elle montée dans cette embarcation, Simon ?

Cela l'exaspère.

La réponse à cette question est de celles qu'il n'admettra jamais.

— J'ai le droit d'être heureux, me lance-t-il fermement, presque noblement, tel celui qui défend un document sacré. Je ne permettrai pas que tu te mettes en travers de ma route.

Et il raccroche.

J'ai l'impression d'être un diapason qu'on a frappé si fort qu'il vibre encore.

Je repose le téléphone, passe dans le jardin et laisse le soleil du matin se déverser sur moi. Il fait chaud et sec. Dans sa vive lumière, mes nerfs convulsés se calment.

Brusquement je me sens exposée, cible facile.

Aussi vulnérable qu'un cerf en plein champ.

Je regagne la maison et, pour me distraire, j'allume la télévision.

« Le corps d'une jeune femme a été retrouvé ce matin, en train de flotter entre les piliers de la jetée de Santa Monica. »

Une fille dans l'eau.

Je revois Melody en train de tourbillonner dans les vagues.

Le lien est fort.

La sororité des noyées.

L'écran montre des policiers sur la plage, penchés sur une housse mortuaire noire.

« Le corps n'a pas été identifié, ni non plus encore déterminée la cause de la mort. »

Il y a des années de cela – j'étais alors étudiante en histoire de l'art à Paris –, j'ai lu un jour un article sur une autre fille. Une adolescente. Dont le corps flottait dans la Seine. Personne ne sachant qui c'était, on l'avait appelée « L'Inconnue ». Une photographie de son masque mortuaire était vite devenue un article convoité chez les peintres et dessinateurs de la ville. Ils l'encadraient et l'accrochaient dans leurs ateliers. Des Allemandes se façonnaient son look. Elle était l'idéal du romantisme.

Je fais défiler un avenir inventé. Melody a maintenant seize ans, et elle lit dans sa chambre. Une affiche représentant « L'Inconnue » est punaisée sur son mur. Avec une autre d'Amy Winehouse.

Je finis de m'habiller. Avant de partir, je me regarde vite dans la glace pour m'assurer que tout est bien en place ainsi qu'il convient avant de rejoindre mon premier élève. Mes boucles d'oreilles sont discrètes, avec courtes créoles. Mes chaussures sont à semelles plates. Mon corsage en soie, et d'un rose léger. Ma jupe est noire et me tombe juste au-dessus du genou. Je ne me maquille guère et use d'un rouge à lèvres pâle rehaussé d'un rien de gloss. Ni bretelle de soutien-gorge ni marque de culotte visible. Rien de provocant.

« Toute personne ayant des renseignements sur cette jeune fille est priée de contacter le Los Angeles Police Department à ce numéro. »

J'attrape un de mes carnets et y porte celui qui apparaît à l'écran. Je ne sais absolument pas pourquoi je le fais. Je ne connais pas la fille dans l'eau. Et en plus, elle est morte. Je ne peux plus la sauver. Peut-être ne le fais-je que parce qu'en ce moment, je regarde une série de films intitulée « Femme Fatale » sur une nouvelle chaîne câblée. Hier soir, le film s'est ouvert sur l'image d'une femme en imperméable en train de courir pour éviter une voiture qui fonçait sur elle.

Regarder cette scène m'a rappelé le moment où, trois jours auparavant, j'ai décidé d'écrire à Simon. Et la peur que j'ai ressentie en écrivant cette seule et unique phrase glaçante :

Je ne te laisserai pas recommencer.

Dans les films noirs, les femmes sont courageuses et futées. Elles savent comment faire, parler et se sortir des situations difficiles. Elles ont toujours un temps d'avance sur ceux qui les poursuivent.

Il me sera bien plus difficile de distancer Simon.

J'entends sa voix dans ma tête : « Je ne permettrai pas que tu te mettes en travers de ma route. »

Et il a ce qu'il faut pour étayer ses menaces. De l'argent. De l'influence. C'est un avocat de premier plan, avec des clients importants. Un officier de justice. Toutes les autorités constituées sont de son côté.

Je n'ai que moi.

Je gagne ma voiture lorsque je vois M. Cohen me faire signe dans le jardin d'à côté. Il m'appelle sa « fille adoptive » et me conseille pour les « Grandes Questions ». Le matin, son infirmière le roule souvent dehors dans son fauteuil pour pouvoir rentrer mettre de l'ordre chez lui. Aujourd'hui, il a l'air seul, isolé, naufragé échoué sur l'île de son fauteuil. Sa femme est morte il y a bien des années, et le seul fils qu'il a eu a été tué en Irak. C'est un grand adorateur des classiques, surtout les Grecs. Il dit être comme Cléon dans *Antigone*, instruit par le deuil.

Peut-être le suis-je, moi aussi.

Après que nous avons bavardé un moment, il dit :

— Tu m'as l'air tendue, Claire. Quelque chose de particulier ?

Je lui réponds que c'est un truc que j'ai vu aux infos du matin – la fille dans l'eau.

Il me regarde avec sympathie.

Je sais ce qu'il se dit. Il craint que cette dernière noyade ne m'ait tout remis en tête. La pluie. La mer secouée par le vent. Le bateau qui monte avec la houle. Le corps de Melody dans l'eau.

Je vois mon reflet dans ses yeux.

Claire au bord de l'abîme.

Je comprends son inquiétude.

Il a sans le moindre doute déjà vu des femmes comme moi.

Tendues. Au bord de craquer. Perdues. Voire en train de s'effondrer.

Pour lui, ces femmes sont capables de tout.

Il a peut-être raison.

Je gagne ma voiture, mets le contact et lance le moteur.

Je suis en train de reculer dans l'allée lorsque je vois mes yeux dans le rétro. Le regard est froid, féroce, d'acier.

Il me fait peur.

M. Cohen a raison.

De tout.

CHAPITRE 2

En me rendant chez mon premier élève, je passe devant la société de ventes aux enchères où j'ai travaillé autrefois. Je n'y retourne jamais parce que la Claire que mes collègues et clients y ont connue (bavarde, extravertie et drôle) n'est plus celle que je suis aujourd'hui : remontée à bloc, tendue, toujours sur ses gardes, la version Los Angeles de la folle dans le grenier[1].

Melody avait quatre ans lorsque je l'y ai emmenée pour la première fois. Et ce jour-là, Max nous avait accompagnées. Nous nous sommes promenés dans des salles d'exposition de tableaux. Alerte et enthousiaste, Melody a été fascinée par une collection intitulée « Fantasmes ». On y découvrait un monde fantasque de visages qui flottaient, d'yeux dans les arbres, de bateaux aux voiles de papillons. Tout y était bizarre et à l'envers. Melody trouvait ces œuvres amusantes.

À un moment donné, elle est montée joyeusement sur les épaules de Max. Unis en cette manière, ils semblaient n'être qu'un seul corps, l'un et l'autre mêlés, forme fluant de l'autre sans brisure. Cette représentation physique de leur proximité

1. Équivalent américain de la folle du logis. *The Madwoman in the Attic*, ouvrage de Sandra Gilbert et Susan Gubar sur la femme dans la littérature anglaise du XIXe siècle.

me paraissait tout aussi fantastique, le père et la fille unis d'une façon merveilleusement surréaliste.

Aujourd'hui, je gagne ma vie en enseignant le français, langue que je tiens de ma mère.

Elle s'appelait Martine. Et était parisienne de toutes les façons que peut l'être une femme. Élégante et raffinée, et d'une intelligence finement réglée. Elle adorait sa langue maternelle et la parlait à ravir. Les mots quittaient ses lèvres comme une musique, chacun d'eux telle une note riche et subtile.

Je me revois assise sur ses genoux, l'écoutant avec délice me répéter les chiffres, les jours de la semaine, les saisons.

C'était comme si elle chantait.

Le soir, lorsqu'elle me bordait, elle disait :

— *À demain. Je t'aime très fort. Bonne nuit.*

Et sa voix faisait de ces phrases ordinaires une berceuse.

Elle mourut lorsque j'avais sept ans, laissant mon père chercher une autre femme et moi poursuivre dans la langue qu'elle m'avait appris à aimer, chaque mot alors souvenir d'elle.

Je sais que pour certains de mes élèves, le français est une langue de rêve, porte qui ouvre sur une vie autre et bien meilleure. Ils se voient déménager à Paris. La Ville lumière. La ville de l'amour. Ils y siroteraient du vin dans un bistro. Y parleraient d'art. Y trouveraient un amour qui arrête le temps et jamais ne connaît la trahison.

Si c'était aussi simple, pourquoi quiconque vivrait-il ailleurs ?

J'ai appris qu'une langue est la façon de confirmer ce que l'on est et ressent vraiment. De temps en temps, je disais « *Je t'aime* » à Max et bien qu'il ne parlât pas français, il savait ce que cela voulait dire.

J'ai dit la même chose à Simon les premières années de notre mariage, alors que tous les deux, nous regardions grandir Melody.

Ma vie n'est plus la même aujourd'hui.

À Simon, je n'ai plus qu'une chose à dire : *Je vais me battre.*

C'est là une déclaration pleine de défi parce que je sais ce qu'il veut, lui : que je capitule devant sa force et ses menaces.

Ce qu'il espère, c'est que d'une manière ou d'une autre, je disparaisse.

Son rêve est que je le laisse agir à sa guise.

Je ne le ferai pas.

Je vais me battre.

***

J'ai entamé mon existence de professeur de français avec un prospectus. J'entendais y assurer mes étudiants éventuels que mes leçons s'adapteraient à leurs besoins, que par mes soins elles se passeraient dans une atmosphère relaxante et que je serais flexible avec les horaires et les lieux.

Mon amie Ava m'a alors prévenue que les hommes prendraient ce mot de « flexible » en mauvaise part. Même chose pour « relaxante ».

Je n'ai pas pris son avertissement à la légère et mon prospectus est devenu : *Claire Fontaine, Professeur de français*, sans aucune mention de flexibilité ou de relaxation.

Je donne mon adresse e-mail et mon numéro de téléphone, mais ne révèle pas ma vraie adresse, même si je comprends bien qu'une fois sur la Toile, n'importe qui peut la trouver. Je fais la même chose pour mes posts sur Thumbtack, Craiglist et autres sites de jobs en ligne.

En conduisant, j'essaie de me concentrer sur l'époque où je n'étais pas si vigilante et ne me méfiais pas de tout, où aller de l'avant n'était pas lourd de dangers, et le passé une accusation permanente.

Je me rappelle le temps où, étudiante à Paris, j'arpentais ses célèbres boulevards, allais dans des musées, parlais une langue avec laquelle je me sentais chez moi. Cette ville était mon refuge, hors d'atteinte des terreurs de mon enfance. Un jour, j'y lus une phrase d'un philosophe grec dont je ne me rappelle plus le nom : *Nous ne faisons pas ce que nous voulons, nous faisons ce que nous ne pouvons éviter de faire.* À Paris, le sinistre de cette déclaration ne m'avait pas frappée comme étant vrai ou inévitable.

Maintenant si.

***

Aujourd'hui, c'est à Playa Vista que je me rends. Je conduis une PT Cruiser blanche qui passe beaucoup de temps chez le mécanicien. On dirait un vieux corps. Ça siffle. Ça fuit. Ça tombe en panne. Ava a beaucoup ri en la découvrant. Elle l'a traitée de « voiture de loser ». Il n'empêche, j'éprouve une étrange proximité avec les choses qui brinquebalent et ferraillent, qu'on a cabossées et battues mais qui malgré tout réussissent à tenir.

Ting.

Je continue de rouler et tente d'ignorer cette alerte de message. Ce n'est probablement qu'un élève qui annule une leçon. Ou un nouveau contact qui cherche un professeur de français. Mais dans le sillage de cette dernière menace de Simon, ce *ting* est une intrusion inquiétante.

Je me gare et sors mon portable de son support du tableau de bord.

Le message est d'un certain Phil. Il a vu mon profil sur OkCupid, le site de rencontres auquel je me suis inscrite un soir que la solitude était trop lourde.

Ta l'R intéressante. Et tu parles français. Waow! Tudi avoir 42 ans mais ta l'R plus jeune. Tu veux kon ce voa?

Je sais qu'Ava le contrerait avec un très sec et sarcastique : *Non, jeu panse pas.*

Mais à quoi servirait pareille moquerie ? Elle ne ferait que susciter une sale réponse. Ava adore piquer les hommes de cette façon. Elle me montre souvent les répliques hargneuses qu'ils trouvent aux rejets moqueurs qu'elle leur assène. Inévitablement, les tempéraments s'échauffent. Les textos filent dans le cyberespace telles des flèches enflammées.

Ava trouve ce petit jeu de montées dans l'insulte des plus amusants.

Je n'y vois que la façon dont la blessure se change vite en colère chez les hommes qu'elle contrarie.

Je choisis donc une réponse plus gentille : *Quitte bientôt L.A., mais merci.*

Alors que je n'ai rien de tel en vue, bien sûr. Mais je m'imagine quand même en train de me précipiter vers une voiture pleine de bagages faits à la hâte, de foncer vers l'autoroute en pleine nuit. Tout autour de moi s'éclaircit lorsqu'une autre voiture me rattrape. Suis-je déjà une femme en fuite ?

Est-ce cette pensée qui me fait remarquer le SUV qui soudain déboule derrière moi ?

Il est noir et très gros, presque comme un tank. Tandis que je descends Sunset Boulevard, il se rapproche, puis reste en arrière selon un rythme étrange, comme une danse. Il n'est jamais assez près pour que je puisse voir le conducteur, et il n'a pas de plaque d'immatriculation à l'avant. Il faudrait que je passe derrière lui pour en lire les chiffres, mais chaque fois que je ralentis pour le laisser me doubler, il reste en arrière.

Le conducteur cherche-t-il à soigneusement garder ses distances ou ne s'agit-il que des flux et reflux ordinaires de la circulation ?

Une fois seulement, à un feu, il se range à côté de moi, mais ses vitres sont fortement teintées.

Je ne vois pas le conducteur, mais j'imagine son visage. Sinistre. Calculateur. On enregistre mes traits, on étudie la cible.

Le terme est approprié.

La cible mouvante.

Quand le feu passe au vert, j'accélère, puis effectue un virage rapide, presque violent, pour enfiler la transversale suivante. Dans mon rétroviseur, je vois le SUV traverser majestueusement le croisement.

Je resserre mon emprise sur le volant et tente de me convaincre que le conducteur n'est qu'un énième automobiliste parmi d'autres. Mais il n'empêche : en faisant demi-tour pour reprendre ma route, je ne cesse de vérifier dans mes rétros. À chaque intersection, je jette un coup d'œil à droite et à gauche, m'attends à voir ce même SUV noir tapi au bord du trottoir, prêt à reprendre la poursuite, son conducteur habitué aux manœuvres d'esquive aussi simples que les miennes.

Lorsque je ne le vois pas, je me laisse aller à imaginer qu'en fait ce n'est qu'un des laquais de Simon.

Je suis heureuse et fière de l'avoir évité.

Exactement comme les femmes des films noirs.

Je me regarde dans la glace.

À ma surprise, je souris.

***

Je continue de descendre Sunset Boulevard. Il n'y a plus aucun signe du SUV noir.

Mon bref instant d'ivresse n'est plus.

De nouveau, je suis tendue et aux aguets lorsque j'arrive à l'appartement de mon élève quelques minutes plus tard.

Elle s'appelle Mia. Elle a trente et un ans. Petite, avec quelque chose de vaguement fragile alors qu'elle est avocate d'entreprise. Elle a récemment fait l'acquisition d'un petit ami français. Elle apprend sa langue en vue de rencontrer ses parents.

— Salut ! me lance-t-elle en ouvrant la porte.

Elle s'efface pour me laisser entrer.

— Café?

— Non, merci.

L'appartement est vaste, avec de généreuses quantités de soleil qui filtrent à travers deux vasistas. Elle l'a décoré de couleurs vives, mais toute cette lumière qui se déverse en affadit l'éclat en déteignant, et tout a l'air vieux et fané. Ce qu'il resterait d'un dancing.

Nous nous asseyons dans son bureau. Elle y a son café habituel dans un mug blanc avec en grosses lettres rouges: JE CONTRÔLE L'UNIVERS.

— Je ne pars plus qu'en décembre, dit-elle.

Elle veut dire que Rémi, son petit ami, a décidé de reporter leur voyage en France, la date butoir qu'elle s'était fixée pour apprendre le français s'en trouvant repoussée de six mois.

Elle me sert son sourire crispé.

— J'aurai plus de temps pour apprendre.

Elle n'a pas voulu que nous commencions par le vocabulaire le plus élémentaire. Elle préfère se concentrer sur ce qu'elle appelle les «mots de l'amour». Seule la phraséologie sentimentale lui plaît. Le français des amoureux.

Au lieu de lui apprendre comment dire l'heure, commander au restaurant ou demander son chemin, je me concentre donc sur les expressions tendres et fleur bleue qu'elle veut connaître.

— *Embrasse-moi. Enlace-moi. Aime-moi*, dis-je très lentement.

Tandis qu'elle répète en hésitant, je me retrouve à penser à ma première rencontre avec Simon. Melody avait neuf ans. Nous étions au Los Angeles County Museum of Art. Melody avançait au milieu des réverbères devant le bâtiment. Simon ne se tenait pas loin. Il ne semblait pas trop savoir s'il devait m'aborder, mais finit par rejoindre l'endroit où je me trouvais.

— Votre fille? me demanda-t-il.

— Oui.

Il avait un sourire chaud, attirant. Que l'on pouvait croire.

— Ce sera une belle femme, reprit-il, son regard dérivant vers moi. Comme sa mère.

Lâché comme cela, j'aurais dû sentir le compliment bidon. Mais il avait l'air sincère. Comme s'il était au début d'une belle idylle.

Simon le solitaire en quête d'amour.

Le premier de ses nombreux masques.

Je me rappelle les pétales de roses qu'il déposait sur mon oreiller, avec de temps à autre un carré de chocolat français.

Comme tout cela me paraît faux aujourd'hui !

Aussi faux que la publicité d'une maison à vendre.

Tellement faux que lorsque Mia me demande l'expression qui convient lorsqu'on tombe amoureux, une seule réponse me vient :

Fais attention.

CHAPITRE 3

Il est midi lorsque enfin je retrouve Ava au Little Next Door de West Hollywood. Ava est une transplantée de New York. Elle n'a que mépris pour L.A. Elle la dit « vide », avec « rien dans le crâne ». Si creuse même qu'un jour elle a fait circuler une pétition bidon pour qu'on lui ôte son code postal.

Nous nous retrouvons tous les lundis pour déjeuner, l'essentiel du temps que nous passons alors ensemble étant consacré à parler comme des anciens combattants de ce qu'elle appelle encore la « guerre des sexes ». L'une comme l'autre, nous y avons été blessées, mais dans des campagnes différentes. Son divorce a été long et brutal, mais elle prétend avoir triomphé. *J'ai eu la mine, il n'a eu que le puits*, est son dernier mantra. Elle en a fait un autocollant qu'elle a mis sur le pare-chocs de sa nouvelle Audi tape-à-l'œil.

Elle m'a dit et redit n'avoir jamais trouvé l'« homme de sa vie ». Elle me soupçonne de l'avoir trouvé en la personne de Max, et a raison. Il était gentil, aimant, patient et compréhensif. Il avait toutes les vertus du jackpot. Jamais autant que lors de sa longue agonie. Melody n'avait que cinq ans cette année-là, et chaque fois que je la lui amenais, ses douleurs et ses angoisses s'évanouissaient et malgré la peine qu'il avait de tout ce qu'il perdait, il était reconnaissant d'avoir ce qu'il avait.

Et moi aussi.

Malgré son traitement interminable et sans espoir, son dépérissement.

Ce qui m'en revint les années suivantes fut la grâce avec laquelle il mourut, la tendresse qui ne cessa de l'habiter. Tout à la fin, il ne lui resta plus que la force de murmurer « Vous êtes très aimable » à une infirmière.

Telles furent ses dernières paroles.

Il est réconfortant de se rappeler sa tendresse et sa générosité.

Mais je sais aussi à quel point il trouverait décevant ce que je fis sur le bateau de Simon ce soir-là.

— Quoi de neuf, Claire ? me demande gaîment Ava.

Avant de répondre, je remarque un type en train de s'asseoir à une table pas très éloignée. Il est grand, fortement charpenté, et porte des lunettes noires. Le corps paraît ferme, musclé. Un lutteur déguisé en homme d'affaires. Je l'imagine au volant du SUV noir un peu plus tôt. Cela l'amuse-t-il de voir avec quelle ingéniosité il m'a fait croire que je lui avais échappé ?

Je m'oblige à détourner le regard et recentre mon attention sur Ava. Mais à ce moment-là, j'ai oublié sa question.

— Quoi ? lui demandé-je. Qu'est-ce que tu as dit ?

Elle me regarde d'un air bizarre.

— Ça va ?

— Oui. Tu m'as demandé quelque chose ?

— Je t'ai demandé s'il y avait du nouveau, me répond-elle.

Je ne veux pas lui parler de Simon. Ni de ma lettre ni de son appel. Elle est de mon côté, mais dans le même temps, le spectre d'une nouvelle confrontation avec lui l'inquiète. L'homme est un nid de frelons que je devrais éventrer d'un coup de pied. Pour elle, tout effort que je pourrais faire pour me mettre en travers de son chemin est une cause perdue.

— Non, rien de neuf, lui dis-je.

— OK, bon, avant que nous passions à autre chose et que j'oublie, je veux te donner ça.

Elle sort une carte de visite professionnelle de son sac et me la tend.

— Il est venu à mon bureau ce matin même. Nous avons parlé. Il s'avère qu'apprendre le français l'intéresse.

Je jette un coup d'œil à la carte : *Ray Patrick.*

À ce que je lis, il serait propriétaire d'une galerie dans Melrose Avenue. Mais rien n'indique quelle sorte d'art il préfère. Je le soupçonne d'accrocher des toiles de style impressionnisme californien à ses murs blanc cassé.

Des marines.

Le désert.

Des voiliers alanguis dans la marina.

— Je lui ai passé un de tes prospectus, reprend Ava. Attends-toi à ce qu'il t'appelle.

Et elle y va d'un petit clin d'œil entendu.

— L'art, vous avez déjà ça en commun, ajoute-t-elle

Je n'aborde pas la question de sa manie d'entremetteuse. Malgré son côté anti-hommes, elle continue de trouver les femmes célibataires quelque peu pitoyables. Je sais que pour elle, je suis un peu branlante, et aurais besoin de réparations. Comme ma PT Cruiser.

— Ne joue pas les rats de bibliothèque, d'accord, Claire ? reprend-elle d'un ton mi-accusateur mi-suppliant qui, gentiment, mais de toutes les façons possibles me pousse à une existence moins solitaire.

Elle tend le bras et me touche la main.

— Laisse le pauvre gars commencer par te connaître. Pense amour, Claire, pas bouquins.

Je songe aussitôt à un que j'ai lu récemment. Le sujet ? Le fait de tomber amoureux. L'auteur essaie d'y découvrir l'élément essentiel de ce qui définit ce phénomène. Pour lui, il ne s'agit ni d'un désir à combler ni de la joie qu'on aurait de trouver son autre moitié. De fait, c'est tout le contraire. Le cœur même de l'affaire, dit-il, n'est autre que le péril. Quand on tombe amoureux, on met son cœur et son âme sur un numéro et on tourne la roue de la chance. À le lire, j'ai découvert à quel point j'avais perdu mon goût du jeu.

À contrecœur, je jette un coup d'œil au type en costume d'homme d'affaires. Il n'a pas ôté ses lunettes de soleil. Il étudie le menu. Ou alors, il fait au moins semblant. Je remarque qu'à certains moments, il semble regarder par-dessus. Vers moi ? Je ne peux pas en être certaine, mais il n'empêche : j'en éprouve un vague sentiment d'étroitesse par tout le corps, et ma peau se resserre sur moi comme si je devenais ma propre camisole de force.

Afin d'éluder cette sensation dérangeante, je regarde la carte de visite de Ray Patrick, puis l'empoche vite lorsque le serveur arrive.

Je choisis l'assiette de fromages, Ava le foie gras. Elle commande aussi un sauternes. Et moi, mon mousseux habituel.

— Reprenons du début, me lance-t-elle. Du nouveau dans ta vie ?

— Ce matin, on a retrouvé une noyée près de la jetée. J'ai vu ça aux infos avant de partir.

Quelque chose dans son regard suggère que j'ai déclenché une alarme.

— Je ne regarde jamais les infos, réplique-t-elle.

Le sous-entendu est que moi, je devrais éviter. Peut-être pense-t-elle que je suis trop fragile pour affronter les cruelles réalités de la vie.

— Ils ont toujours quelque chose de déprimant à raconter, enchaîne-t-elle. Une guerre. Un accident de voiture. C'est désespérant.

— C'est vrai qu'ils en trouvent toujours, pas vrai ? dis-je. Des femmes assassinées.

Sur les photos, elles ont l'air d'avoir été jetées au hasard.

Balancées dans des fossés.

Traînées dans des bois.

Remontées des lacs, des rivières et des canaux.

Du déchet humain.

— Qui dit que cette fille a été assassinée ? me demande Ava. Elle a peut-être glissé. Ou sauté. Faut toujours que tu imagines le pire, Claire !

Elle tend la main vers son verre.

— Faut que t'arrêtes de penser à ce genre de choses.

— Simon va se marier, lui lancé-je.

— Les ex le font toujours, me renvoie-t-elle avec un rire sardonique. Avec quelqu'un de plus jeune, et de plus joli. Avec une écervelée assez bête pour les vénérer. C'est comme ça qu'ils se vengent.

— Sa fiancée a une petite fille de dix ans, Emma. Le même âge que Melody quand j'ai fait sa connaissance.

Ava me regarde avec appréhension.

— Non, Claire, pas de ça.

— Il y avait une photo d'eux ensemble, poursuis-je résolument.

— Une photo ?

— Je l'ai vue en ligne.

— En ligne ? Tu... tu l'espionnes ?

— Je ne dirais pas ça.

— Ah non ? Suivre quelqu'un en ligne, c'est l'espionner, Claire. Comment pourrais-tu qualifier ça autrement ?

Avant que j'aie le temps de répondre, elle fonce :

— Pourquoi tu fais ça ? Qu'est-ce que ça t'apporte ? Pour l'amour de Dieu, Claire, passe à autre chose ! Tu ne peux rien faire du côté Simon. Tu t'es opposée à lui une fois. Tu as oublié ce que ça t'a valu ? Tu as été *arrêtée*, Claire. *Ar-rê-tée !* Et tu veux que ça recommence ?

— Non, je ne veux pas. Mais comment pourrais-je ignorer qu'Emma ressemble comme deux gouttes d'eau à Melody quand elle avait dix ans ? Je serais censée fermer les yeux et tout oublier ?

Je me penche en avant.

— Tout en elle est identique, insisté-je. La couleur de ses yeux. Ses cheveux. Sa silhouette. Tout.

Je parle plus fort que je ne voudrais, et d'un ton plus frénétique. Plusieurs personnes me décochent un regard, puis, comme si ce qu'elles voyaient les mettait mal à l'aise, elles retournent à leur nourriture et à leurs compagnons et compagnes.

Ava avale vite une gorgée de vin.

Je me renverse doucement dans mon fauteuil et tente de me calmer.

— Je sais ce qu'il va faire, Ava, dis-je d'une voix beaucoup moins forte, contrôlée, retenue, comme celle d'une femme qui a administré un sédatif à son âme.

— Tu n'en as aucune preuve, me rappelle-t-elle sur un ton nettement moins agressif.

Elle essaie de baisser le volume, d'éteindre l'incendie en moi.

— Même pas un brin.

Elle a raison, en théorie du moins. Je n'ai aucune preuve de ce que va faire Simon. Mais je connais l'individu qui se cache derrière ses postures. J'ai vu son vrai visage. Si je pouvais peindre son portrait avec les attributs de la vérité, il aurait des cornes et des crocs.

Ava ne risquant évidemment pas de comprendre quoi que ce soit à tout cela, je n'insiste pas.

La nourriture arrive. Tout a l'air très français, avec une touche de style dans la présentation.

Quand j'avais six ans, ma mère et moi sommes un jour allées ensemble à Paris pour rendre visite à mes grands-parents. Ils y avaient passé toute leur vie, l'avaient vue survivre à l'essentiel de ses plus tristes heures. Mon arrière-grand-mère y avait fait signe au revoir à mon arrière-grand-père lorsqu'il était monté dans le train qui devait le conduire au féroce carnage de Verdun. Vingt ans plus tard, mes grands-parents avaient regardé en silence et le cœur brisé les troupes allemandes descendre les Champs-Élysées comme à la parade. *C'est la Ville lumière*, m'avait dit ma grand-mère, *mais c'est aussi la ville des larmes.*

Ma mère était déjà en train de mourir lorsque nous nous y rendîmes une dernière fois. Le voyage fut difficile pour elle, mais elle voulait que nous partagions cette ville une ultime fois et supporta la douleur et l'épuisement avec une résolution héroïque. À chaque quinte de toux et grimace de souffrance, je l'admirai encore plus.

Dès que nous fûmes arrivées, elle m'emmena dans une boulangerie-pâtisserie où l'on vendait des petites pêches en massepain. Elle me montra comment les feuilles en étaient finement veinées et la chair y luisait d'un léger rougissement. Ces pêches n'étaient faites que de pâte d'amande, de sucre et d'eau, mais Dieu sait comment, le pâtissier leur avait donné vie.

— Claire, me dit-elle, ce sont ces petites touches de beauté qui font que vivre en vaut la peine.

Lorsque Melody eut le même âge, je l'emmenai moi aussi à Paris voir mes grands-parents.

Je la conduisis au même magasin, lui montrai les mêmes pêches en massepain et lui répétai les mots mêmes que m'avait dits ma mère.

C'est là un de mes souvenirs les plus chers, mais aujourd'hui, même les instants les plus tendres de mon passé me semblent s'être produits dans un monde différent, et bien moins accueillant.

Je me reconcentre sur le présent, et sur ce que Simon va faire.

— J'ai toutes les preuves dont j'ai besoin, dis-je à Ava d'une manière qui lui fait clairement comprendre que pour moi, le sujet est clos.

Ava, c'est évident, a elle aussi envie de laisser tomber et conclut :

— De toute façon, l'important est que tu te rendes à nouveau disponible.

— Disponible pour quoi ?

Elle sourit.

— Pour l'amour, espèce d'idiote.

Je pense à Phil.

Son message sur OkCupid était moins sot que ceux des hommes qui envoient des photos où on les voit torse nu, montrer leur corps devant des piscines aux eaux d'un bleu étincelant. Au moins a-t-il réduit son plumage au minimum dans ce monde d'oiseaux qui font bêtement la cour.

— Claire, tu es jeune, reprend Ava. Tu es séduisante. Tu es intelligente. Tu parles français, ce qui en excite probablement beaucoup, non ?

Je la regarde, l'air d'en douter.

— Au minimum, ça donne l'air romantique.

Je lui sers un autre regard interrogateur.

Elle agite la main.

— Ce que je te dis, c'est que tu as tout à offrir. Alors tourne la page. Ouvre un nouveau chapitre. Fin de l'histoire.

Je comprends ce qu'elle veut que je fasse, mais je ne peux pas mettre tout ce que je sais dans une bouteille et la jeter par-dessus bord.

Au lieu de ça, je me sens à nouveau tirée dans les ténèbres, à nouveau avec Simon au téléphone.

Je coule un regard au type aux lunettes de soleil.
Il est parti.

***

Après le déjeuner avec Ava, j'ai une demi-heure à tuer avant l'élève suivant. Je m'installe dans ma voiture et lis. Les muses sont le sujet du livre. J'aime bien Thalie, la muse de la comédie. Et Clio, celle de l'histoire. Mais c'est Mnémé, l'inventrice du langage, qui me touche. Oui, elle, la plus triste des muses, hantée comme elle est par le souvenir.

Une fois encore, je coule dans le passé.

Je suis dans la chambre du premier étage que je partage avec Simon. Debout à la fenêtre, je regarde la piscine. Melody a treize ans. Elle fait des longueurs de bassin, ses longues jambes blanches battent l'eau. Simon est dans une chaise longue, enroulé dans une sortie de bain blanche, avec ses initiales brodées à l'or. Il a les mains le long du corps, mais alors qu'il regarde Melody à l'autre bout de la piscine, l'une d'elles remonte lentement le long de sa cuisse jusqu'à ses genoux. Ses doigts se glissent déjà dans son peignoir lorsqu'il m'aperçoit à la fenêtre. Aussitôt il retire sa main et me fait un grand signe en arborant un énorme sourire.

Comment ai-je pu croire à ce sourire ?

Ou à ce grand geste d'invitation ?

Comment ai-je pu être aussi aveugle ?

Comment ai-je pu ne rien percevoir dans la manière furtive dont un centimètre après l'autre ses doigts passaient sous le tissu de sa sortie de bain ?

Ni jamais deviner le tour pervers de son esprit ?

Aujourd'hui, je suis certaine qu'à cet instant précis, il était sous l'emprise d'un plaisir obscène. Je vois tout ce qu'avait de louche la façon dont il lui prenait la main. Je le vois dans la manière qu'il avait de lui passer le bras autour des épaules et de lui tenir la taille quand il lui apprenait à danser. L'ombre de son désir assombrit tous les souvenirs que j'ai d'eux ensemble.

C'est tout cela que je suis en train de revivre lorsqu'un *ting* m'avertit que j'ai un nouveau message.

Il me vient de Mehdi, qui a déjà suivi six cours. Il m'envoie une photo de lui avec la couronne de Burger King sur la tête et ces mots :

Vous voyez, je vous avais bien dit que j'étais le roi de Perse.

En fait, il est fleuriste et propriétaire de plusieurs boutiques haut de gamme à Los Angeles. Il a quarante-six ans, est divorcé, et a un fils âgé de six ans. Sa femme le trompait et sa fierté en a été dévastée. Il travaille, me dit-il, à reconstruire son amour-propre. Et il le fait en allant à la salle de sport. Il sculpte le haut de son corps. Il se balance aux barres parallèles. Et m'envoie des vidéos de ce qu'il fait. Je suis censée être impressionnée par sa force. Au lieu de ça, je ne vois qu'une mouche dans un bocal qui se cogne la tête contre le verre.

Je reviens à mon livre. L'auteur essaie d'y rendre son travail plus accessible en parlant des « muses modernes ». Pour celle de la musique, il a choisi Yoko Ono. Je lis ça et découvre qu'elle ne m'intéresse guère. À sa place, c'est May Pang, la maîtresse de Lennon, qui m'émeut. Ils ont vécu dix-huit mois ensemble, mais John n'y a jamais vu plus qu'« un week-end de perdu ».

Comment est-il possible que des amants voient le temps de manières aussi différentes ?

Est-ce la même chose pour Simon et moi ?

Si moi, je crains de n'avoir plus guère de temps pour faire ce que je dois, est-il, lui, certain d'avoir l'éternité pour mener à bien son plan ?

Je lis encore quelques minutes, puis je ferme le livre. Et ne puis m'empêcher de regarder la rue dans les deux sens. Je sens le côté corrosif de cette impulsion, de cette glissade vers un état où tout ce que je vois me semble menaçant. Où tout le monde travaille pour Simon. Les gens dans la rue. Les gens dans leurs voitures. Le type là-bas en train de ratisser son jardin. Quand il s'arrête et me regarde, je me fige. C'est presque comme si je voyais en lui un Simon sous une énième de ses autres formes. En tenue de camouflage kaki, le visage soigneusement caché sous un chapeau à large bord.

CHAPITRE 4

Dominic est mon élève suivant. Il a seize ans. Ses parents pensent, comme me l'a dit son père, « qu'il s'abaissera toujours au plus petit dénominateur commun ». Dominic est donc obligé d'apprendre le français « pour améliorer sa culture ». Il suit mes cours parce qu'il n'a pas le choix. Je sais qu'il n'a qu'une passion : le jeu vidéo où il tue des « Entités » dans des paroxysmes de massacre qu'il peine à me décrire en français.

Pendant ces échanges, je crains le psychopathe bourgeonnant.

— Comment dit-on « éventrer » en français ? m'a-t-il demandé un jour.

Après Dominic, Mehdi tient presque du soulagement.

Presque.

Il a un sourire étincelant en m'ouvrant sa porte.

— Ah, ma reine ! dit-il.

J'entre dans son vestibule, puis avance de quelques pas avant de me retourner, mon sac en travers de la poitrine tel un bouclier.

— Je vous en prie, passons à la salle à manger, reprend-il. Je nous ai préparé un… *repas.*

— J'ai déjà mangé, lui dis-je.

— Mais j'ai fait très spécial. C'est de la nourriture pour ma… *reine ?*

Et son sourire se tord comme un petit ver.

Au début, il a bien suivi mes cours. Mais ces dernières deux ou trois semaines, il a décidé de jouer les coaches de mon existence. Il me dit que je dois « manger sain », dormir plus, me détendre le soir, me faire masser. Dans de longs textos rédigés à des heures bizarres, il m'offre du conseil psychologique. Je dois être forte, avoir confiance en moi et « m'ouvrir aux autres », m'a-t-il ainsi écrit... à trois heures du matin... mardi dernier.

Il m'accompagne jusqu'à la salle à manger, où il a disposé diverses pâtisseries et de petites soucoupes de fruits secs et à coque.

Il a étalé ses offrandes comme sur un panneau d'affichage. Avec lui, tout est façon de se présenter sous son meilleur jour, dans de grandes et vives lumières, comme celles qui balaient le ciel d'Hollywood le soir d'une première. Non content d'être la seule star de son blockbuster, il en est aussi le seul acteur.

— S'il vous plaît, reprend-il en m'indiquant un fauteuil.

Mehdi est petit. Un rien bas sur pattes. Et il perd ses cheveux. Mais il a comme une force compacte. Et parle d'un ton agressif. Se déplace à pas rapides. Son moteur interne est toujours poussé à fond.

Une fois encore, je lui dis que j'ai mangé.

— OK, on commence, me répond-il, un peu dépité, et il me fait signe de gagner la table. On peut travailler ici, non ?

C'est un plateau en verre, et je me demande si plus que le « *repas* », ça ne fait pas partie de son plan : une table où on peut voir à travers... Je m'installe en veillant à rester aussi pudique que possible. Mais même alors, il regarde mes jambes au moment où je m'assois.

— Bien, dit-il. Vous avez belle allure.

Il me dit ça gentiment, mais dans ce compliment par ailleurs léger il y a comme quelque chose de très tendu, comme des impulsions à peine contrôlées. Je l'imagine enfant en train de faucher des bonbons à un autre gamin, puis forcé de les lui rendre.

Je sors un livre de mon sac et le pose sur la table, à un endroit stratégique qui lui interdit toute vue sur mes jambes.

— Un jour, dit-il, je vous emmènerai sur une plage des Caïques. Nous prendrons des bains de soleil en buvant des coupes de champagne frais. Le sable est comme de la poudre blanche. Juste Claire et Mehdi, hein ?

Je ne montre aucun intérêt pour sa proposition et me contente de continuer ma leçon pendant l'heure suivante.

Il ne dit plus rien sur les belles plages des Caïques.

Au moment où je pars, il sourit.

— Peut-être qu'on pourrait se voir deux fois par semaine maintenant, dit-il.

J'ai besoin de l'argent, mais je prends mon temps avant de décider.

— Je vais vérifier mon emploi du temps et vous ferai savoir ma réponse.

Sur quoi, je rejoins ma voiture, y monte et m'éloigne. Je suis à mi-chemin de mon élève suivant lorsque j'entends le *ting* d'un texto. De lui. Avec une photo où on le voit porter une longue robe iranienne, et ces mots : *Peut-être vous serez ma reine.*

Ce n'est qu'un texto, mais il est aussi invasif qu'un frôlement non désiré.

J'ai envie de lui dire de s'en aller. J'aimerais lui lancer, et fermement : *Bas les pattes !*

Mais c'est tout un chœur de factures qui m'arrête.

— Tais-toi, me dit le loyer.

— Pas si vite, me lance ma carte de crédit.

Il n'empêche : chaque fois que j'hésite, je sens s'effriter une partie de moi-même telles les particules d'un autoportrait – ici un grain de respect de soi, là une poussière de dignité tandis que les vives couleurs de ma propre personne s'effilochent ou pâlissent jusqu'à ne plus être qu'un grand flou.

CHAPITRE 5

Il est presque 21 heures lorsque je suis de retour chez moi.

Je gagne la cuisine, m'y prépare un plat de pâtes et de légumes rôtis. Le fauteuil vide en face de moi est comme une accusation. C'est là que Melody se serait installée.

Le temps glisse vers l'avenir et je l'imagine assise à côté d'un mari, un enfant sur les genoux.

Puis le reflux de mon esprit me ramène au jour de mon propre mariage.

Simple cérémonie au tribunal, Max et moi avons été mariés par un juge du coin en sa chambre sans ornements.

Ce manque de grand déballage s'accordait parfaitement avec la belle simplicité de nos vœux :

Pour t'avoir et te garder.
Pour le meilleur et pour le pire.
Riche ou pauvre.
Malade ou en bonne santé.
Dès aujourd'hui et à jamais.
Jusqu'à ce que la mort nous sépare.

Au moment où ce souvenir s'efface, un autre me saisit telle une main sortie des ténèbres. Simon resplendissant dans son habit du matin, moi glorieusement enveloppée dans une robe de prix.

La grande église au plafond voûté.

Les énormes déploiements de fleurs qui parfument l'air.

Le quatuor de musique classique qui joue du Mozart tandis que les amis de Simon aux noms importants pénètrent lentement dans l'édifice et y prennent place.

Presque comme pour fuir pareille ostentation, j'entre dans la salle de séjour, écarte les rideaux et scrute la nuit.

Qu'est-ce que j'y cherche ?

Ses complices ?

Je me dis que ces peurs sont irrationnelles et pourtant, lorsque le téléphone sonne, je sursaute.

Il sonne à nouveau.

Et encore à nouveau.

Je ne réponds toujours pas, même si je sais qu'il le faut.

Pour finir, à la sixième sonnerie, je décroche.

C'est Ray Patrick, le type dont Ava m'a parlé comme d'un possible élève.

— Je souhaiterais apprendre le français, dit-il. C'est votre amie Ava qui m'a donné votre nom.

Il marque une pause, puis ajoute :

— Je vais souvent en France pour affaires. J'espère être un peu plus compétent dans cette langue.

Je lui demande s'il parle français le moins du monde.

Il me répond que non.

— Enfin…, ajoute-t-il, je sais dire *oui* et *non*.

Je lui donne mon tarif, soit 50 dollars de l'heure.

— Très bien, dit-il. Où voulez-vous que nous nous rencontrions ?

— Y a-t-il un Starbucks près de chez vous ?

— Je peux aller à celui de Beverly Drive.

Nous tombons d'accord pour nous y retrouver le lendemain après-midi.

Avant que j'aie le temps de raccrocher, il ajoute :

— Je sais que vous avez fait des études d'art et je me disais que vous pourriez avoir envie de jeter un coup d'œil à ma galerie. Le site Web, s'entend. L'adresse est rpgallery.com. Tout en minuscules. J'aimerais beaucoup savoir ce que vous en pensez.

— OK, je le ferai.

Je gagne mon ordinateur et y entre l'intitulé. Charmante et bien ordonnée, sa galerie couvre une surprenante variété de styles. J'en fais un tour virtuel, prends des notes et consigne quelques mots qu'il pourrait trouver utiles en parlant à des artistes ou à des propriétaires de galeries en France.

Puis j'éteins l'ordinateur, regarde la pendule et rejoins vite ma voiture.

Depuis quelques mois, je m'occupe d'une jeune femme appelée Destiny. Elle habite un appartement à quelques rues du foyer de personnes âgées où nous nous retrouvons une fois par semaine.

Elle ne m'a pas dit grand-chose de son passé, hormis qu'elle est originaire d'un « trou perdu », soit, dans son cas, d'une petite ville du Middle West. Comme il fallait s'y attendre, il y a de sinistres soupçons d'enfance malheureuse, mais peu de détails. Elle choisit de parler surtout de l'avenir, avec de grands rêves où elle serait propriétaire d'un magasin de vêtements, d'un élevage de chevaux ou, comme elle me l'a révélé lors de notre dernière rencontre, d'un service de traiteur parce qu'elle a récemment fait la connaissance d'une femme qui en dirigeait un et donc, pourquoi pas ?

Bien qu'elle n'aime pas parler de son passé parce qu'il la « tire vers le fond », j'ai appris qu'elle a un frère aîné qui n'arrêtait pas de la brutaliser et une sœur cadette qui, elle, n'était qu'une

« petite salope ». Elle ne m'a jamais dit ni leurs noms ni où ils se trouvent et semble n'avoir aucune envie de les revoir.

Et c'est à peu près la même chose pour ses parents. Elle ne m'en a dit que ceci : « Peut-être qu'ils sont morts ou peut-être qu'ils sont vivants. Dans tous les cas, je m'en fous. »

Tout cela ne me fait pas l'effet d'une façade. C'est très honnêtement qu'elle semble ne rien éprouver à leur endroit.

À diverses remarques lâchées de but en blanc, j'ai déduit qu'elle n'avait pas été bonne élève, qu'elle trouvait pénible de surmonter le moindre obstacle et avait tendance à choisir la solution de facilité.

Pendant un temps, elle a envisagé de s'engager, mais s'attaquer aux rigueurs physiques et morales de la préparation au métier militaire lui coûtait trop.

Son histoire la plus poignante est celle du jour où elle a échappé de peu à un type qui l'avait ramassée au bord du trottoir, emmenée chez lui et tenté de la violer. Elle ne m'en a parlé qu'une fois. Pour me dire que l'individu était « vieux », « vieux » signifiant qu'il avait « plus de quarante ans ».

Pendant un autre temps, elle a été sans domicile fixe. Son petit ami ayant disparu, elle s'était mise à traîner dans les rues, à dormir en tout lieu lui offrant un abri. À un moment donné, elle a réussi à gagner Venice Beach, où une assistante sociale l'a repérée.

En dehors de cette histoire pleine de trous et peut-être un rien sujette à caution, elle n'est guère plus qu'une feuille blanche.

Elle m'attend dans une salle que le foyer nous fournit dans ce but. Elle a les cheveux courts, noirs et hérissés. À croire qu'on les lui a coupés à la désherbeuse. Elle a des tatouages dans le dos, sur les épaules et sur les bras. Elle précise qu'elle en a aussi dans d'autres endroits. Les visibles représentent des serpents et des lianes, avec les initiales DET en écriture satanique. « DET » ou distorsion espace-temps, le seul qualificatif qu'elle a pour désigner son petit ami depuis longtemps disparu. Elle a des petits trous dans le nez, les oreilles et les lèvres. Les clous qui les remplissaient en ont été ôtés parce qu'ils « faisaient flipper les clients » du 24/7, le restaurant où elle travaille maintenant comme serveuse.

Il y a des moments dans mes conversations avec elle où j'imagine Melody en fugueuse en train de parler à une femme qui n'est pas sa mère d'une vie qui a sérieusement déraillé. Mais même un tel avenir aurait pu être sauvé. Elle aurait pu passer par une phase difficile, puis reprendre pied. C'est bien ce précieux don qui lui a été pris – la simple chance de pouvoir surmonter tous les obstacles rencontrés afin de devenir celle qu'elle espérait être.

— Salut ! me lance-t-elle avec un signe de la main enthousiaste qui pourrait être ou ne pas être entièrement sincère.

Ce soir-là, nous parlons de son travail. Tout va bien, me dit-elle, sauf pour une autre fille du 24/7. Elle s'appelle Muriel et ce n'est pas vraiment le grand amour entre elles. Le problème ? La jalousie. Destiny est bien foutue, Muriel en surpoids. Destiny se rappelle parfaitement qui a commandé quoi. Muriel, elle, sert de la soupe à quelqu'un qui a demandé un burger ou vice versa. Destiny se fait régulièrement pincer les fesses alors que personne ne prête la moindre attention à Muriel.

— Muriel est grosse. Comme si c'était ma faute ! s'écrie-t-elle.

Une pause, puis elle ajoute :

— Vous êtes bien silencieuse, Claire.

— C'est vrai. Désolée. La journée a été longue.

Elle me pardonne mon attention défaillante. Elle aussi a eu de longues journées, me dit-elle, alors elle comprend.

Puis avec sa célérité habituelle, elle passe à autre chose.

— Vous savez ce qu'il y a de bizarre ? commence-t-elle. Mes clous, disons que… ils me manquent. Non parce que quand je les avais, j'étais comme… Bad Destiny.

— Et ça te plaisait d'être « bad » ? lui demandé-je.

Elle réfléchit à sa réponse, puis me dit :

— Non, pas « bad » comme méchante. « Bad » comme… libre. (Elle sourit.) Quand je me réveillais à Venice Beach, il y avait le soleil et l'océan, j'allais jusqu'à la jetée… et j'étais genre… libre.

C'est de la jetée de Santa Monica qu'il est question, et je lui parle de l'adolescente dans l'eau.

— Ah, ça pue ! dit-elle sans vraiment saisir qu'elle aurait pu être cette fille, soit à la morgue plutôt qu'avec moi.

Au lieu de ça, elle repart sur Muriel.

— Au dernier service, elle m'a caftée pour mes ongles noirs, reprend-elle. Elle a dit à Carl que c'était dégueulasse, que j'avais l'air d'avoir les doigts sales. Il m'a obligée à changer ça. Du coup, regardez !

Elle me montre ses mains et tortille les doigts.

— Qu'est-ce que vous en pensez ?

Elle a les ongles violets.

CHAPITRE 6

Je suis de retour chez moi à 22 h 30.

J'ai laissé deux ou trois lumières allumées, je me gare dans l'allée et imagine aussitôt qu'on m'attend. Je commence par voir Max sur le canapé. Il lit un livre d'histoire, mais le pose quand j'entre. Après Max, c'est Melody que je découvre assise à la table de la cuisine. Elle fait ses devoirs du soir, espère ne pas se tromper, revoit ses maths avec Max et son anglais avec moi.

Ma vie jadis.

Quand j'avais un homme à embrasser le soir et une fille à serrer dans mes bras avant qu'elle ne parte pour l'école, quelqu'un avec qui manger et faire les courses, à qui je pouvais me confier, avec qui je pouvais râler comme une folle, et partager… tout.

Aujourd'hui quand j'imagine qu'il y a quelqu'un chez moi, ma peur de Simon prenant le dessus, je vois un grand costaud en jogging avancer vers moi en se frappant la paume de la main avec une matraque en caoutchouc. Je me retourne vers la porte en espérant lui échapper, mais un second type se tient devant et me bloque le passage, un rouleau de ruban adhésif noir se balançant à son gros poignet tel un bracelet.

Même si je sais que ces malfrats ne sont qu'imaginaires, je jette un coup d'œil par la fenêtre de devant avant d'entrer. Si jamais il me voit faire ça, M. Cohen en sera alarmé, mais j'y suis obligée.

Une fois dans la maison, je vérifie méthodiquement les portes et les fenêtres.

Rien ne cloche. Tout est sûr.

Je descends le couloir et entre dans ma chambre.

Dans la salle de bains attenante, je me démaquille, me lave le visage et me brosse les dents, puis je me déshabille et me mets au lit.

Aux nouvelles du soir, il n'y a que le nombre habituel d'accidents, d'embouteillages, d'incendies et de résolutions du conseil municipal. Il n'est pas fait mention de la fille.

J'éteins la télévision et prends mon livre de chevet. On y parle des danseuses de Mumbai. Chaque soir, des hommes vont par centaines dans les bars qui jalonnent Mira Road. D'ordinaire, ils se contentent d'agiter des liasses de billets pliés à l'adresse des filles, mais parfois ils tressent des guirlandes de roupies et les passent au cou de leurs danseuses préférées. « Ils pensent qu'on danse pour eux, dit l'une des filles, mais ce sont eux qui dansent pour nous. » Rien n'indique que cette fille ait conscience du danger inhérent à l'arme qu'elle manie alors même que des cadavres de danseuses sont régulièrement extraits de la boue excrémentielle de la Mithi River.

Je lis une demi-heure, puis je referme mon livre et éteins la lumière. Pour finir je glisse au sommeil, me réveille, puis re-glisse au sommeil, puis…

Au bout d'un moment je renonce, rallume mon ordinateur et vérifie mes e-mails.

Il y en a un de Mehdi. Long et un rien délirant. Il me parle de l'épouse qui l'a trahi.

Il l'a souvent dépeinte sous les traits d'une « séductrice » alors qu'elle n'en a vraiment pas le look. Il est obligé de se convaincre de sa beauté, sans quoi il n'aurait pas eu une belle épouse, et aurait été moins homme. Mais la vérité est la vérité et sur les photos d'elle qu'il m'a montrées, elle a des traits anguleux, des yeux qui jettent des regards presque hostiles au photographe, et l'air amer comme si l'optique prédatrice de l'appareil l'irritait.

Dans l'Iran d'aujourd'hui, écrit-il, une « catin » pareille serait lapidée à mort. Il ajoute vite qu'il est « moderne » et n'approuve pas : *Ah ah… c'était juste pour dire.*

Juste pour dire, assurément.

Mais je l'imagine parfois au milieu d'une foule d'hommes, en train de jeter des pierres à l'épouse qui l'a trompé et a maintenant les bras attachés le long du corps et le corps enterré dans le sol jusqu'à la taille. Applaudirait-il d'extase lorsqu'une pierre lui ensanglanterait le visage ou briserait un os ?

Vers la fin de son e-mail, il recentre son attention sur moi.

Il a acheté des pistaches et des dattes iraniennes.

Il les aura *« pour votre plaisir »* à notre prochain cours.

Il veut m'aider à avoir plus d'élèves en élaborant un meilleur prospectus.

Il veut me « secourir ».

Il laisse donc entendre que je suis faible et que j'ai besoin qu'il me guide et m'instruise.

Je trouve cette insinuation tout à la fois intrusive et insultante.

En guise d'antidote spirituel, je rallume la télévision. Ils repassent ce vieux marronnier d'*Assurance sur la mort.* Barbara Stanwyck y est sexe à l'état pur. Lunettes noires et vêtements amples. La façon dont elle descend les marches comme en flottant. On sent presque le souffle brûlant qui glisse sur Fred MacMurray lorsqu'elle passe à côté de lui. Sans même qu'ils se touchent, ils semblent pris dans une danse érotique de désir et de meurtre.

Le téléphone sonne.

Je me dis qu'il n'y a rien à craindre. Que c'est un élève qui annule au dernier moment.

Ou Ava, qui donne l'impression de ne jamais dormir.

Ce n'est pas Simon, m'assuré-je en décrochant.

Mais c'est lui.

— Ne raccroche pas, lance-t-il. Je veux m'excuser. J'ai réagi de manière excessive.

Manipuler, il ne sait faire que ça. Il essaie ceci, puis il essaie cela. Il met un masque. Puis il l'échange contre un autre. Tel est le genre de tromperies qui lui a toujours réussi.

— Je suis désolé, reprend-il. C'est pour ça que je t'appelle. Pour te dire que je suis navré de notre dernière conversation. Ça s'est terminé de travers.

Ce qu'il veut dire, c'est que ça s'est terminé avec lui incapable de me convaincre de disparaître de son existence.

Je ne réagis pas, il y va d'un autre effort.

— On peut se voir ? C'est autant pour toi que pour moi.

Pur mensonge, et je le sais. Il veut me persuader que rien de ce que je crois n'est vrai, ou l'a jamais été.

Je connais la suite, un vomi de fausse pitié. Je fais ce qu'il faut pour arrêter ça.

— Quelqu'un me suit-il ? lui jeté-je.

— Quelqu'un te… ?

Il a l'air authentiquement surpris par ma question.

Mais je ne suis pas dupe.

— As-tu engagé quelqu'un pour me suivre, Simon ?

Sa surprise se fait stupéfaction.

— Mais qu'est-ce que tu racontes, Claire ? Pourquoi est-ce que je…

— Oui ou non ?

— Non !

Et maintenant, il va feindre d'être blessé par une telle attaque. Encore une fois, il est l'objet irréprochable d'une fausse accusation.

— Bon sang, Claire, as-tu complètement…

Il s'arrête et change brusquement de ton. Le voilà tout douceur et souci de moi.

— Claire, crois-tu vraiment que je...

— Parce que tu penses que j'hallucine ?

Il laisse échapper un long soupir de lassitude.

— Personne ne te suit, Claire, d'accord ? Personne ne te suit.

Il marque une pause avant d'ajouter d'un ton calme et raisonneur :

— Mais si tu... si tu crois être suivie, je peux t'aider.

— M'aider ? répété-je sèchement. Tu veux dire m'aider à me débarrasser de mes visions paranoïaques ?

— Non, ce que je veux dire, c'est que je pourrais te trouver... un endroit calme.

C'est d'un genre de sanatorium qu'il parle. D'un centre de rééducation pour ma tête en morceaux. D'une jolie petite retraite à la montagne où je pourrai retrouver mes esprits.

— Et ne t'inquiète pas, Claire. Je paierai.

— Garde ton fric, lui renvoyé-je d'un ton féroce. Je ne suis pas folle, Simon. Je sais ce que tu as fait.

— Claire, je t'en prie, je veux que tu...

— Je n'ai plus rien à te dire.

— Bon d'accord, dit-il comme quelqu'un fatigué de défendre une cause qu'il ne pourra pas gagner. Puisque c'est comme ça, je te laisse.

On dirait un bourreau qui s'excuse de sa hache. Parce que c'est là la vraie raison de son appel. Maintenant il peut se dire : *OK, je t'ai donné une dernière chance. Tu ne l'as pas saisie. Tout ce qui pourra t'arriver, c'est toi qui l'auras cherché.*

— Au revoir, Claire.

Est-ce seulement la peur que j'ai de lui qui donne à cet adieu quelque chose de définitif ?

Je repose mon téléphone et passe dans la salle de séjour.

J'y ai accroché tout un choix de reproductions. Le *Mère et enfant* de Mary Cassatt. *Le Visage bleu* de Marc Chagall. Ce soir, je suis attirée par le tableau qu'a fait Van Gogh de sa petite chambre à Arles. Il y a de l'anxiété dans chacun de ses coups de pinceau et pourtant il a tiré quelque chose de beau de son existence. Si nous pouvions tous en faire autant, il y aurait des chefs-d'œuvre sur tous les murs.

Le clignotement de mon répondeur m'indique que j'ai reçu un nouveau message. Il émane de mon père – la voix est sèche et fissurée par l'âge.

— Bonjour, Claire. Y aurait-il la moindre chance que tu prennes des donuts en venant me voir demain ? me demande-t-il.

Demain.

Mardi.

La tête que j'incline une fois par semaine pour déférer à sa paternité.

J'efface son message et me dirige vers ma chambre.

J'ai toujours deux photos de Melody sur la table à côté de mon lit.

Sur la première, elle a cinq ans, elle sourit, elle est heureuse, bercée dans les bras aimants de son père.

La deuxième la montre à quatorze ans. Telle de la gaze, le trouble voile ses traits. Elle semble bizarrement distante et mal à l'aise, comme sous le fardeau d'une inquiétude qu'elle craint de partager.

Ces deux photos sont côte à côte.

Elles divisent ma vie en ses deux phases.

Avant et après Simon.

Je m'empare de la plus récente. Elle a été prise avant la virée à Catalina.

Avant le soir où je l'ai vue debout sous la pluie sur le pont du bateau.

Avant qu'elle ne me dise pour Simon.

Avant que je ne la croie pas.

Je regarde la photo en silence, mais entends la promesse que je me suis faite alors :

Je ne le laisserai pas recommencer.

DEUXIÈME PARTIE

SLOAN

CHAPITRE 1

Lorsque je suis devenue mangeuse de péchés, j'ai cherché à savoir d'où venait ce terme. Il s'est avéré qu'il s'agissait d'une espèce de personnage magique qui se rendait à la maison d'un être humain décédé et y mangeait un repas rituel. La portion pouvait se réduire à une croûte de pain qu'on faisait descendre avec un peu de bière du coin. L'important dans l'affaire était que le solide et le liquide aient absorbé les péchés du défunt, tous ses méfaits étant alors absous par le fait d'être mangés et bus. Il pouvait ensuite entrer dans la vie après la mort libre de ses crimes.

À Los Angeles, la version actuelle du mangeur de péchés a aussi pour nom « arrangeur » ou « nettoyeur ». Et bien sûr, manger le péché n'a plus rien à voir avec une quelconque nourriture. La plupart du temps, il est question de pouvoir, d'argent ou du besoin de se venger. Moins souvent, cela a à voir avec quelque chose de plus abstrait, comme, par exemple, retrouver l'estime de soi. Plus rarement, on veut reprendre confiance en soi après que quelqu'un en qui on croyait profondément s'est avéré tout autre que ce qu'on pensait qu'il était.

Quand j'ai quitté le Los Angeles Police Department, manger les péchés me parut être tout naturellement fait pour moi. J'avais appris à enquêter sur des crimes, comment fonctionnent les tribunaux, comment parlent les avocats, comment on joue le plaider-coupable. Je savais comment apaiser les instables, négocier sans colère, traiter avec des individus par trop imbus de leur importance. Je restais calme sous la pression, persuasive même avec des gens initialement peu enclins à être raisonnables. J'étais dure quand il le fallait, mais toujours prête au compromis. Tout aussi important, c'était une occupation qui n'exigeait ni licence ni formation, académique ou autre, supplémentaire. C'était à ma portée, je n'avais plus qu'à accrocher une enseigne.

Pour ce que j'en vois, il n'y a qu'une chose qui n'a jamais changé dans la profession : celui qui la pratique n'a guère besoin d'espace.

Ni non plus de beaucoup de meubles. Dans mon lieu de travail à Venice Boulevard, il y a un bureau, un ordinateur, un classeur et une armoire où je range mes outils. Mes déguisements : essentiellement des perruques, et tout un assortiment de lunettes de soleil. Du papier à lettres à en-têtes bidon. Des appareils d'enregistrement. Des caméras de surveillance et de l'équipement de traçage GPS. Un coffre-fort qui contient en général quelques milliers de dollars, en plus d'un 9 mm automatique parfaitement déclaré.

Le boulot est aussi peu compliqué que les outils qu'il exige. Dit simplement, je nettoie les saletés faites par des gens avec des noms importants et beaucoup d'argent. Je veille à ce qu'ils ne souffrent pas des conséquences de leurs imprudences. Je calme l'épouse ou l'amant furieux. Je m'emploie à garder les noms de mes clients hors des registres de la police ou leurs rôles hors des tribunaux. De cette façon-là, je m'assure que les pénibles résultats de la mauvaise conduite de tel ou tel soient modifiés ou qu'ils disparaissent entièrement. Cela se résume en général à une question d'argent, et seul en compte le montant. Les mangeurs de péchés font baisser le prix, convainquent la partie adverse que le client n'a pas une bourse à ressorts d'où l'on peut sortir indéfiniment des billets verts. Dans ce sens-là, je suis un courtier entre deux extrêmes. La première moitié de mon temps est consacrée à essayer de faire en sorte qu'une des deux parties soit raisonnable. La seconde, je la consacre à faire la même chose avec la partie adverse.

— Bonjour, me lança Jake quand je sortis de l'ascenseur.

Retraité des Homicides du LAPD, Jake travaille aujourd'hui comme privé. Il loue le bureau à côté du mien, ferme rarement sa porte et a ainsi conscience de toutes mes allées et venues. Il est amical et bavard, mais c'est vrai que depuis la mort de mon père, j'ai perdu le don de la conversation pour ne rien dire.

Jake est grand sans être dégingandé et prétend avoir jadis eu le look d'une star de cinéma. Il dit ça en plaisantant, mais je sens bien qu'il a dû être assez beau gosse dans sa jeunesse. Son visage me rappelle celui de Charles, le seul homme avec qui j'ai eu une relation durable.

Charles… Je lui ai tapé dans l'œil à une fête du Nouvel An au cabinet d'avocats où il travaillait. Il n'arrivait pas à croire qu'une flic puisse être aussi « cool et géniale ». Trois mois plus tard, j'emménageais dans son appartement de Westwood. Pendant longtemps, nous avons été heureux. Nous songions à nous marier et à avoir des enfants. Mais que je sois flic nous causa des problèmes. Il n'arrivait pas à supporter à quel point ce travail me rendait tout à la fois tendue et énergique. Il voulait que j'arrête, mais je continuai, toujours dans l'idée de devenir chef de la police[1] un jour. À ses yeux, je ne cherchais à atteindre cette haute position que parce que mon père n'y était jamais parvenu. Il avait probablement raison. Cela n'avait aucune

1. Aux États-Unis, hormis certains organismes fédéraux comme le FBI ou la CIA, la police est gérée par les municipalités.

importance. Nous nous disputâmes, tout partit de travers et je déménageai.

Ne plus être avec lui ne fit qu'empirer les choses.

Le boulot m'épuisait.

Deux ans plus tard, je lâchais le LAPD et me faisais mangeuse de péchés.

La première année fut laborieuse. Nouvelle dans la profession, j'étais une denrée inconnue. Il n'y avait pas beaucoup de clients. Le temps aidant, ils commencèrent à se montrer à ma porte. En trois ans, j'acquis la réputation de gérer les problèmes « gentiment », en usant plus de ma cervelle que de mes poings. Si l'on avait besoin de casser des os, il fallait s'adresser à quelqu'un d'autre. Mais si l'on avait besoin d'un mangeur de péché capable d'évaluer soigneusement la situation, puis de la résoudre avec aussi peu de dégâts que possible, alors on disait : *Va voir Sloan Wilson.*

La seule chose à laquelle je ne m'attendais pas en commençant fut jusqu'à quel point j'en vins à aimer cette profession. On pouvait faire du bien dans ce travail. Il y avait toute la place pour faire preuve de calme compréhension et de sage retenue. Je n'avais plus à malmener ou à menacer les gens de coups et blessures. Je n'avais plus à leur crier à la figure. Je pouvais écouter leurs malheurs, tout simplement. Comment on s'était servi d'eux, comment on les avait trahis, cocufiés, trompés. Après quoi, je n'avais plus qu'à comprendre ce qu'ils voulaient faire suite à ces mauvais traitements et partir de là.

Comme l'a dit un jour un client, c'était la « touche féminine » que j'apportais au métier.

Au bout de cinq ans de ce travail, je cessai de vouloir revenir au LAPD. J'avais trouvé ma vocation. C'était bien. Je n'étais pas loin – vraiment pas loin – d'être heureuse.

Mon père avait remarqué jusqu'à quel point j'avais changé et ne mentionna jamais le fait que j'avais quitté la police.

— Tu t'en sortiras bien, me dit-il peu avant sa mort.

Je trouvai qu'il avait raison et fus heureuse de constater qu'alors qu'il approchait de la fin, il pensait que j'avais donné à ma vie un cours régulier.

De fait, le seul malheur que je voyais dans mon avenir était que je ne pourrais plus partager mes petites victoires avec lui. Telle était l'idée qui traînait encore dans ma tête lorsque j'arrivai à mon bureau ce matin-là.

— Tu as bien dormi ? me demanda joyeusement Jake alors que je passais devant sa porte ouverte.

— Bien sûr, lui répondis-je.

Ce n'était pas vrai.

— De jolis rêves et rien d'autre ? ajouta-t-il avec un gros clin d'œil.

— Comme toujours.

Pas vrai, ça non plus.

En fait, je m'étais encore une fois réveillée à l'aube, déjà fatiguée de ne pas avoir trouvé le sommeil, mon humeur matinale salement amochée suite à un très mauvais rêve. Celui-là même que je fais de temps en temps depuis la mort de mon père.

Je suis dans une ville qui tombe en ruines. Il y a des émeutiers partout, on casse des vitres, on renverse des voitures, on met le feu à des bâtiments. Et pour couronner le tout, il tombe une pluie violente, froide et huileuse qui coule jusqu'en bas des fenêtres en ondulant et y laisse des taches noires. Dieu sait comment, il faut absolument que je fasse passer mon père à travers tout cela. Il est en train de mourir et quelque part au milieu de ce labyrinthe de buildings, il y a une machine qui peut le sauver.

Je ne cesse de la chercher. Mais ne la trouve jamais.

C'est dans les traces de ce cauchemar que je dérivais lorsque j'atteignis mon bureau. Pour en sortir, je me plongeai aussitôt dans les divers ennuis de mes clients. Ceux d'un acteur moyen d'Hollywood avec un problème de paternité. D'un metteur en scène qui faisait l'objet d'un article peu flatteur dans une feuille de chou et voulait que j'étouffe l'affaire. D'un cadre dont je devais convaincre le maître chanteur de trouver d'autres moyens de gagner sa vie.

Je travaillais encore sur tous ces dossiers lorsque Jake passa la tête à ma porte et me dit que je devrais m'arrêter pour déjeuner. Je n'avais pas faim, mais il n'aime pas manger seul.

Au boui-boui du coin, il me parla de sa famille, de ses petits-enfants, d'une blague que sa femme lui avait racontée. Pendant qu'il discourait, je regardai des enfants jouer dans la cour de l'école de l'autre côté de la rue. Ils avaient l'air heureux et débordants d'énergie.

— Tu gardes le silence radio ? me demanda Jake.

Je lui servis un faux sourire, comme si je retrouvais la version moins sombre de moi-même.

— Non, répondis-je, je réfléchissais, c'est tout.

Il ne poussa pas plus loin. Et fit dévier la conversation sur une affaire sur laquelle il travaillait. Une certaine Viola Walker avait été retrouvée morte dans son garage de Brentwood. Elle avait été abattue d'une balle dans la nuque, style exécution. Aucun signe d'agression sexuelle. D'après les premières constatations, elle avait avec elle un sac Hermès bleu en alligator d'une valeur vertigineuse de soixante-huit mille dollars. Le portefeuille qui s'y nichait était un Gucci en cuir gris. Et débordait de quatre mille dollars en coupures diverses, essentiellement de cent. Il apparaissait clairement que le mobile du crime n'était donc pas le vol. C'était le mari qui avait embauché Jake pour qu'il analyse le meurtre de son épouse, et suive de près l'enquête officielle, ce que Jake pouvait facilement faire grâce à ses contacts dans la police.

— Je me dis que tout cela est probablement destiné à envoyer un message au mari, me lança Jake. Peut-être a-t-il baisé quelqu'un qu'il n'aurait pas dû.

— Alors pourquoi ne pas le tuer, lui ?

— Parce que l'assassin veut le fric et que de ce côté-là, la femme ne servait à rien. Il est même probable qu'elle n'ait jamais rien su de l'affaire.

Et d'avaler une gorgée de café avant d'ajouter :

— La mort a dû sacrément la prendre par surprise.

Mourir aussi vite me paraît une très bonne chose. L'agonie de mon père a duré huit mois. Il y avait des moments où, lorsqu'il dormait et que moi, je savais que seule l'attendait la douleur à son réveil, lui coller une balle dans le crâne me paraissait la chose juste à faire.

— Toujours est-il que le mari est persuadé que pour les flics, c'est lui l'assassin. Et je suis censé leur trouver un meilleur suspect.

Je jetai un coup d'œil dehors, au bâtiment qui, jadis un cinéma, est aujourd'hui une banque. Ma mère m'y avait emmenée voir un film. À l'époque, elle avait dans les trente-cinq ans, et était très belle. On se retournait sur son passage. Et ça lui plaisait. Mais ce jour-là, elle était tendue, ne cessait de regarder autour d'elle, de consulter sa montre. Je savais qu'il y avait quelque chose. Je lui aurais peut-être même demandé quel était le problème s'il ne s'était pas pointé avant que j'en aie l'occasion.

Elle avait prétendu que c'était un ami.

Il portait un costume et un grand chapeau blancs, l'un et l'autre lui donnant un air théâtral. Je l'entendis l'appeler Harry. Juste ça : Harry. Jamais elle ne me dit son nom de famille.

Ils avaient bavardé un moment. Très discrètement. Ils ne s'étaient pas tenu la main, encore moins embrassés. Il n'empêche : j'avais senti de l'intimité entre eux, comme s'ils partageaient des secrets. J'étais trop jeune pour reconnaître un amant quand j'en voyais un, mais quelques années plus tard, j'avais fini par comprendre que c'était bien ce que ce Harry devait être pour ma mère.

Même plusieurs minutes encore après notre déjeuner, alors que j'avais retrouvé mon bureau, je ne cessais de penser à la chambre enténébrée contenant le corps de mon père. Je devais, je le sais, me secouer pour sortir de cette humeur et revenir à la réalité, mais ma douleur récente et mon chagrin avaient toujours leurs dents bien plantées en moi, et ne lâchaient pas. Chaque fois que je tentais de remonter la pente en riant d'une blague ou en en lançant une de mon cru, je me sentais redescendre.

Il est dangereux d'avoir la sensation qu'à un moment de sa vie, on vous a tiré le tapis sous les pieds. Je ne voulais pas éprouver ce sentiment, mais rien à faire.

Cela dit, je savais que ça passerait. Comme tout le reste, je me remettrais de la mort de mon père et à nouveau la vie me paraîtrait bonne. Bientôt, me disais-je, tout retrouvera sa splendeur.

CHAPITRE 2

J'étais à mon bureau plus tard cet après-midi-là lorsque Maurice Walker arriva. Il était vêtu d'un costume bleu à rayures. Taille moyenne, cheveux gris. Il avait amené un autre type qui, lui, semblait avoir dans les quarante-cinq ans, était mince et athlétique, le genre à se rendre régulièrement à la salle de sport. Ils passèrent tout de suite dans le bureau de Jake.

Je connaissais la routine. Jake allait poser les questions habituelles. Demander qui pouvait avoir un mobile pour tuer l'épouse de Walker. Il irait voir du côté de la vengeance. Un associé mécontent ? Un deal qui part de travers ? Pouvait-il y avoir de la drogue dans l'affaire ? Mme Walker avait-elle une assurance vie ? Après quoi, Jake sonderait leurs relations maritales. Tout allait-il bien entre Walker et son épouse, et dans le cas contraire, l'un ou l'autre avait-il un amant ou une amante ?

Ils quittèrent le bureau de Jake un peu plus d'une heure après. Je me tenais près du distributeur d'eau lorsque tous les trois gagnèrent l'ascenseur.

Juste pour être poli, Jake me présenta, mais de façon presque comique :

— Sloan ici présente est mangeuse de péchés, lança-t-il.

Walker se contenta de hocher la tête, mais l'autre type me jeta un regard curieux.

— C'est quoi ? demanda-t-il.

Parce que j'avais déjà géré la question, j'avais une réponse toute prête, adaptée à Los Angeles à l'aide d'une référence à Movietown.

— Avez-vous vu *Pulp Fiction* ? lui demandai-je.

— Évidemment. C'est un de mes films préférés. Je l'ai vu deux ou trois fois.

— Vous vous rappelez donc la scène où deux nullards tuent un type à l'arrière d'une voiture, enchaînai-je. Après, ils sont obligés de nettoyer derrière eux. Et pour le faire, ils appellent un type qui, eh bien… fait disparaître des trucs.

L'homme sourit d'un air entendu.

— Ah, oui, dit-il. Il arrive et arrange le coup. Il efface le sang. Les empreintes digitales, tout.

— D'une certaine façon, c'est ce que je fais. Mais sans le sang, et je ne fais pas dans le meurtre.

Et je lui servis mon sourire mangeuse de péchés sympa.

— Je suis plus aimablement convaincante, précisai-je.

— Et si ça ne marche pas ? insista-t-il.

C'était le signal, mon sourire s'évanouit et je lui montrai mon côté vachard.

— Alors je passe au plan B.

Il avait l'air d'apprécier mon métier et me regarda d'un air presque admiratif.

— Une femme qui fait disparaître ce qui ne va pas, dit-il avec un sourire. Très intéressant.

Et il me tendit la main.

— Simon Miller, dit-il. Ravi d'avoir fait votre connaissance.

Je la lui serrai.

La cabine d'ascenseur s'ouvrit.

Miller s'apprêtait à y entrer lorsqu'il s'arrêta et se tourna vers moi.

— Votre père n'était-il pas Monroe Wilson ? me demanda-t-il.

— Oui, c'est bien ça. Comment le savez-vous ?

— En passant devant votre bureau, j'ai remarqué sa photo sur la table derrière vous, répondit-il en souriant à nouveau. Mon père était à la commission police du comté. Il parlait souvent de votre père. Il disait que c'était un bon flic. À ses yeux, il avait une grande carrière devant lui. Jusqu'au jour où il a brusquement pris sa retraite, c'est ça ?

— C'est bien ça.

— Et donc, comment va-t-il ? Votre père, je veux dire.

— Il est mort. Il y a un mois.

Je me rappelai le jour de son enterrement et combien ils avaient été rares à assister à la cérémonie au cimetière. Des anciens du LAPD pour la plupart, partis à la retraite avec leur plaque et leur pension. Après la dernière prière, ils avaient rejoint lentement les voitures qui les attendaient, et m'avaient laissée seule avec l'amour que j'avais pour lui.

— Je suis vraiment désolé, reprit Miller. Mon père est mort il y a trois ans. C'est un moment difficile.

— C'est vrai.

— Je suis vraiment, vraiment désolé, répéta-t-il.

Je sentis que des choses se mettaient en place dans son esprit. Il ne me dit pas de quoi il s'agissait, et je ne le lui demandai pas.

— Eh bien, au revoir, dit-il.

— Au revoir.

Je croyais qu'on en resterait là, mais il me rappela une heure plus tard.

— J'ai besoin d'un mangeur de péchés, dit-il. Pas que j'en aurais à manger. Mais j'ai un problème.

— Quel genre de problème ?

— Je préférerais vous montrer, répondit-il, et il me donna son adresse, et ajouta que c'était urgent.

Il voulait savoir si je pouvais passer tout de suite.

Je l'informai que je ferais un tour chez lui dans l'après-midi.

Et je le fis.

Il habitait dans une grande maison de Beverly Hills. Style espagnol, avec toit de tuiles rouges. Il y avait une BMW garée dans l'allée ainsi qu'une Bentley.

Je n'eus à attendre que deux ou trois secondes à la porte après avoir sonné.

Il avait laissé tomber la veste et la cravate et était maintenant en chemise blanche et pantalon noir.

— Je me suis un peu renseigné sur vous, dit-il en m'accompagnant jusqu'à une pièce en retrait du vestibule. Vous avez passé dix ans au LAPD. Et vous avez intégré la division des Homicides en un temps record. Vous êtes même la plus jeune inspectrice à l'avoir fait. Puis vous avez quitté la police. Pourquoi ?

Les raisons n'avaient pas manqué. Je n'avais jamais été très bonne côté politique en interne. Plus je m'élevais, plus je devais surveiller mes arrières. Je voyais bien trop de négligence dans le travail, bien trop de gâchis d'argent, bien trop d'indulgence face à l'incompétence, surtout par copinage. En plus de quoi, la paperasse ne cessait de croître d'année en année, tout comme le temps qu'il fallait rester assis à un bureau pour remplir les formulaires nécessaires. Et moi qui aimais être sur le terrain, j'étais malheureusement aussi collée à mon bureau qu'une employée de banque.

Mais ce n'était pas qu'une question de problèmes internes au service.

Tout le système portait au désenchantement. De belles affaires étaient bousillées par des enquêtes paresseuses. Des juges bazardaient des preuves de première importance. La porte tambour ne cessait de tourner et avec chaque tour de sales individus se retrouvaient libres de faire des mauvais coups. Et côté rendre la justice, cela arrivait plus souvent dans les films.

Finalement, j'avais tout abordé avec mon père. Pour seul commentaire, il avait eu un assez mélancolique : « Alors, c'est le moment de t'en aller. Parce que si tu restes, tu finiras mauvaise flic. »

C'était cette réponse qui avait fini par me faire courir vers la sortie. La crainte que si jamais je restais au LAPD, j'échouerais à être le genre de flic qu'il avait été.

Mais comme je ne me sentais pas de discuter de quoi que ce soit d'aussi personnel avec Miller, je lui sortis une autre raison de ma liste.

— Faut croire que j'en ai eu assez de ne jamais arriver à empêcher un meurtre avant qu'il ne se produise, lui répondis-je. Aux Homicides, on a toujours un pas de retard sur le tueur. Et quand la victime est une femme ou un enfant, on peut avoir l'impression d'être… inutile.

— Mais quand vous attrapez un assassin, ça doit permettre de tourner la page, non ?

— Pour certains, oui. Mais pour moi, ça n'a pas suffi.

— Intéressant, dit-il, et il sourit.

Nous parlâmes encore quelques minutes avant qu'il en vienne à ce qui l'occupait.

— J'ai un problème avec mon ex, lança-t-il. Elle a un passé d'instabilité mentale. Plutôt que d'entrer dans les détails, j'aimerais vous montrer quelque chose.

Sur quoi, il me fit suivre un long couloir.

— Cette vieille maison date de l'âge d'or du cinéma, reprit-il. Elle est équipée d'une salle de projection.

Il y avait là des statues et des tableaux représentant des angelots en train de jouer de la harpe. Même les tout petits se trouvaient dans d'énormes cadres en bois sculpté.

Au bout du couloir, il me fit passer dans une pièce fermée par un rideau et contenant deux rangées de fauteuils de cinéma. Rouges. Avec coussins.

— Asseyez-vous, dit-il.

Je m'exécutai.

Une grande télé à écran plat était accrochée au mur, l'équipement audiovisuel habituel se trouvant dans un meuble de rangement en dessous. Miller mit un DVD dans le lecteur, s'empara de la télécommande et prit place à côté de moi.

— J'ai demandé à un technicien de m'installer ça, dit-il. Il sait tout ce qu'il faut savoir de ce genre de matériel. On voit les collures, évidemment. Il a fallu le faire parce que ç'a été filmé sous trois angles différents. Une des caméras est pointée sur l'allée de devant. La deuxième sur la maison et la troisième est en surplomb et prend et l'allée et la maison.

— Ça fait beaucoup de caméras de surveillance, lui fis-je remarquer.

— Quand vous aurez vu ça, vous saurez pourquoi je les ai fait installer, répondit-il, et il me regarda d'un air triste avant d'enchaîner : Honnêtement, depuis que ça s'est produit, j'ai l'impression d'être assiégé.

Il appuya sur un bouton de la télécommande et l'écran noir s'alluma.

Je regardai un PT Cruiser blanc suivre l'allée, puis s'arrêter devant la maison de Simon. Une blonde est au volant. Elle incline la tête. Elle semble hésiter ou peut-être ne sait-elle pas tout à fait quoi faire ensuite. Elle donne l'impression d'être sur un pont et de regarder l'eau en dessous en se demandant s'il faut vraiment qu'elle saute. Elle reste ainsi environ quinze secondes. Et bouge à peine de tout ce temps. On sent que des choses bouillonnent en elle. Elle envisage une dernière fois les conséquences de sa décision. J'ai déjà vu cette expression. Chez le gamin avec un flingue qui se demande s'il veut vraiment abattre le flic, aller jusque-là et changer à ce point son existence qu'elle n'en sera que pire encore.

En général, le gamin finit par reposer son arme.

La femme, elle, fait un autre choix.

Elle descend de voiture. Elle est très mince avec de longs cheveux raides. Elle se déplace lentement. On sent de la faiblesse physique, qu'elle est en mauvaise santé. C'est une femme qui ne mange ou ne dort pas assez. Lorsqu'elle l'ouvre, le hayon du PT Cruiser semble trop lourd pour elle. Elle se sert de ses deux bras pour le soulever. Puis elle s'arrête à nouveau et ses bras pendent à ses flancs. Au vu de tout cela, j'ai du mal à imaginer qu'elle ne se contente pas de le refermer, de se remettre au volant et de repartir. Ce serait tellement plus facile.

Mais ce n'est pas ce qu'elle fait.

Elle prend un pot de peinture, l'ouvre et rejoint une Lexus bleu foncé. Et avec un gros pinceau, elle trace les mots VIOLEUR D'ENFANTS en rouge sang sur tout le côté conducteur du véhicule.

Je regardai Miller. Il fixait l'écran sans la moindre expression. Je n'aurais su dire s'il cachait les sentiments qu'il éprouvait pour cette femme ou s'il ne lui en restait plus aucun à lui offrir. Il était calme, impassible. À croire qu'il s'était habitué à ce qu'elle soit folle et l'agresse.

Je me retournai vers l'écran.

La femme a fini son travail sur la Lexus. Elle recule d'un pas et contemple ce qu'elle a écrit. Puis elle rejoint la portière avant et, en colère, écrit à nouveau et n'importe comment les mots : VIOLEUR D'ENFANTS.

Sur quoi la vidéo passe à une autre caméra. Une voiture de police se gare dans l'allée et deux policiers en tenue en descendent. La femme se retourne pour leur faire face. Elle reste immobile et les attend tandis qu'ils s'approchent. L'un d'eux, une femme, pose la main sur son pistolet. Je reconnais en elle Candace Marks. Nous avons été bleues ensemble, mais plus tard, elle a obtenu une licence de droit pénal, travaille maintenant aux Affaires internes[1] et se sert d'un crayon plutôt que d'une arme de poing.

C'est elle qui tient le crachoir. Son coéquipier masculin se contente de regarder lorsqu'elle s'avance vers la femme, lève la main, puis l'abaisse en un geste lent et fluide – elle lui ordonne de poser son pinceau et son pot de peinture.

La femme ne le fait pas.

Candace cesse d'avancer vers elle.

Elles se dévisagent.

Finalement, la femme parle. Il n'y a pas moyen de savoir ce qu'elle dit, mais je vois que ça met Candace en alerte. Son regard se fait plus intense. Elle jette un coup d'œil à son coéquipier. J'ai vu ce signal, il signifie : *On a vraiment un gros ennui.*

— C'est là que c'est dur à regarder, dit Simon. Ça m'a fait mal de voir ça.

Je ne le regardai pas. Une part de moi-même n'était même plus dans sa maison, assise là dans une salle sombre devant une télévision.

Je suis dehors.

Avec la femme.

Elle fixe les deux policiers qui s'approchent. Candace est devant, son coéquipier la suit de quelques pas. Elle essaye de calmer la femme en parlant. Elle lui fait signe de lâcher son pot de peinture et son pinceau. La femme s'y accroche. Elle est totalement immobile.

Le second policier fait un pas sur la droite. La femme tourne vivement la tête de son côté. Elle voit bien la manœuvre pour ce qu'elle est – une tentative d'encerclement. Elle jette son pot sur Candace. Un jet de peinture rouge gicle dans les airs.

Techniquement parlant, c'est une agression.

Je sais ce qui va se passer ensuite.

1. Équivalent américain de notre IGS.

Les flics se ruent en avant et mettent la femme d'abord à genoux, puis face contre terre dans l'allée en pierre. Elle résiste, donne des coups de pied, se débat. Candace la chevauche, lui ramène les poignets droit et gauche ensemble et la menotte.

Miller sort de la maison. Il a l'air soulagé que l'incident soit terminé. Les flics soulèvent la femme de terre et la conduisent à leur voiture. Candace lui pose la main sur le haut du crâne, puis l'abaisse pour la faire asseoir sur la banquette arrière.

Miller serre la main de Candace et de son coéquipier. Il est évident qu'il les remercie.

Une fois qu'ils sont partis, il fait demi-tour et réintègre la maison.

Et l'écran redevient noir.

— Cela remonte à cinq ans, me précisa Miller.

Il se remit debout et rejoignit la télé.

— Cette femme est mon ex, ajouta-t-il. Elle s'appelle Claire Fontaine.

— D'où sort-elle l'idée qu'elle se fait de vous ? lui demandai-je. Que vous êtes un violeur d'enfants, je veux dire.

— Cela a à voir avec la fille de son premier mariage, Melody. Elle s'est noyée une nuit à Catalina. Plus tard, Claire s'est convaincue que je l'avais violée.

Je n'avais aucun moyen d'en juger, mais ce n'était pas important. On donne au client le bénéfice du doute et on fait tout ce qu'on peut pour l'aider.

Cela étant, je poussai quand même la question un peu plus loin.

— Cette idée serait donc sortie de rien ?

— De rien.

— Personne d'autre ne vous a jamais accusé de ça ?

Il eut l'air offensé.

— Personne, non. Et d'ailleurs, je ne suis pas le seul homme qu'elle ait accusé de crimes abominables. En fait, elle a même accusé son père. À l'entendre, il aurait essayé de la noyer quand elle avait huit ans.

— Pourquoi ?

— Toujours à l'entendre, il était tombé amoureux d'une femme qui ne voulait pas avoir d'enfants. Il aurait donc emmené Claire nager et à un moment donné, il aurait tenté de la noyer. D'après elle, il lui aurait attrapé les chevilles alors qu'elle essayait de sortir de l'eau pour monter dans un bateau et l'aurait tirée sous l'eau… Et aurait bien réussi si d'autres gens n'étaient pas arrivés. Après cet incident, son père a perdu cette femme et c'est pour ça qu'il n'aurait jamais cessé de haïr Claire.

Et il y alla d'un soupir d'exaspération.

— Elle n'a jamais eu la moindre preuve pour étayer cette histoire, ajouta-t-il en hochant la tête. Sauf que lorsqu'elle a quelque chose dans le crâne, les preuves n'ont aucune importance. C'est la même chose avec moi et ses accusations de viol d'enfants.

— Mais tout cela remonte à cinq ans, lui fis-je remarquer. Quel est son problème, aujourd'hui ?

— Elle a une nouvelle dépression.

Il sortit le DVD du lecteur et le remplaça par un autre.

— Ce que vous allez voir maintenant remonte à quatre jours, dit-il. Ç'a été filmé par des caméras de surveillance de l'école que fréquente la fille de ma fiancée. Le principal de l'établissement est un vieil ami à moi et m'en a fait faire une copie.

Il appuya sur le bouton « Play », l'écran se ralluma.

La vidéo montrait le même PT Cruiser blanc garé en face de la Larsen School. Claire est à la place du conducteur et regarde intensément le portail de devant. Elle ne descend pas de sa voiture. À peine si elle bouge. On dirait un tireur d'élite. Une bande passante enregistre l'heure.

— Elle est restée là trois heures, reprit Miller quand l'écran redevint noir. Trois heures entières à regarder, rien d'autre.

— L'école a-t-elle appelé les flics ?

— Non, répondit-il. Il n'y a aucune loi qui interdise de rester assis dans une voiture. Et en plus, ils ne connaissaient pas Claire et n'y ont senti aucun danger.

Il regagna le siège à côté de moi.

— Je n'aurais jamais entendu parler de ça si Charlotte n'avait pas repéré Claire en allant chercher sa fille.

— Charlotte ?

— Ma fiancée. Je vais me marier dans quelque temps. C'est sans doute ça qui a déclenché la crise. Charlotte a une fille, Emma, et Emma a à peu près le même âge que Melody quand j'ai épousé Claire. Claire pense donc que je vais « recommencer ». C'est le mot qu'elle a utilisé quand elle m'a écrit. « Je ne te laisserai pas recommencer. »

Il ajouta lui avoir téléphoné plus tard. Il voulait traiter l'affaire avec elle plutôt que d'en référer aux autorités.

— Je ne veux pas qu'on l'arrête à nouveau, dit-il. J'essaie de la protéger… d'elle-même. Et je patauge, je le reconnais. C'est pour ça que je vous ai appelée. Je ne sais pas quoi faire dans cette situation.

Il savait qu'il y avait des mesures qu'il aurait pu prendre vu ses manières de harceleuse à l'école. Mais il a commencé par essayer de raisonner avec elle. Malheureusement, elle n'était pas prête à discuter du problème avec lui.

— Elle m'a pratiquement raccroché au nez, reprit-il. Mais pas avant de m'avoir accusé de la faire suivre. Ce qui est totalement ridicule.

— Pourquoi croit-elle être suivie ?

— Comment le saurais-je ? s'exclama-t-il en haussant les épaules. Peut-être a-t-elle vu quelque chose qui lui a paru suspect. Mais peut-être aussi n'a-t-elle rien vu du tout.

Et il laissa échapper un soupir torturé.

— Je me marie dans trois semaines. Mon souci est que quoi qu'elle tente, elle s'y prenne avant la cérémonie. Parce qu'elle veut empêcher ce mariage.

— Ça ne nous laisse guère de temps.

Je vis de la peur, et bien réelle, dans ses yeux.

— Elle a une arme, dit-il.

— De quel genre ?

— Un pistolet. Elle me l'a montré. C'est un vieux truc qui a appartenu à son premier mari, mais à ce que j'en sais, il marche encore.

Il me regarda d'une façon qui me laissa entendre que je devrais prendre cette histoire de pistolet très au sérieux.

— Écoutez, enchaîna-t-il, vous pensez peut-être que je panique pour rien, mais quand je repense à l'espèce de truc de cinglé qu'elle a fait la dernière fois et à quel point elle est en colère aujourd'hui, je suis obligé d'envisager jusqu'où elle pourrait aller ce coup-ci.

Son ton se fit implorant, sa voix celle d'un homme qui a vraiment besoin d'aide.

— Je sais que je pourrais engager des gardes du corps, mais je n'ai pas envie de vivre comme un prisonnier. Et je ne veux pas que Charlotte ou Emma vivent ça elles non plus.

— Vous pensez qu'elle pourrait leur faire mal à elles aussi ?

— Je ne sais pas de quoi elle serait capable. C'est ça, mon problème : elle est folle.

Il avait l'air d'un petit garçon qui a besoin qu'on l'assure que tout ira bien.

Je savais que le moment de vérité était arrivé.

— Qu'attendez-vous de moi exactement ? lui demandai-je.

Réaction ordinaire à cette question, il hésita. Les gens qui engagent un mangeur de péchés renâclent souvent avant de passer le point de non-retour.

Comme nombre d'autres que j'ai connus, il y parvint d'une manière détournée.

— Un peu plus tôt, vous m'avez dit avoir quitté le LAPD parce que vous n'arriviez jamais à arrêter un meurtre avant qu'il se produise, dit-il enfin. Alors… peut-être y parviendrez-vous cette fois.

Il avait l'air alarmé par ses propres pensées.

— J'ai peur d'elle, Sloan. J'ai peur de ce qu'elle pourrait faire.

J'envisageai qu'il puisse exagérer le danger posé par son ex. Bien sûr, la vidéo montrait une femme égarée, mais jeter un pot de peinture sur une voiture, voire sur un flic, n'a pas grand-chose à voir avec tuer quelqu'un. Mais cela n'avait vraiment aucune importance parce que j'avais déjà appris qu'il est aussi facile de sous-estimer le potentiel de violence d'un individu que de le surestimer. Miller me demandait de le protéger, lui, sa fiancée et la fille de cette dernière, d'une femme dont les conduites présentes et passées lui faisaient peur. Elle était une menace qu'il voulait que je contienne ou neutralise, j'avais eu bien d'autres clients dans une situation à peu près identique et j'avais toujours réussi à fournir le service qu'on me demandait, je n'avais aucune raison de penser que cette affaire était différente de ces dernières. J'acceptai le boulot.

— Je vais avoir besoin de l'adresse et du numéro de téléphone de Claire, dis-je.

Il me les donna.

— Où travaille-t-elle ?

— Nulle part en particulier, répondit-il. Elle est professeur de français et navigue d'un élève à un autre.

— Conduit-elle toujours la même voiture ?

— Oui.

— Est-ce la seule qu'elle a ?

— À ce que je sais, oui.

— Charlotte vit-elle avec vous ?

— Non.

— Il va me falloir son adresse.

— Pourquoi ?

— Pour que je sache si Claire tourne autour de chez elle.

Il me regarda d'un œil interrogateur.

— Je peux la suivre électroniquement, lui dis-je. On n'a plus besoin de suivre quiconque. Physiquement, en tout cas. Si je vois qu'elle se dirige vers l'un quelconque d'entre vous, je vous le ferai savoir.

— Très bien. J'apprécie.

— En attendant, je vais voir à la… (et je marquai une pause parce que le terme me semblait excessivement brutal) « contenir » par d'autres moyens.

Soudain il parut soulagé et me tendit la main. Je la lui serrai fermement.

— Merci, dit-il.

Et c'est ainsi que débuta…

la fin de ma carrière.

CHAPITRE 3

À la fin de la journée, Jake me demanda si je voulais faire une partie de billard après le boulot. Je refusai. À la place, je revins chez moi.

Ma maison est petite et douillette, mais en y entrant ce soir-là, l'absence de mon père me donna de nouveau des frissons. J'y étais revenue pendant sa maladie et avais fait tout mon possible pour prendre soin de lui. Il avait fait bonne figure et essayé d'en tirer le meilleur, au point même de masquer sa douleur.

Mais je n'avais rien de tout cela à l'esprit.

En fait, en préparant mon dîner, je pensai à peine à sa mort récente. C'était la vie qu'il avait menée qui m'importait, et plus particulièrement la manière dont ma mère avait bousillé sa carrière au LAPD en lançant une fausse accusation de corruption contre lui.

D'après ce que le chef de la police avait raconté plus tard à mon père, sa plainte avait pris la forme d'un « coup de fil insensé ». Elle n'avait donné aucun détail ni fourni la moindre preuve de ce qu'elle avançait. À l'entendre, mon père avait le nez sale, mais pas de la manière habituelle. Elle n'avait jamais dit qu'il prenait des pots-de-vin. L'argent n'était pas le problème. Ce qu'il voulait, c'était devenir chef de la police. Il rendait des services pour qu'on lui en rende en retour. Glisser un mot en sa faveur au bon moment, et il grimperait dans l'échelle du commandement. Il n'était, disait-elle, « qu'une pute ambitieuse ».

Une semaine après ce coup de fil, elle était entrée dans le petit bureau de mon père, y avait pris son revolver et s'était tiré une balle dans le crâne.

Ce jour-là, j'étais rentrée de l'école plus tard que d'habitude. Et comme toujours je m'attendais à ce que la porte de derrière soit ouverte. Mais elle était fermée à clé. J'avais donc fait le tour pour entrer par-devant et étais passée d'une pièce à une autre jusqu'au moment où je l'avais trouvée dans le bureau de mon père.

Elle était allongée sur le sol, les jambes repliées sous elle. Je ne lui voyais qu'un côté de la figure, avec tout le sang qui s'était répandu autour. Pendant quelques secondes, j'étais restée figée, trop choquée pour bouger ou même seulement appeler à l'aide. Dans ce silence, tout m'avait fait l'effet d'être mort.

Je n'avais que sept ans à l'époque. Je ne savais rien de la manière dont elle avait complètement bousillé mon père. Mais les ans passant, il m'avait dit toute l'histoire un épisode après l'autre. Lorsque enfin j'entrai à l'Académie de police, j'avais tout compris.

Ajouté à son accusation, le suicide de ma mère avait scellé son destin. Sa plainte n'avait même pas eu à être vraie, et elle aurait pu avoir des centaines de raisons différentes de mettre fin à ses jours. Mais à relier ces deux faits ensemble, qui aurait bien pu nommer un chef de la police dont la femme s'était tuée après avoir passé un pareil coup de téléphone ?

C'étaient ces sinistres événements qui expliquaient la retraite qu'avait brutalement prise mon père et après, ses tristesse et déception et la vie de solitude qu'il avait menée sans aucun de ses anciens camarades à ses côtés.

Après la mort de ma mère, il s'était démené pour m'élever et subvenir aux besoins d'une famille monoparentale en effectuant plusieurs boulots à la fois. Il travaillait comme vigile dans un grand magasin, faisait le voiturier au restaurant Ivy et gardait l'entrée de divers studios de cinéma. C'est en remplissant toutes ces tâches qu'il avait payé mes études dans une école privée, m'avait acheté de belles chaussures et de belles robes pour que je n'aie pas l'air pauvre, et avait même réussi à réunir assez d'argent pour me payer mon voyage de fin d'études secondaires à New York à dix-sept ans.

Repenser à tout cela ne fit qu'accroître le ressentiment qu'avaient toujours suscité en moi les cruelles allégations de ma mère, mais me rappela aussi l'affaire de Simon Miller et ce que son ex tentait encore une fois de lui faire. Comme celle de mon père, sa vie était saccagée par les accusations d'une femme.

Après un dîner vite expédié, j'étudiai le matériel qu'il m'avait confié quelques heures plus tôt.

Les faits et gestes de Claire avaient été officiellement réunis dans un seul rapport d'incident aussi long qu'exhaustif. Y étaient inclus une évaluation psychiatrique ainsi qu'un « profil » fournissant une vue générale de ce qu'elle avait fait dans le sillage de la mort de Melody – à savoir divorcer presque aussitôt d'avec Miller.

Mais ça ne s'arrêtait pas là.

Les semaines suivantes l'avaient vue envoyer des lettres au cabinet d'avocats de Miller ainsi qu'au barreau de Californie.

Miller n'était pas resté les bras croisés. Il avait obtenu une ordonnance restrictive à son encontre et tout était allé de mal en pis. Pour finir, Claire s'était rendue chez Simon avec un pot de peinture rouge. Elle avait écrit « Violeur d'enfants » sur sa porte et sur sa voiture. Il avait appelé les flics. Quand ils s'étaient pointés, elle s'était battue. Il était assez clair qu'elle n'avait plus toute sa tête et le tribunal avait ordonné qu'un psychiatre de l'État, le Dr Frederick Lind, évalue sa santé mentale. Selon son rapport, Claire prétendait que son père avait essayé de la tuer.

Lind pensait que cette accusation était liée à celle portée contre Miller : dans l'une comme dans l'autre affaire, elle n'avait fourni aucune preuve de ce qu'elle avançait.

Et il avait fait d'autres découvertes.

Claire Fontaine était :

d'un naturel soupçonneux et se méfiant de tout le monde,
persuadée que tous mentaient sur son compte,
convaincue qu'on la persécutait,
encore socialement isolée,
agressive et hostile.

Le diagnostic qui en avait résulté était sombre : Claire Fontaine était paranoïaque.

Elle avait passé trois mois dans un asile et n'en avait été libérée qu'à la condition de laisser Simon Miller tranquille.

Celui-ci avait glissé deux photos dans la même enveloppe. La première de Charlotte, une femme élégante d'une petite quarantaine d'années. Ses vêtements coûtaient cher, mais n'avaient rien d'ostentatoire. Elle avait manifestement de l'argent, ou sortait d'un milieu friqué, mais avait l'aisance facile et confortable, et la portait comme une bague ancienne. La photo d'Emma, elle, montrait une fille habillée d'une robe d'été ample. Debout sur la plage et le dos à la mer, elle faisait des signes au photographe. Longs cheveux blonds et yeux d'un bleu étincelant. Elle avait l'air heureuse, insouciante, radieuse.

Mon père pensait que l'inspecteur des Homicides doit toujours avoir l'être intime de la victime à l'esprit. Il faut bien regarder la personne assassinée et se dire qu'elle a été réelle et a eu toutes sortes de sentiments. Qu'homme, femme ou enfant, elle méritait de vivre et aurait dû avoir cette chance.

Je décidai de suivre son conseil et de faire la même chose avec Charlotte et Emma, mais avec une mission différente. Mon boulot serait d'empêcher qu'on leur fasse du mal plutôt que de chercher qui leur en avait fait.

Après avoir parcouru tout le dossier, j'arrêtai que Claire pouvait effectivement être dangereuse.

Pour cette raison, je creusai encore un peu, mais moins dans son passé que dans son présent. Je voulais savoir ce qu'elle avait derrière la tête lorsqu'elle avait envoyé ses lettres de menaces à Simon.

Je commençai par son boulot et cherchai « Cours de français, Claire Fontaine » sur Google. Son site Web monta en entier, y compris avec sa photo en femme habillée de manière très professionnelle et arborant un beau sourire. À croire qu'elle était aussi parfaitement normale émotionnellement qu'entièrement professionnelle dans sa carrière. Elle s'exprimait bien et dans sa présentation, avait tout de la raison même. Elle avait conçu un test en dix questions avec lequel ses élèves potentiels pouvaient déterminer leur niveau actuel.

Sa page Web reflétait bien la présentation totalement pratique qu'elle y faisait d'elle-même. On n'y trouvait pas de vidéos. Ni non plus de musique ou de schémas accrocheurs. Tout y était complètement dans les règles.

Je regardai ses annonces sur Thumbtack, Yelp et Craiglist et y retrouvai la même approche sans chichis.

Après quoi, je lançai encore une recherche globale et trouvai son nom à divers endroits. Une certaine Loraine Ferguson avait posté une photo de sa promotion où l'on voyait Claire avec la toge et le mortier, le visage à peine visible au milieu d'une foule d'autres.

Dans une brève notice nécrologique, on mentionnait qu'elle était la veuve de Max Slater, trente-sept ans, un ingénieur des travaux publics décédé d'un cancer.

On trouvait encore d'autres choses sur elle, mais rien qui en dise beaucoup plus long sur son caractère et ses intérêts. C'est ainsi qu'à vingt-trois ans, elle avait fait partie d'une troupe de théâtre amateur de Venice, Californie, qui avait monté *Le Marchand de Venise*. Elle y avait tenu le rôle d'une vendeuse de fleurs, Max Slater y jouant, lui, le « méchant agent de recouvrement ». C'était donc peut-être ainsi qu'ils s'étaient rencontrés.

Les registres de l'état civil révélaient leur mariage ultérieur, puis la naissance de leur fille, Melody, et ceux du cadastre l'achat d'une maison à Mid-Wilshire, rien de tout cela ne sortant de l'ordinaire.

Cinq ans après la mort de son mari, elle avait épousé Simon Miller, lequel était un homme tellement en vue qu'une notule avait paru sur leur mariage dans le *L.A. Times*, le tout accompagné d'une photo de l'heureux couple où, vêtue d'une robe blanche en dentelle, Claire tenait un bouquet à la main, Miller étant, lui, en queue-de-pie.

Après ça, la vie de Claire s'assombrissait.

Le 7 mai 2013, le corps de Melody était retrouvé sur une plage de Catalina. D'après les journaux locaux, elle avait été victime d'un accident. L'autopsie avait donné la noyade pour cause de sa mort, et sans qu'il y ait la moindre indication de coup fourré.

Claire ne reparaissait dans les journaux que le 4 juin de la même année. Elle avait, de toute évidence, quitté Miller immédiatement après la mort de sa fille. Mais un mois plus tard, elle se pointait chez lui avec un pot de peinture. L'article ne prenait qu'une colonne, mon expérience me disant qu'il se résumait à une compilation du rapport que la police avait fait de l'incident.

Et pendant les cinq années qui avaient suivi, le nom de Claire n'apparaissait plus nulle part dans le moindre document public.

Mais voilà qu'elle était de retour et menaçait Simon Miller, ainsi que sa fiancée, Charlotte, et la fille de cette dernière, Emma.

J'allais devoir les protéger.

Et pour ce faire, j'allais avoir besoin de suivre Claire vingt-quatre heures sur vingt-quatre et sept jours sur sept.

Plus tard ce soir-là, je rejoignis l'adresse que Miller m'avait donnée. Claire avait garé sa voiture le long du trottoir, à moins d'une rue de chez elle. Je me rangeai non loin de là, sortis un tracker GPS magnétisé de ma boîte à gants et revins jusqu'au PT Cruiser blanc que j'avais vu dans la vidéo. La rue étant pratiquement déserte, je n'eus guère à traîner avant de le fixer sous le châssis.

Une fois de retour à la maison, je bâtis une stratégie d'endiguement de la femme. Et lorsque j'eus fini d'assembler les divers éléments de mon plan, je calculai le temps qu'il me faudrait et estimai mes honoraires. Comme toujours, j'y inclus des imprévus qui pourraient les faire monter. Puis, mon affaire faite, je remplis les cases de mon contrat type et l'envoyai à Miller par e-mail pour approbation.

Rien dans tout ce processus ne sortait de la routine.

Mais la vie a, et sans qu'on s'y attende, bien des façons de changer ceci en cela : le petit béguin du lycée se transforme en mariage, le premier boulot en métier d'une vie, le plan le plus simple en tragédie.

Il était alors déjà plus de minuit et je ne fus pas peu surprise lorsqu'en plus de me répondre moins de vingt minutes plus tard, Miller accepta mes honoraires et ajouta une dernière note à l'affaire : *Quoi que vous ayez à faire.*

Comme tous les autres, je rangeai son e-mail dans un dossier d'ordinateur. Je l'intitulai *Claire Fontaine* et posai que son cas ne serait en rien différent de tous les autres que j'avais traités. Je résoudrais le problème de Simon Miller, tout serait bien propre et bien net, et quand ce serait fini, je toucherais mes honoraires et passerais à autre chose.

À ce moment-là, mon attention aurait dû se porter sans difficulté sur un autre client. Mais non, je continuai de penser à

Claire, à ce qu'elle avait fait à Miller, à ce qu'elle menaçait de lui infliger encore, tout ce train de pensées me ramenant en tempête à ma mère. Les minutes passant, les deux femmes commencèrent à fusionner d'une manière aussi sinistre qu'insidieuse, la haine que j'avais de ma mère déteignant sur les sentiments que j'éprouvais à l'endroit de Claire.

Déteignant, songeai-je plus tard. Oui. C'était bien le mot juste.

CLAIRE

CHAPITRE 4

Ray Patrick est assis près de la vitrine du Starbucks lorsque j'arrive. Il porte un pantalon blanc, une chemise bleu clair et des mocassins en daim bleu foncé avec glands, mais pas de chaussettes. Ces vêtements sortent d'un magasin haut de gamme de Rodeo Drive. Grand et mince, il a les cheveux poivre et sel.

Il se lève lorsque j'avance vers lui et me tend la main.

— Ravi de faire votre connaissance, Claire.

Et il me tient la main juste un rien plus longtemps que nécessaire.

— Café ?

Je fais non de la tête et remarque le livre qu'il lisait et a posé sur la table lorsque je suis entrée. Une biographie de Léonard de Vinci.

D'un signe de tête, je lui indique l'image du peintre sur la couverture.

— Son premier souvenir est celui d'un oiseau, lui dis-je. Après ça, il a été obsédé par le vol.

Cette petite histoire semble lui plaire.

— Vous savez beaucoup de choses sur lui, je vois, dit-il.

— En fac, c'était, disons... ma spécialité.

— Ava m'a dit que vous aviez fait des études d'art à Paris.

— D'histoire de l'art. Je ne suis pas peintre.

— Moi non plus. Je me contente de vendre ce que peignent les autres.

Trait de caractère que j'apprécie chez les gens, j'entends une aimable note d'autodérision dans sa voix.

Cela me rappelle Max. Lui aussi était toujours prêt à sourire. Je me dis que ce genre de comparaisons n'apporte rien et qu'en plus, c'est injuste envers Ray, ou tout autre homme que je pourrais rencontrer.

Ray se penche légèrement en arrière.

— Quand avez-vous commencé à étudier le français ? me demande-t-il.

Personne ne m'a posé cette question depuis longtemps. C'est peut-être pour cela que ça me ramène fortement à ma vie antérieure. Comme si je la tenais dans ma main, je revois la lettre dans laquelle ma grand-mère veuve me demande de venir à Paris, puis la façon dont elle m'ouvre sa maison et offre de me payer mes études. Je revois l'élégance avec laquelle elle a écrit : *Tu seras en sécurité ici.*

Loin de ton père.

C'est la seule personne qui m'ait crue.

Elle avait même essayé de le convaincre de me laisser venir en France bien avant, pour me protéger. Il avait refusé. *Pourquoi laisserais-je une femme qui me prend pour un monstre élever ma fille ?*

Telle avait été sa seule et unique explication.

Cela dit, quand j'avais eu dix-huit ans, ce n'avait plus été à lui de décider et j'avais accepté l'offre de ma grand-mère, et pris le premier avion pour Paris.

— J'ai eu l'occasion de vivre en France, réponds-je à Ray. À Paris.

— Combien de temps y êtes-vous restée ?

— Quatre ans. Le temps de mes études.

— Furent-elles les meilleures années de votre vie ?

— Oui, entre autres.

— J'imagine que vous saviez un peu de français avant d'y aller, non ?

— Pourquoi vous imaginez-vous ça ?

— Votre nom… Fontaine.

— C'était celui de mon père, mais il ne parlait pas français. Au contraire de ma mère. Elle me l'a enseigné quand j'étais encore un bébé. Elle a commencé par son mot préféré.

— Qui était ?

— Amour.

Je pense démarrer la leçon sans attendre, mais il poursuit d'un ton désinvolte :

— La plupart de vos élèves sont-ils adultes ? me demande-t-il.

— À peu près la moitié.

— Quel âge a le plus jeune ?

— Quatre ans.

— Ça doit être un vrai défi.

— Pas vraiment. J'aime bien enseigner aux enfants. Ils sont capables de… beaucoup absorber.

— Mais pas toujours, si ?

— Pas toujours, non.

— Ce petit de quatre ans, c'est un garçon ou une fille ?

— Une fille.

— Elles peuvent être tout à fait charmantes, ces petites filles.

— Les petits garçons aussi, lui renvoyé-je.

— Bien sûr, dit-il en hochant la tête.

— On commence ? lui lancé-je en sortant mon carnet.

Je ne sais pas pourquoi, mais pendant cette leçon, tous les mots de vocabulaire que je lui apprends déclenchent en moi de véritables tourbillons de souvenirs.

Maison.

Dans l'intervalle qui sépare le mot que je prononce et celui qu'il répète, le monde semble s'arrêter et le temps monter et descendre telle une marée d'images qui se suivent.

La maison où j'habitais avec ma mère. L'odeur du pain. La *bûche* qu'elle confectionnait pour Noël.

La même maison mais sans elle, ma chambre fermée à clé pour prévenir toute intrusion de mon père, les nuits sans sommeil où je craignais qu'il recommence, qu'il me mette un oreiller sur la figure et appuie dessus de tout son poids.

L'appartement à hautes fenêtres de ma grand-mère boulevard Raspail, où je regardais en bas du haut du balcon.

La maison que je partageais avec Max et Melody, le jardin de derrière jonché de jouets, les feuilles de palme qui y flottaient dans une piscine en plastique.

La maison où je rentre tous les soirs.

Sombre.

Silencieuse.

Vide.

— *«May-ssohn»*, dit Ray.

— Non, le corrigé-je. *«May-zohn»*. Ici, le S se prononce Z.

— Le S se prononce Z en français ?

— Oui, quand il se trouve entre deux voyelles, lui réponds-je avant de passer au mot suivant.

Voiture.

Et voilà que je suis la fillette assise sur le siège arrière de notre familiale – les vitres baissées, le désert qui s'étend à perte de vue dans toutes les directions, les rochers arrondis de Joshua Tree qui s'élèvent devant nous, ma mère qui crie soudain tout excitée : *«Regarde, Claire ! Un coyote !»*

Puis elle disparaît et je suis maintenant assise sur le siège passager de cette même lourde voiture noire, et mange une glace en essayant d'être heureuse, mais en surveillant l'air étrangement abattu que prend mon père pour accélérer brusquement, puis ralentir tout aussi soudainement comme sous l'emprise d'une effrayante indécision. «Où on va, papa ?» Comme il avait eu l'air sinistre en me répondant : «Nager !»

Ray ne voit rien de tout cela. Nous égrenons les mots que je choisis pour illustrer certaines prononciations françaises. Il saisit un peu plus vite que d'habitude pour quelqu'un qui n'a jamais appris une langue étrangère. C'est sa force mentale que je remarque. Alors que beaucoup sont épuisés à la fin d'une leçon, il est clairement dynamisé.

La leçon dure plus d'une heure, mais son enthousiasme aidant, elle paraît beaucoup plus courte.

Il essaie de me payer le temps supplémentaire.

— Ce n'est que justice, dit-il en me tendant l'argent.

— Non merci, lui renvoyé-je.

Dévouement, engagement, passion. Il ne devrait pas y avoir de supplément pour ces valeurs. J'empoche ses cinquante dollars et nous tombons d'accord pour nous retrouver à la même heure deux jours plus tard.

— J'espère que vous vous êtes autant amusée que moi, dit-il.

— Mais oui.

— Vous avez beaucoup de patience, Claire, ajoute-t-il quand je fais demi-tour pour partir.

Je me retourne vers lui.

— Merci, dis-je.

En repartant, je vois un groupe d'adolescentes traverser le parking. Elles portent leurs cartables. Elles parlent et elles rient.

Puis, c'est Ray Patrick qui capte mon attention. Je le regarde regagner sa voiture, une Mercedes noire. Il y a de l'élégance dans son pas, de celles qu'on remarque chez les hommes parfaitement à l'aise dans leur peau.

Je me rends compte qu'il me plaît, et cela me paraît chaud, naturel et sans danger. J'apprécie cette impression un bref instant avant de me rappeler, et froidement, que Simon lui aussi m'avait plu.

***

Un appel m'arrive alors que je rejoins mon élève suivant. Il émane de Linda Bergman, qui dirige un service de traducteurs « pour toutes les occasions ».

Une touriste française vient d'être amenée à Cedars-Sinai.

— Elle s'appelle Delphine Perron, m'informe Linda. Elle voyage manifestement seule et n'a donc personne pour l'aider. Elle s'est évanouie en plein milieu d'Hollywood Boulevard. L'hôpital veut s'assurer qu'elle comprend ce que lui disent les médecins. Chambre 517, à deux heures. Vous pourrez y être ?

Je consulte ma montre. Je n'aurai qu'une demi-heure pour y arriver, garer ma PT qui ferraille et gagner sa chambre. Mais ce que je gagne pour ce genre de travail étant le double de ce que me rapporte une leçon, cela vaut bien l'effort.

— Ça va être serré, mais je peux, oui.

En chemin, je passe devant Spago, un superbe restaurant de Beverly Hills. Une Mercedes noire est garée au coin de la rue. Je réussis à voir le conducteur, mais seulement de derrière. Un bref instant, je me retrouve à me demander si le type au volant, et je ne vois que sa silhouette, ne pourrait pas être Ray Patrick.

L'hôpital de Cedars-Sinai est un complexe tentaculaire, mais je parviens à rejoindre la chambre 517 cinq minutes avant la consultation prévue. La patiente semble avoir une vingtaine d'années. Je me présente en français, mais elle me répond en anglais, puis elle essaie de continuer dans cette langue jusqu'au moment où il devient évident qu'elle en est incapable. Après, nous ne parlons plus qu'en français. Elle est venue à Los Angeles parce qu'elle était très impressionnée par les stars du cinéma américain. Elle a toujours voulu voir la ville où vivent un si grand nombre d'entre elles. Elle n'a que peu de vacances car elle doit être de retour à Lyon au milieu du mois pour y reprendre son boulot de caissière.

Je lui demande quelles sont ses stars préférées. Elle me cite Jennifer Lawrence et Bradley Cooper, qui tous les deux sont

« *de grands artistes* ». Elle veut être actrice, mais pas en France. Les films français la rasent. Et les acteurs français ne sont que des snobs.

Le médecin arrive. Il est petit, ses cheveux se font rares, son aspect me rappelle Mehdi. Je ne peux pas m'empêcher de me demander s'il n'a pas caché une couronne de Burger King.

Je le prie de ne pas parler trop longtemps et de me ménager de longues pauses pour que je puisse traduire.

Il acquiesce d'un signe de tête et commence.

Une radio a révélé la présence d'une tumeur dans le cerveau de Delphine. Maligne ou bénigne, seule pourra le dire une intervention chirurgicale. Delphine devra consulter un neurochirurgien dès son retour en France.

Je transmets la nouvelle d'une voix aussi calme que possible vu sa teneur effrayante.

Delphine est hébétée et ne comprend pas, comme si elle avait reçu un coup de massue sur la tête. Elle cligne lentement des yeux. Ses lèvres s'entrouvrent un rien. Elle essaie de digérer la terrible nouvelle.

Je me tourne vers le médecin.

— Pouvez-vous lui dire autre chose ? lui demandé-je.

Je veux qu'il ajoute quelque chose d'encourageant, ou en tout cas de moins horrible. Ce diagnostic a tant coûté à Delphine qu'un brin d'espoir doit lui être rendu.

Il se contente de me regarder d'un air grave.

— Il faut qu'elle se fasse opérer tout de suite. Dès qu'elle sera en France.

C'est la taille de sa tumeur qu'il a à l'esprit. Il ne lui a rien dit de plus parce que ce « plus » est pire.

La tumeur est probablement maligne, enchaîne-t-il en me regardant, et si elle l'est, Delphine, qui n'a que vingt ans, sera morte dans à peine quelques mois.

Je la regarde.

— Vous devez vous faire opérer dès que possible.

Et parce que ça me paraît nécessaire, j'ajoute :

— *Immédiatement.*

Ses yeux se remplissent de larmes, mais elle ne dit rien. Elle s'était sans doute imaginé une vie plus ou moins sans fin. Elle allait avoir de longues et délicieuses années devant elle. Du temps pour tomber amoureuse, avoir des aventures, rencontrer le succès au cinéma. Et maintenant, tout cet avenir a déraillé.

Elle lève la main pour se toucher le côté de la tête. Ses doigts tremblent.

— *Si tu veux, je peux rester avec toi*, lui dis-je.

— *Oui, ce serait bien. J'ai besoin de toi.*

Plus tard, je rejoins ma voiture, mais ne fais pas démarrer le moteur. J'ai les nerfs à vif, la mort est à nouveau terriblement réelle, comme si l'oubli à venir recouvrait tout. Je pense à la brièveté de notre passage dans le temps avant de rejoindre l'éternité.

Où est Max.

Et Melody.

Puis je pense à Emma.

J'ai si peu de temps pour arrêter Simon.

Et comment ?

C'est quoi, la suite ?

Je lui ai écrit. Il n'y aurait aucun avantage à le refaire.

Ai-je déjà atteint une impasse, ou seulement pris la dernière décision raisonnable ?

Cela ne m'en laisse-t-il plus qu'une déraisonnable ?

Je ne peux reculer devant le précipice de cette question, mais dois quand même y faire face.

À quoi es-tu prête ?

Si seulement j'avais quelqu'un pour me montrer le chemin ! Comme si je cherchais cette personne, je regarde fixement dans le garage. Des gens y entrent et en sortent. Des gens en tenue de laboratoire. Des gens en fauteuil roulant. Certains d'entre eux me jettent un coup d'œil.

Ce qu'ils voient est une femme assise immobile derrière son volant.

Elle ne bouge pas.

Pas le moins du monde.

Si quelqu'un peignait mon portrait, j'aurais l'air seule, isolée.

Parce c'est ce que je suis.

Le comprendre entièrement me tombe dessus. Plus que tout, je veux que quelqu'un me croie, tout simplement. Que quelqu'un voie la même menace que moi, et sente le même péril. Un ami.

CHAPITRE 5

Après mon dernier élève, je décide de passer par la jetée avant de rentrer. Il n'y a aucune raison à cela en dehors du fait que j'éprouve le besoin d'honorer la mémoire de la jeune fille qui s'y est noyée. Il s'agit d'un geste de respect à distance, je le comprends, mais… c'est déjà ça.

Sur les planches, l'ambiance est, comme toujours, pleine de vitalité. Des touristes passent d'un stand à un autre pour jouer à ceci ou à cela. Des couples se promènent bras dessus bras dessous. Je m'arrête pour regarder un clown en perruque rouge feu. Il souffle de gigantesques bulles dans l'air. Les enfants les poursuivent et hurlent de ravissement quand l'une d'elles éclate. Melody fut un jour prise de la même excitation. Elle s'élançait ici et là. Brûlait de tout explorer. Sur cette même jetée – elle était alors plus âgée –, Simon et moi la regardâmes un jour prendre tout son temps pour aller s'acheter de la barbe à papa. « Elle me coupe le souffle », avait-il dit.

Je continue d'avancer jusqu'au moment où, en jetant un coup d'œil de côté, je découvre une tente jaune. Plusieurs officiers de police se sont mis en devoir de la démonter. J'observe la scène tandis qu'une femme me rejoint à la rambarde. Grande et élancée, elle est vêtue d'un jogging gris. Elle scrute la plage, les yeux fixés sur les flics qui continuent de démonter la tente.

Soudain elle se tourne vers moi.

— Il s'est passé quelque chose ? me demande-t-elle. Tous ces flics...

— Hier, on a retrouvé une fille dans l'eau, lui réponds-je. Elle n'est toujours pas identifiée.

Elle se retourne vers la plage.

— L'eau, dit-elle. J'en ai toujours eu peur.

Et de me jeter un regard quasi enjoué, comme si elle congédiait son angoisse.

— Absolument aucune raison à cela, ajoute-t-elle. J'en ai toujours peur depuis mon enfance. C'était pire à ce moment-là. Je ne voulais même pas prendre des bains. Aujourd'hui, je sais nager. Mais je ne laisse jamais l'eau me passer par-dessus la tête.

— Il ne me semble pas que ce soit de l'eau que vous ayez vraiment peur, lui fais-je remarquer. C'est plutôt de vous noyer.

— Oui, ça doit être ça.

Elle se rit de cette angoisse inexplicable, mais je sens ce qu'il lui reste de frayeur. Pas dans sa voix, dans ses yeux.

Soudain elle semble répugner à en révéler plus.

— Je me demande si elle n'était pas à la rue, reprend-elle. La fille qu'ils ont retrouvée...

Elle repose les yeux sur la plage.

— C'est qu'elles sont beaucoup maltraitées, ces filles.

— Oui, je sais. Je m'occupe d'une qui a été comme ça autrefois. C'est une existence vraiment dure.

J'ai le sentiment d'avoir déclenché quelque chose en elle.

— Vous dites que la fille dont vous vous occupez a été à la rue ? demande-t-elle.

— Oui.

— Et elle n'y est plus aujourd'hui ?

— C'est ça.

— Depuis combien de temps ?

— Un an.

— Quel âge a-t-elle ?
— Dix-neuf ans.
— Et elle va bien, maintenant ?
— Oui, elle va bien. Elle a un boulot stable. Et un appartement.
Elle me tend la main.
— Julie Cooper, dit-elle.
— Claire Fontaine.
— Quand vous avez mentionné la fille dont vous vous occupez, ça m'a touchée parce que je suis écrivain free-lance et que je songe à écrire un article sur les filles qui ont vécu dans la rue, mais ont réussi à se remettre sur les bons rails. Vous croyez que la fille dont vous vous occupez accepterait de me parler ?
— Je ne sais pas, mais je peux le lui demander.
— Parfait. Permettez que je vous donne mon numéro.
Je sors mon portable et l'ajoute à mes contacts.
— Je vous tiendrai au courant, l'assuré-je.
Elle jette un coup d'œil du côté de la grande roue, puis se retourne vers moi.
— Il vaudrait mieux que j'y aille, dit-elle.
Elle sourit et ajoute :
— J'attends de vos nouvelles. Et à propos… vous pouvez m'appeler à n'importe quelle heure. Je suis une couche-tard.
Elle s'éloigne, je pivote sur mes talons, regarde les vagues au loin et repense à la fille morte.
Je n'ai aucune idée de ce qui lui est arrivé, mais me demande quelles preuves ont pu disparaître de son corps lorsqu'elle a roulé vers le large.
Y aurait-il des marques de morsures que l'on ne pourrait plus identifier comme humaines ? Des bleus que du bois flotté aurait pu lui infliger ?
Tout signe distinctif qu'elle aurait pu avoir est-il maintenant enfoui dans une tombe de vase ?
Sera-t-elle à jamais juste une énième *inconnue* ?

CHAPITRE 6

Une fois rentrée, j'appelle Destiny.

Nous bavardons paresseusement un moment avant que j'en vienne à la raison de mon coup de fil.

— Je suis allée à la jetée de Santa Monica cet après-midi, lui dis-je. J'y ai rencontré une femme. Écrivain. Elle écrit quelque chose sur des filles qui ont réussi à retrouver leur vie et aimerait te parler.

Elle est instantanément tous soupçons.

— Pourquoi êtes-vous allée à la jetée ? me demande-t-elle.

— Je ne sais pas. Je pensais juste à la fille dans l'eau.

Cela ne fait qu'attiser sa méfiance.

— Je n'ai jamais eu affaire à cette fille.

— Évidemment. L'article ne porte pas sur elle. Il parlerait de toi. Et d'autres filles comme toi. De filles qui ont lâché la rue.

Maintenant, ça l'intéresse.

— Je serais donc… une espèce de source ?

— Voilà.

L'idée l'excite de plus en plus.

— Y aurait mon nom dedans ? Waouh !

On dirait une actrice qui vient de décrocher un rôle de premier plan.

Je l'informe que je vais prendre contact avec Julie Cooper.

— Waouh ! répète-t-elle. Moi dans un article !

Nous passons le reste de la conversation à parler de tout ce qui lui passe par la tête alors qu'il est déjà clair qu'elle ne pense qu'à ce qu'elle va pouvoir dire à l'écrivain.

La conversation une fois terminée, je prépare un dîner rapide, lis un peu, puis gagne ma chambre.

Je n'ai qu'une reproduction accrochée au mur au-dessus de mon lit. Dans ce tableau, une femme habillée de noir est allongée sur un canapé, le visage enfoui dans le coussin. Elle est très clairement en proie au chagrin et à la culpabilité. Il s'agit du tableau de Jean Béraud intitulé *Après la faute*.

J'entends le *ting* d'un e-mail entrant.

L'expéditeur se qualifie de « Veilleur ».

Et son message dit : *Je te surveille.*

Un rai de peur me transperce d'un coup.

Ce doit être la dernière manœuvre de Simon.

J'appuie sur le bouton « Réponse » et écris :

Je ne te laisserai pas recommencer.

Je suis de plus en plus tendue en attendant que le Veilleur me réponde. Je sens ses cyber-doigts avancer vers moi, me sonder sans qu'on les voie.

Mais aucun *ting* ne m'arrive.

Ce silence alimente encore plus ma crainte.

C'est là une de ses tactiques et fait partie de sa stratégie.

Il sait que ça va me décontenancer.

Et c'est bien ce qui arrive.

Au fur et à mesure que passent les minutes, je commence à sentir sa présence partout, et rien ne lui échappe. Je pense à ma page Facebook, à mes publicités sur Yelp, Thumbtack, Craiglist. Il peut voir les tableaux que je poste sur Pinterest. Peut-être même peut-il faire plus. A-t-il trouvé quelque hackeur qui pourrait tracer mes achats, trouver les livres que je lis et les chansons que j'écoute, lire mes e-mails et mes textos ?

Soudain, je le vois en possession de tous ces renseignements et penser à la façon dont il pourrait en user contre moi.

Claire-la-folle regarde compulsivement la série Femme Fatale.

Claire-la-folle ne peut pas s'empêcher d'acheter des livres où les hommes violent les femmes.

Claire-la-folle poste des tableaux représentant une fille qui se noie.

Je ne supporte pas l'idée de l'espèce de dérangée qu'on peut faire de moi.

J'éteins mon ordinateur, puis je vérifie les portes et les fenêtres. Tout est fermé à clé.

Je résiste à l'envie de laisser une lumière allumée dans toutes les pièces parce que j'imagine que, Dieu sait comment, Simon en est conscient et n'a qu'une idée en tête : le signaler.

Claire-la-folle n'éteint jamais les lumières chez elle.

Je les éteins et reste assise dans le noir.

Pour une raison ou pour une autre, je repense à la femme de la jetée.

Il est tard, mais elle a dit que je pouvais l'appeler à n'importe quelle heure.

Je prends mon téléphone et compose son numéro.

Je me sens étrangement soulagée lorsqu'elle répond aussitôt.

SLOAN

CHAPITRE 7

Ma journée de travail prend fin juste après six heures.

En rentrant chez moi, je passe devant le Home Plate Bar, un des abreuvoirs préférés des flics du LAPD. Nick Devine est en train de descendre de sa voiture. Il a pris sa retraite presque dix ans plus tôt et vit maintenant plutôt bien grâce à la pension complète qu'il touche bien qu'il n'y ait pas eu dans le service un seul deal douteux dont il n'ait eu à connaître – et profité. Il n'a jamais de cartes de crédit, disait mon père, parce qu'il règle tout avec des tas de cash qu'il se fait payer par des dealers de drogues et autres entrepreneurs véreux. Il a écrémé du fric à des bandes de voleurs de voitures et à des avocats peu regardants, en fait, partout où on peut piquer du billet vert à des individus aux mains sales.

Assise derrière mon volant, je le regarde gagner l'entrée du Home Plate d'un pas de sénateur. Je sais qu'à l'intérieur, lui et ses potes vont rigoler et se taper dans le dos: tous sont des retraités de la police qui ne valent pas mieux que des escrocs.

Pendant mes années de service, j'ai vu des flics passer peu à peu du mauvais côté. Je savais que ça commençait par un petit cadeau. Pas grand-chose du tout. Juste pour marquer qu'on a apprécié. Après, on ne s'oppose pas à ce qu'on vous offre. On se raconte qu'il ne s'agit nullement d'un pot-de-vin ou d'un dessous-de-table. Et qu'y aurait-il donc de si grave à accepter ce qui aidera à payer les traites du mois ? Le temps aidant, les prix et les services demandés deviennent plus sérieux. Parce qu'on touche plus, il faut donner plus et avant longtemps, on fait des trucs qu'on n'aurait même pas imaginés quand on était à l'Académie de police ou flic des rues. C'est contre ça que mon père me mettait toujours en garde. Pas le délit caractérisé qui arrive tout d'un coup, du genre accepter une grosse somme, non, les petits larcins qui vous grignotent l'âme un jour après l'autre, qui en se renouvelant mois après mois et année après année lentement et sans arrêt vous corrodent telle la rouille.

J'ai toujours fait très attention à ces petits manquements.

Ce que je ne savais pas, et avais encore à apprendre, était bien que la tentation ne vient pas toujours de l'extérieur. Qu'il est des faiblesses intérieures, des maisons qui bâties sur des fondations instables sont vulnérables à l'effondrement.

Une fois de retour, je ressens à nouveau l'absence de mon père. Le fauteuil où il s'asseyait est vide. Il n'y a qu'une assiette sur la table au dîner. Chez l'épicier, je n'achète plus ses petites gourmandises : ses biscuits au beurre, les cheeseburgers White Castle qu'il enfournait dans le micro-ondes. Je n'entends plus les craquements du parquet sous ses pas, le tintamarre qu'il déclenchait en remontant les jalousies le matin. Tout cela n'est plus.

Que me reste-t-il ?

Les affaires de mes clients.

J'allume mon ordinateur et me mets au travail.

S'il existe tout un éventail de techniques pour amener les gens à cesser de faire ce qu'ils font, les premiers mangeurs de péchés de Los Angeles s'en sont généralement remis aux bonnes vieilles méthodes de l'intimidation de la mafia : on glisse un rat mort dans la boîte aux lettres de l'importun. Et si ça ne marche pas, en rentrant chez lui, celui-ci peut très bien retrouver son armoire à porcelaines renversée, ses divans et ses matelas éventrés et ses vêtements massacrés. A-t-il un animal domestique qu'il le retrouvera mort dans l'évier de la cuisine. Ces gens-là étaient des malfrats de bout en bout, jusqu'au manque d'imagination.

Mon approche préférée est de jouer les bons flics. J'amène mes sujets à croire que je suis passée de leur côté, qu'à tout le moins je comprends leurs griefs. S'ils pensent avoir été mal traités, je fais semblant d'être d'accord avec eux. « Oui, leur dis-je, vous avez le droit d'être en colère. Vous avez le droit de vouloir vous venger, de demander des compensations pour tout ce que vous avez dû supporter. Mais il faut rester raisonnable, ajouté-je. Demandez trop et vous finirez par ne rien avoir. »

L'affaire de Claire Fontaine est d'un tout autre genre. Elle n'a jamais demandé d'argent à Simon. Elle n'a aucune envie de le pousser à la faillite. Tout ce qu'elle veut, c'est détruire sa réputation. Qu'elle poursuive dans cette voie et je ne doute pas qu'elle laisse un champ de ruines derrière elle. Tout comme l'a fait ma mère.

Il est presque minuit lorsque mon téléphone sonne. Je jette un coup d'œil à l'écran et sais que la première mesure de mon plan fonctionne, et c'est déjà ça.

— Allô ?

— Julie ? Claire Fontaine à l'appareil. Nous nous sommes rencontrées sur la jetée cette après-midi.

— Ah, oui. Comment allez-vous, Claire ? dis-je en imitant le ton énergique et vigoureux de Julie.

— J'espère qu'il n'est pas trop tard pour vous appeler, mais comme vous m'avez dit que je pouvais le faire à n'importe quelle heure…

— Absolument ! Du nouveau ?

Elle m'informe que la fille dont elle s'occupe est d'accord pour me parler. Et elle ajoute quelques précisions : elle s'appelle Destiny et a pas mal traîné avant de terminer à la plage de

Venice. Mais maintenant, elle a un emploi stable et un appartement.

Nous faisons en sorte de nous retrouver dans un restaurant le lendemain après-midi.

C'est une approche à laquelle j'ai eu souvent recours. On se glisse dans l'identité d'un autre et s'insinue dans la vie de la cible. Ce coup de fil me dit qu'encore une fois je peux jouer de cette tromperie : à la jetée j'ai senti que Claire était très seule. Elle avait besoin de quelqu'un à qui s'ouvrir de ses pensées les plus intimes, et sombres, et lorsqu'on en est là, on peut tout leur sortir en les séduisant.

Mais je dois d'abord m'assurer que quoi que je fasse ou qui que je devienne, Claire puisse me faire confiance. Une fois ça bien dans ma tête, je me mets tout de suite au boulot.

J'imprime une carte de visite au nom de Julie Cooper avec son numéro de téléphone et son adresse e-mail.

Et après, j'étudie par le menu d'autres éléments de cette nouvelle identité en visant la meilleure approche à avoir avec Destiny. Je trouve une manière d'attirer son attention et crée un dossier photo sur mon portable dans ce seul but. Je vais même jusqu'à répéter ce que dirait ou ferait cette Julie Cooper afin d'être sûre de pouvoir procéder sans accroc et comme si de rien n'était. Il n'est pas question que je m'emmêle dans mes reparties et oublie certains aspects de mon rôle. Il faut que je sois Julie Cooper.

Dernier point, il faut aussi que j'introduise quelque chose de biaisé dans la conversation que je vais avoir avec Destiny. Un détail qui prouve que je sais très bien ce qui se passe dans les rues. C'est là que je me rappelle Vicki Page, une femme à qui j'ai eu affaire plusieurs fois du temps où j'étais flic. Destiny, je le pense, l'a peut-être rencontrée à l'époque où elle traînait à Venice Beach. Dès qu'elle saura que j'ai entendu parler d'elle, elle se dira que je suis une vraie journaliste.

Lorsque enfin j'arrive au bout de ces travaux de changement d'identité, je suis certaine d'avoir bien mis en place tous les éléments de mon plan.

Et que Destiny tombera dans le panneau.

Et plus important, Claire aussi.

Je suis tout à fait sûre de devenir très vite sa meilleure amie.

TROISIÈME PARTIE

CLAIRE

CHAPITRE 1

J'arrive à l'appartement de mon père, il est assis au balcon et regarde des colibris virevolter autour de leur mangeoire. Il approche des quatre-vingts ans, mais a l'air plus âgé. Ses traits ont quelque chose de tiré. C'est une colère réprimée qui suinte de tout son être.

Je lui tends les donuts.

— C'est bien les enrobés de sucre ? demande-t-il avant d'ouvrir la boîte.

Le ton est celui du doute, comme si j'avais déjà plus que vraisemblablement échoué à lui apporter le genre de donuts qu'il préfère.

— Oui, les enrobés de sucre, lui réponds-je.

C'est quelques mois après la mort de ma mère qu'il a rencontré Rose, une femme considérablement plus jeune que lui. Et pleine d'énergie. Son « tison ardent », comme il disait. Ils se sont fréquentés un an sans que jamais il cesse de s'enticher d'elle. Il voulait l'épouser, mais elle détestait les enfants et c'est ainsi que je suis devenue son boulet.

Il sort un donut, mord dedans comme un animal et le déchiquette avec les dents. Il est comme ça depuis toujours – toujours à gronder.

Il finit son seul et unique donut et referme le couvercle sur les autres.

— Toujours avoir quelque chose pour après, Claire, lance-t-il.

Il ne cesse de me prodiguer ce genre de conseils paternels : je devrais acheter, pas louer. Un sou est un sou. On ne devient pas riche en dépensant.

— Pas encore d'homme dans ta vie ? reprend-il sur le ton de l'accusation, comme si j'étais trop folle pour aimer quelqu'un.

Il n'empêche : il aimerait que je me trouve un homme, un mari.

Son sourire est bizarrement sans joie.

— Tu rencontreras quelqu'un, ajoute-t-il d'une façon qui dit clairement que pour lui, mes chances d'y parvenir ne sont pas particulièrement bonnes.

C'est le même homme qui pense toujours que Simon était une « vraie pépite », soit un homme riche que je n'aurais jamais dû accuser de quoi que ce soit, « vu que tu n'as quand même que la parole de Melody ».

La parole de Melody.

Lui non plus ne l'a jamais crue.

J'imagine parfois Simon et mon père ligués contre moi. Ils sont assis quelque part dans un bar et conspirent à trouver la meilleure façon de me ramener à la raison. Mon père apaise ses nerfs à vif, commisère, va jusqu'à s'excuser de mes « problèmes ».

Il chasse les particules blanches de sucre de sa bouche d'un geste du bras. Vite. Brutalement. Quasi violemment. Tous ses mouvements ou presque sont pétris de cette frénésie. Comme s'il nettoyait désespérément une scène de crime. En y effaçant toutes les empreintes. En y épongeant le sang.

Après qu'il a essayé de me noyer, je n'ai jamais cessé de le craindre. Je me hérissais quand il me passait les bras autour du cou et retenais mon souffle jusqu'à ce qu'il me lâche. Alors, j'avais toujours l'impression qu'il ne faisait que surseoir à mon exécution. La seule fois où je l'ai affronté pour l'histoire du bateau, il est sorti de ses gonds. « Parce que tu ne t'es pas encore débarrassée de ces âneries ?! » J'avais quinze ans et cette réaction explosive m'a terrifiée, et réduite au silence. Je n'ai plus jamais abordé le sujet avec lui.

— Quoi de neuf? me lance-t-il.

Je ne lui parle pas des plans de mariage de Simon, et ne lui dis certainement rien de la lettre que je lui ai écrite. Cela ne ferait que lui confirmer à quel point je suis dérangée. Il a passé sa vie à nier ce qu'il a fait et en aurait le sentiment que Simon et lui sont victimes de mes délires.

Pourquoi vais-je le voir ? Pourquoi lui apporté-je des donuts enrobés de sucre ?

Peut-être n'existe-t-il aucune bonne réponse à ces questions.

Peut-être est-ce parce que je n'ai jamais renoncé à l'idée d'une réconciliation, d'un aveu qui lui ôterait un poids du cœur et me permettrait de lui ouvrir le mien. Cela me rappelle un tableau que j'ai vu un jour dans une rue à Paris. Il représentait un minuscule œuf blanc dans la paume d'une énorme main. Les doigts y étaient gigantesques et violemment refermés sur l'œuf qui en paraissait presque se recroqueviller dans l'attente de son écrasement. L'œuvre s'intitulait *Espoir*. Mon espoir à moi est qu'un jour mon père finisse par reconnaître ce qu'il a fait à cet œuf si fragile.

— Comment vont les leçons ? enchaîne-t-il. Tu as plein d'élèves ?

— Plein, non jamais, mais assez, oui.

— Tu devrais enseigner en ligne au lieu de passer tes journées dans ta voiture.

Il est tellement sûr d'avoir toujours raison que ça en sonne presque comme une fanfaronnade.

— Aller partout en bagnole prend trop de temps et réduit tes profits, ajoute-t-il.

Le ton est quasiment celui de la réprimande, comme si j'aurais dû le comprendre depuis longtemps.

— C'est mieux de tout faire à l'ordinateur, insiste-t-il. C'est pas comme ça qu'on fait, aujourd'hui ?

— Certains, oui.

— Pourquoi pas toi ?

— J'aime bien le contact direct avec les gens.

— Hmm, grogne-t-il.

Il hausse les épaules parce que encore une fois, j'ai rejeté le conseil de père qu'il me prodiguait généreusement.

— Bah, c'est tes affaires, pas les miennes.

Nous avons passé toute notre existence à nous tenir à distance l'un de l'autre. À ses yeux, je suis toujours le « petit oiseau apeuré » comme il m'appelait chaque fois que je reculais devant lui.

Je reste encore un petit moment avec lui, puis repars.

La sonnerie des textos se fait entendre au moment où j'arrive à ma voiture.

C'est Phil.

Bien aimé votre réponse. Y ai pensé. Aimerais toujours vous rencontrer. Comprendrai si vous dites non. Voulais juste essayer.

Essayer. Le mot me touche.

Je veux lui répondre. Peut-être le retrouver pour un café. Mais mon univers est un peu trop compliqué en ce moment. Je ne sais pas ce que Simon pourrait inventer. Ni non plus ce que je ferais pour lui répondre. Ma vie ne semble plus m'appartenir entièrement. Et je ne pourrais certainement pas y faire entrer quelqu'un. Je ne réponds pas à son texto, mais ne l'efface pas non plus. Il me paraît étrange que le simple fait de laisser son message dans mon téléphone me fasse l'effet d'un acte de foi.

CHAPITRE 2

Ray m'attend à la même table.

Il se lève à mon approche.

— Bonjour, me lance-t-il, jovial.

Je m'assieds et commence à sortir mon matériel.

Il m'observe sans rien dire.

Il y a dans son regard une intensité qui me fait craindre qu'Ava lui ait dit plus de choses sur moi qu'elle n'aurait dû. Pense-t-il que je suis faible ? Lamentable ? Amère ? Folle ? Rien qu'y songer me rend parano, même si je sais que je n'ai pas sombré dans la folie. Ce n'est quand même pas que j'aie peur de tout le monde. Je ne crains que Simon.

Je remarque que Ray regarde mes mains.

Dès qu'il s'en aperçoit, il se reprend.

— Je vous demande pardon, dit-il. C'est juste que je viens de voir que vous ne portez pas d'alliance.

— J'ai divorcé.

— Puis-je vous demander si vous avez des enfants ?

Il rit avant que j'aie le temps de répondre.

— Non parce que, comme je suis au niveau enfant en français, je me disais qu'une femme qui en a eu pourrait être plus patiente avec moi.

— J'ai eu une fille.

Ce « J'ai eu » se marque gravement dans son regard. Une fille, au passé.

Je sais que pareille déclaration exige au minimum une petite explication.

— Elle est morte, ajouté-je. Il y a cinq ans.

Brusquement mes passé, présent et avenir semblent tous se trouver, tel un repentir fantôme, sous l'image de Melody sur le bateau, debout sous la pluie et qui en hésitant, mais résolument, me lance : « Maman, il faut que je te dise quelque chose. »

— Je suis désolé, dit Ray.

Il ne me demande pas d'autres détails et regrette très clairement ce qu'un peu plus tôt il a pris pour une question tout à fait ordinaire.

S'ensuit un silence gêné tandis que tous les deux, nous cherchons un moyen de changer de sujet.

Je m'empare du plus proche.

— Et vous ? lui demandé-je le plus joyeusement que je peux.

— Divorcé. Mais j'ai une fille adorable. Jade. Elle a huit ans.

Il n'en dit pas plus sur elle, et je ne lui donne aucune autre information sur Melody.

Je commence la leçon, elle se déroule sans accrocs. Même lors de ces brefs échanges, son accent s'améliore.

Lorsque l'heure se termine, le temps semble être passé très vite.

Encore une fois, Ray me donne l'impression d'avoir plus d'énergie que lorsqu'elle a commencé.

— Ça me fait comme un exercice pour tout le cerveau, dit-il joyeusement.

J'ai recours à une réponse professionnelle.

— C'est vrai. Certaines études montrent qu'apprendre une langue étrangère améliore toutes les capacités cognitives. Je sais qu'on dirait un pitch de vendeur, mais c'est vrai.

— Eh bien, inutile de me vendre quoi que ce soit, dit-il. Je suis convaincu que vous êtes parfaite pour moi.

Je suis flattée, mais je mets un frein à mon attirance de plus en plus forte pour lui.

Il fut un temps où aimer me semblait facile.

Ray s'en va et en remballant mes affaires, je pense à Simon et me demande si quoi que ce soit redeviendra jamais facile pour moi.

CHAPITRE 3

Simon m'occupe toujours l'esprit tandis que je me dirige vers ma voiture.

Je sais que c'est insensé, mais je ne peux m'empêcher de penser qu'il rôde dans tel ou tel autre recoin caché, ou me suit de loin. Cette ubiquité me piège, la façon dont sa présence, ou la peur que j'en ai, envahit tout. Je n'arrête pas de penser à ce qu'il est et à ce qu'il va faire. Il m'enveloppe comme une odeur âcre et je le sens comme un fourmillement acéré dans l'air.

Je m'arrête, respire un grand coup et tente de me reprendre.

Je ne veux pas être comme ça.

À écouter si l'on marche derrière moi.

À retenir mon souffle quand une voiture approche.

À l'imaginer partout autour de moi.

Comme s'il avait le pouvoir de changer de forme.

Je me répète que je ne suis ni dérangée ni délirante. *Du calme, Claire. Domine-toi.*

Je réussis à regagner ma voiture sans me presser, mais ne cesse de regarder autour de moi. À gauche. À droite. Derrière moi.

Je me sens devenir quelqu'un d'autre. Habitée par Simon. Comme si j'étais moi-même une de ses nombreuses formes.

Il est en train de gagner.

Je le sais parce que j'hésite à tendre la main vers la clé de contact.

Quand enfin je la tourne, le moteur revient à la vie et je suis soulagée que la voiture n'explose pas.

***

Le téléphone sonne juste au moment où j'arrive chez l'élève suivant. C'est Ava.

— Simon m'a appelée, dit-elle.

Je suis hébétée qu'il ait fait ça. Ava est ma meilleure amie depuis dix ans, mais elle ne l'a jamais beaucoup vu quand nous étions mariés et plus du tout depuis notre divorce. Il doit être sacrément désespéré pour lui avoir téléphoné. J'ai l'impression que la température est montée d'un coup, que la tempête s'est rapprochée et que ses éclairs mortels sont bien plus près de moi.

— Quand ? demandé-je.

— Y a cinq minutes. Il dit que tu l'as menacé.

— Non, je l'ai averti.

— Menacé, averti, c'est quoi, la différence ?

— C'est complètement différent.

— Pas vraiment, non, insiste-t-elle, très clairement agacée. Pas vraiment, Claire.

Pour elle, ce n'est qu'une question de sémantique. Le résultat est bien que je viens de me mettre sottement et impulsivement dans de sales draps.

— Qu'est-ce qu'il t'a dit ?

— Il prétend que tu as eu une espèce de crise de nerfs.

— C'est ridicule.

— Ridicule ou pas, il a peur de toi. De ce que tu pourrais faire. Il a même mentionné que tu avais une arme.

— Tu plaisantes !

— As-tu une arme, Claire ?

— C'est le vieux pistolet de Max. On le prenait quand on allait à un stand de tir dans le désert. C'était... pour nous amuser.

— Mais tu l'as toujours, c'est ça que je veux dire.

Je me rends compte que Simon paraît être celui qui dit la vérité, et moi qui biaise.

La ligne droite, c'est lui.

Je suis celle qui tortille.

Il faut que je restaure ma crédibilité.

— Cette arme est dans un tiroir fermé à clé, Ava, lui dis-je avec force. Ça fait des années que je ne l'ai pas vue.

— Eh bien, tout ce que je peux te dire, c'est que tu fous la trouille à Simon.

— Eh bien, il peut aller se faire...

— La règle, la voici ! m'interrompt Ava. Le mariage à venir de ton ex est hors limites. En fait, c'est tout ce qu'il y a dans sa vie qui l'est. « Il vit sur la planète Mars maintenant, et je n'ai plus rien à faire avec lui », voilà ce que tu dois te dire.

Je ne lui oppose rien, elle fonce :

— À propos, pourquoi ne m'as-tu pas dit que tu l'avais appelé ? Non, mieux : pourquoi ne m'as-tu pas parlé avant de le faire ?

La réponse est qu'elle aurait essayé de m'en dissuader et que je craignais qu'elle y parvienne.

— Il fallait que je le fasse, réponds-je faiblement. Emma est...

— Hors limites ! Voilà ce qu'elle est ! s'écrie-t-elle. Tu veux aider une enfant, fais un don à l'UNICEF ! Mais ce que tu ne fais pas, c'est de coller ton nez dans les affaires de Simon cinq ans après avoir divorcé d'avec lui.

J'ai envie de jeter mon téléphone par la fenêtre ou de l'écraser contre un mur en béton.

— Tout le système est de son côté, Claire, reprend-elle d'un ton plein de sous-entendus. Accepte-le. Il aura ce qu'il veut. Les types dans son genre y arrivent toujours.

Quelque chose se brise en moi.

— Faut que j'y aille, dis-je.

Je raccroche juste au moment où elle se remet à parler.

Pendant un moment je reste assise derrière mon volant à regarder mon téléphone en espérant à demi qu'elle me rappelle.

Elle ne le fait pas, mais quelques minutes plus tard, j'entends le *ting* d'un message.

Je me gare pour le lire.

Au début il n'y a pas de mots.

Seulement une photo.

En très gros plan.

De deux yeux qui me regardent sombrement et semblent tenter de m'attraper, comme des serres.

Il y a là des éclairs de violence, une impression d'attaque en piqué.

Ce sont les yeux d'un oiseau prédateur.

Et sous eux, je vois deux mots.

En écriture satanique, comme un message envoyé de l'enfer.

Encore une fois il m'a retrouvée.

Le Veilleur.

CHAPITRE 4

Je ne dis bien sûr rien des yeux du Veilleur quand je retrouve Destiny au 24/7 à la fin de son service.

Le restaurant est presque vide. Destiny en parle comme de son « foyer loin de chez elle ». Cal, le gérant, la nourrit comme partie de son salaire et ne fait aucun effort pour l'éjecter de son box préféré tant que les affaires tournent au ralenti.

Je ne lui ai pas dit grand-chose de Simon ou de Melody.

Nous parlons de son désir de quitter Los Angeles. Elle ne sait pas où elle veut aller. « Juste quelque part ailleurs », dit-elle.

La serveuse arrive.

Elle pose ma soupe devant Destiny et le cheeseburger de Destiny devant moi.

— Autre chose ?

— Non, merci, lui répond Destiny.

Elle échange nos assiettes tandis que Muriel reprend le chemin de la cuisine en grondant lourdement.

— Vous voyez ce que je veux dire ?

Son expression est du dédain le plus complet.

— C'est pas juste qu'elle est grosse, reprend-elle. En plus, elle est bête.

Elle avale une bouchée de son cheeseburger.

— Trois fois maudite. C'est ce que disait mon prof de seconde. « Cette fille est trois fois maudite. » Et ça voulait dire trois.

Elle prend une gorgée de son soda sans sucre et précise :

— C'est ça, Muriel. Elle est grosse. Elle est bête et...

Et quand cette troisième malédiction ne lui vient pas tout de suite, elle renonce en haussant les épaules.

— Bon, bref, grosse et conne.

Je jette un coup d'œil au parking, attentive à tout SUV noir qui pourrait s'y trouver. Il n'y en a pas.

— Elle s'appelle comment, déjà ?

Je me tourne vers elle.

— Qui ça ?

— L'écrivain.

— Julie. Julie Cooper.

— C'est quoi ? Genre... une vieille ?

— Elle doit avoir à peu près mon âge. La petite quarantaine. Si tu penses que c'est vieux, alors oui, elle est vieille.

Pour que la conversation ne retombe pas, je lui demande :

— Quand tu la rencontreras, tu veux que je reste là, ou tu préférerais que je m'en aille ?

Elle réfléchit à la question comme si c'était de la philosophie.

— Vous pourrez rester, répond-elle. Ça n'a pas d'importance.

Rien ne lui importe vraiment. Il y a en elle un manque de volonté qui m'oblige à me demander si en fait même elle pourrait être un sujet acceptable pour l'article de Julie. Elle a été plus ou moins arrachée à la rue et déposée dans un centre pour jeunes femmes sans abri. Des assistantes sociales lui ont trouvé un boulot et un endroit où vivre. Elle ne fait pas grand-chose hormis suivre les règles qu'elles lui ont imposées. Je ne décèle en elle aucun désir de se remettre à la barre de sa vie. C'est pour cela que je crains que la pousser même le plus légèrement dans la mauvaise direction ne la fasse passer par-dessus bord.

Je me retourne vers le parking et suis toujours à regarder par la vitrine lorsque Julie se gare.

— Elle est là, lancé-je à Destiny.

— Merde, dit-elle en se redressant.

— Qu'est-ce qu'il y a ?

— Je ne sais pas. Une journaliste. Ça me rend nerveuse.

— Y a pas à s'inquiéter.

— À moins que ce soit une couverture... Qu'elle soit journaliste, je veux dire.

— Une couverture pour quoi ?

— C'est peut-être un flic.

C'est ridicule, je lève la main d'un geste dédaigneux.

— Détends-toi, Destiny.

Julie s'approche du restaurant. Elle a le pas plein de confiance, presque audacieux. Tout mon contraire. Elle est chez elle en plein air, au soleil. Je suis incapable d'imaginer son monde, à quel point il doit être sans fardeaux.

— On a toutes réussi à être là ! lance-t-elle gaîment en arrivant à notre box. Salut, Claire.

— Salut.

Elle regarde Destiny et lui sourit d'un air enjoué.

— Ravie de faire votre connaissance, dit-elle.

Destiny ne s'attendait pas à un accueil aussi plein d'optimisme.

— Merci, répond-elle prudemment.

Julie a passé un tailleur pantalon. Chemisier blanc à col large. Elle dégage un air de professionnalisme plein de style.

— Non, c'est moi qui vous remercie d'avoir accepté de me voir, lui renvoie-t-elle en s'asseyant en face d'elle. J'apprécie.

— Destiny se disait que vous étiez peut-être un flic sous couverture, lancé-je pour briser la glace.

Julie rit.

— Ça non, pas moi ! Sûrement pas ! Mais mon père en était un. Il y a longtemps, il m'emmenait au commissariat et me disait que j'étais « toute sa récolte ». Ce qui voulait dire que j'étais sa seule enfant. Et... ah mon Dieu, ce commissariat ! Il n'y avait pas plus mâle, comme atmosphère ! C'étaient des décennies entières de testostérone qui s'étaient enchâssées dans les murs ! Ça les couvrait comme de la peinture. On la sentait presque.

Elle rit encore et ajoute :

— Maintenant, il y a des flics femmes. Mais à l'époque ? Tous ces vieux mecs en sueur ? Ça m'a complètement dégoûtée de m'engager dans la voie de mon père.

Elle se renverse en arrière et croise les bras d'un air désinvolte.

— Destiny, reprend-elle, je me suis laissé dire que vous aviez un boulot et un endroit où vivre.

— Ouais.

— C'est génial, ça.

— J'imagine.

— C'est tout imaginé ! lance Julie avec force.

Elle sort vite son portable, tape sur un pictogramme et tourne l'appareil vers nous.

L'image est celle d'une jeune femme morte étalée dans une ruelle.

Destiny regarde tandis que Julie passe en revue tout un assortiment de photos de cadavres de femmes. Sous des ponts, dans des fossés, tassées dans des collecteurs d'eaux pluviales. Les trois quarts sont nues ou à moitié nues. Une seule est totalement habillée. Elles ont été abattues à l'arme à feu, poignardées, tuées à coups de gourdin, étranglées.

Destiny les regarde les unes après les autres sans que rien ne paraisse s'imprimer dans son esprit. Toutes ces mortes pourraient tout aussi bien être des morceaux de caoutchouc éparpillés ici et là.

Julie arrive à la fin de sa collection.

— C'est la toute dernière, dit-elle. Elle sort de l'article en ligne du *L.A. Times* de ce matin. La police ne sait pas qui c'est et demande à tout le monde de la tuyauter.

Je regarde fixement la photo.

Je vois le visage d'une adolescente. Un œil fermé, l'autre à demi ouvert, voilé. Peut-être a-t-il été bleu jadis. Les lèvres sont en partie écartées, assez pour révéler ses dents. La forme de sa bouche me rappelle Camille Monet peinte sur son lit de mort dans un tourbillon de couvertures étrangement mobiles qui affluent autour d'elle comme des vagues.

— On l'a retrouvée dans l'eau près de la jetée de Santa Monica, précise Julie.

Je prends ça pour une tactique choc de journaliste, pour quelque chose qui va réveiller Destiny. Julie lui présente, et des plus vigoureusement, ce qu'aurait pu être son avenir si elle n'avait pas lâché la rue.

Ça semble marcher.

Destiny écarquille grand les yeux en regardant ces derniers clichés.

Au début elle a l'air fasciné par ces images, mais en continuant de les regarder, une autre réaction commence à lui venir. Je vois qu'elle est au beau milieu d'une espèce de calcul, de balancement entre plusieurs possibilités. On dirait quelqu'un à un croisement de routes, en train de décider laquelle prendre.

Le débat ne dure que quelques secondes. Alors, elle rejette tout d'un clignement d'yeux, enfin une de ces routes a été choisie.

— Je l'ai vue, cette fille, dit-elle. Elle n'arrêtait pas de traîner sur la plage. Elle peignait des trucs. Elle avait toujours un petit chevalet en bois avec elle. Et un petit tabouret… le genre qui se plie… pour s'asseoir dessus.

Je suis stupéfaite d'entendre ça.

— Qu'est-ce qu'elle peignait ? lui demandé-je.

— Ce qu'elle avait sous le nez. La plage. Les palmiers. Elle faisait ça tôt le matin. Pour ne pas se faire prendre. Mais c'étaient pas des graffitis qu'elle peignait. Pas des noms de gang, des créatures de l'espace, ce genre de merdes. C'était plus de l'image réelle.

— De quoi ?

— D'une maison. Mais à l'air bizarre. Comme si elle allait s'effondrer.

Encore une pause avant qu'elle n'ajoute :

— Elle peignait ça sur un mur en ciment. À Venice Beach. Du côté de McDuffy's.

— Et elle l'avait signé ? demandé-je.

Destiny me regarde d'un air interrogateur.

— Aux dernières nouvelles, on dit qu'elle n'a pas été identifiée, expliqué-je. Mais si elle avait signé ce tableau, les flics auraient au moins son nom.

— Vous auriez dû être flic, Claire, me dit Julie en souriant.

Sans autre forme d'incitation, Destiny se lance alors dans un rapport complet sur la fille dans l'eau.

Elle ne la connaissait pas très bien, dit-elle à Julie, mais elle la voyait souvent, toujours à Venice Beach. Elle n'a aucune idée de son identité ou d'où elle sortait. Elle se rappelle qu'elle semblait amicale, mais ne disait jamais rien. Elle peignait tout le temps. Elle ne faisait jamais des portraits de rue et ne peignait jamais pour de l'argent. En fait, elle donnait ses tableaux à tous ceux qui en voulaient. Elle lui en avait même filé quelques-uns.

Julie regarde Destiny intensément.

— Vous savez que ces filles à la plage, il leur arrive de tomber entre les mains d'assez sales types, dit-elle.

Destiny est aussitôt à nouveau sur le qui-vive. La question de Julie l'a avertie d'un subtil changement de direction dans la conversation.

— Bah, c'est une plage, répond-elle. Y a beaucoup de monde. Oui, c'est vrai qu'on rencontre des gens. Et oui, certains sont pas bien.

— Mes contacts au LAPD me disent qu'à Venice Beach, des tas de ces filles se font ramasser par une certaine Vicki Page.

Le regard de Destiny s'assombrit, mais elle ne dit rien.

— Jamais entendu parler d'elle ? insiste Julie.

Destiny garde le silence.

— Elle est assez connue dans cette partie-là de la ville, reprend Julie. Des gens de la rue, je veux dire. Et aussi des flics, bien sûr. Je me disais que vous auriez pu croiser son chemin.

Destiny hausse les épaules.

— C'est un oui, ou c'est un non ? lui demande Julie. Pour Vicki…

— J'ai entendu parler d'elle, oui… mais juste son nom.

— OK, pas de problème.

Julie éteint son portable et l'image de la fille dans l'eau disparaît.

— OK, enchaîne-t-elle en sortant un stylo et un carnet de son sac. Racontez-moi comment vous avez réussi à lâcher la rue.

Je vois que Destiny a très envie de l'impressionner en lui montrant combien elle est dure à cuire et pleine de ressources. Elle lui révèle un peu plus de choses qu'à moi, mais son histoire reste maigre. Elle a beaucoup « tourné et viré » et a eu une longue liste de boulots « crapoteux ». Du genre nettoyer des box à chevaux. Faire la femme sandwich. Dresser des singes pour le cirque, ce qui, dit-elle, est le boulot le plus dur du monde « parce que ces petits bâtards détestent porter des habits ».

Et elle me regarde avec un petit sourire.

— Je vous ai jamais parlé des singes, pas vrai, Claire ? demande-t-elle.

Et à partir de là, elle nous relate une tornade d'aventures. Où elle erre d'une ville à une autre. Où elle a d'insupportables expériences avec les hommes et le temps qu'il fait. Nous dit l'épreuve quotidienne que c'est de trouver un endroit où dormir. S'ensuit tout un catalogue de refuges de fortune : collecteurs d'eaux pluviales, tunnels, gros cartons, feuilles de plastique. Dans cette vie sur les routes, elle les a tous connus.

Il y a assurément de la bravade dans la façon dont elle se présente. Elle est l'héroïne d'une geste. Toujours à s'en tirer de peu. Elle veut que Julie la trouve intelligente. Pense qu'elle a toujours été plus maligne que les autres.

Julie l'écoute attentivement, s'imprègne des détails, mais quelque chose dans son regard me dit qu'elle ne se laisse pas avoir. Cela étant, elle garde patience et la laisse libre de lui dire la saga de sa vie de toutes les façons qui lui plaisent.

Enfin, Destiny en arrive, lentement, à son présent. À ma grande surprise, elle reconnaît à d'autres le mérite de ce qu'elle appelle son « salut ». Des assistantes sociales. Des conseillers.

— Et Claire, bien sûr, dit-elle en conclusion de cette chronique. Claire, c'est la meilleure.

Julie me coule un regard.

— Absolument, dit-elle en esquissant un rapide sourire. La meilleure.

Les quelques minutes qui suivent me voient regarder Destiny tandis qu'elle reprend son histoire.

Elle se détend de plus en plus au fur et à mesure qu'elle parle.

Il est évident que Julie a gagné sa confiance en restant légère et sur le ton de la conversation malgré le sinistre du sujet. Julie ne la juge jamais. Et ne la critique pas.

Au bout d'un moment, Destiny aborde les moments les plus sombres de sa vie d'une manière qui semble lui redonner courage. Avec chaque révélation, le fardeau de son passé semble s'alléger.

J'admire de plus en plus la technique de Julie au fur et à mesure que se poursuit l'interview. Une vraie magicienne dans l'art de manifester sa sympathie sans jamais laisser Destiny suivre sa tendance à l'auto-apitoiement. Elle lui dit combien elle est autonome et lui reconnaît un superbe savoir de la rue. Et à chaque nouveau compliment, Destiny s'ouvre un peu plus. On dirait presque une sœur aînée et sa cadette. C'est là un lien que j'ai échoué à établir et ne puis qu'envier.

Julie consulte sa montre.

— Eh bien mais, dit-elle avec enthousiasme, tout ceci a été génial. Vous êtes une mine d'informations. Je sais que vous devez être fatiguée à la fin de votre journée de travail et ne vous retiendrai pas davantage.

— Oui, vaudrait mieux que je quitte ma tenue.

— J'espère que vous accepterez de me reparler.

— Pas de problème, répond Destiny, et elle sourit. Quand vous voudrez.

Julie lui tend la main, elle la lui serre sans hésitation.

— Merci, Destiny. On se tient au courant.

Après son départ, Julie remet son carnet dans son sac, boit une gorgée de café et me regarde.

— Ça s'est bien passé, vous ne trouvez pas ? demande-t-elle.

— Très bien, en effet.

Elle sourit.

— Comment avez-vous fait sa connaissance ?

— On me l'a plus ou moins assignée.

— Et vous la suivez depuis combien de temps ?

— Un an.

— Vous croyez qu'elle y arrivera ?

— Y… arrivera ?

— Oui, à mener une vie meilleure…

— Vous voulez dire de manière permanente ?

— Oui.

— Je ne sais pas.

Pour la première fois, sa vivacité s'effaçant, je découvre la femme sérieuse sous le charme qu'elle dégage.

— Ça dépend sans doute de ce qu'on met sous ce « meilleur », non ? me renvoie-t-elle, et soudain elle me regarde très gravement. C'est que la vie nous réserve parfois des surprises, reprend-elle. On fait confiance à quelqu'un et on est trahie. Des gens qu'on croyait connaître se révèlent différents. Des choses arrivent auxquelles on ne se serait jamais attendu et qu'on n'aurait certainement jamais prévues. Quelqu'un en qui on voyait un saint et qui s'avère être un monstre.

Avec ce changement de ton, Julie semble nettement plus sombre et fine. Sous son amabilité et sa vitalité court quelque chose de troublé qui me ressemble.

— Il ne devrait pas être aussi difficile de ne pas se tromper, ajoute-t-elle. Mais tout tourne si facilement de travers.

Elle sourit, mais du sourire triste d'une femme déçue.

Par autrui.

D'elle-même.

— Et s'en blâmer est aisé. On a l'impression d'avoir merdé. D'avoir tout gâché. Que c'est de sa faute suite à un choix insensé qu'on a fait et ne peut plus changer ou reprendre.

Elle hausse les épaules.

— Et pour finir, c'est soi-même à qui on fait porter le chapeau, conclut-elle.

Elle me regarde comme si elle et moi avions été jetées à bas suite à quelque vaste complot, l'une et l'autre égales victimes d'un crime.

— Et qui a envie de se sentir impuissant, hein ?

SLOAN

CHAPITRE 5

J'avais vu comme une étincelle s'allumer dans les yeux de Claire quand j'ai prononcé le mot « impuissant ». Et mon « saint qui s'avère être un monstre » était aussi une trouvaille plutôt efficace.

Elle avait sans doute envie de parler encore un peu, mais je savais que ce n'était pas le bon moment. Il valait mieux lâcher la pression, rester où on en était. Quand on va trop loin, on court le risque de s'exposer soi-même. Le parano est toujours sur le qui-vive, et toujours soupçonneux. Je devais régler parfaitement l'allure de mon approche pour ne pas en dire trop.

Mais je n'avais pas tout le temps que je voulais, bien sûr. Si Miller ne se trompait pas, elle allait « faire quelque chose » avant son mariage. Et même sans cette info, je voyais bien le compte à rebours interne qui la poussait à agir. Il y avait de l'angoisse sous sa réserve, comme un ferment. Elle arrivait à la fin d'un lourd délai à respecter.

Je regardai à nouveau ma montre et prétendis être en retard pour quelque chose.

— Vaudrait mieux que j'y aille, dis-je.

Claire m'accompagna jusqu'à ma voiture dans le parking.

— Encore merci de m'avoir mise en relation avec Destiny, lançai-je.

Elle sourit.

— Je crois que cette interview lui a plu. La façon dont vous lui avez parlé. Il y a eu un contact.

Elle resta tout à fait immobile et me regarda d'une manière quasi suppliante avant de dire :

— Je peux vous poser une question ?

— Bien sûr.

— Vous arrive-t-il jamais de... sentir quelque chose ?

— Que voulez-vous dire ?

— De savoir que quelqu'un a fait quelque chose, ou va le faire. Même sans en avoir la moindre preuve ?

Je savais que pour elle, ce n'était pas une question en l'air. Elle y attachait de l'importance. Ma réponse devait être juste.

Je réfléchis vite et lui sortis une histoire que m'avait racontée mon père sur une certaine Stella Denker.

En la lui répétant, ce fut presque comme si je le revoyais dans une véranda poussiéreuse : la porte qui s'ouvre quand il frappe, une femme qui lui fait face les traits tirés pris dans une oblique de lumière.

Un petit garçon, Charlie Fields, avait disparu. Mon père était encore flic en tenue à l'époque et avait reçu pour mission de faire du porte-à-porte dans le voisinage.

Il avait toqué à plusieurs portes avant que Stella ne lui ouvre enfin la sienne. Grande et très maigre, elle avait la peau sèche et craquelée.

Il lui avait dit pourquoi il était là. Elle lui avait répondu avoir entendu parler de ce qu'elle avait appelé le « gamin disparu ». Mais elle ne le connaissait pas. Elle s'était qualifiée d'« enfermée », mais n'avait fourni aucune indication sur la raison qui la poussait à ne jamais sortir de chez elle.

La porte étant légèrement entrebâillée, mon père qui se tenait toujours dans la véranda avait vu qu'il régnait comme des ténèbres de mort dans la maison. Aucune lampe n'était allumée. Et dans ce sombre intérieur, rien ne bougeait.

— J'ai rien vu, avait-elle lancé à mon père.

Mais mon père avait des doutes. Quelque chose ne collait pas. Malheureusement, sans en avoir aucune preuve, il avait laissé filer son impression et était passé chez le voisin.

Plus tard ce jour-là, le corps de Charlie Fields avait été retrouvé dans la cave de Stella Denker. Elle avait essayé de le brûler, mais les pompiers étaient arrivés à temps pour éteindre le feu.

Il s'était avéré que Stella avait convaincu Charlie d'entrer chez elle parce qu'elle était malade et faible, et avait besoin d'aide. Le plan ? Se servir de lui à peu de chose près comme d'un esclave. Lorsque enfin l'insanité de pareille idée lui était venue à l'esprit, elle avait déjà commis une longue liste de crimes. Dont celui d'enlèvement, pour commencer. Elle avait dû s'enfuir mais sans pouvoir emmener Charlie avec elle, ou le laisser vivant. Elle l'avait empoisonné à la strychnine.

D'après le rapport du coroner, Charlie était mort depuis un peu plus d'une heure lorsque les pompiers étaient arrivés. Ce qui veut dire qu'il était encore vivant lorsque mon père avait frappé à la porte de Stella Denker. Peut-être même avait-il entendu sa voix et son jeune cœur avait-il bondi d'espoir à l'idée que cet homme allait le sauver. Mais de manière assez tragique, mon père avait ignoré ce que son instinct lui soufflait sur Stella, le résultat étant que Charlie Fields était mort.

— Et votre père s'est senti responsable de la mort de ce petit garçon ? me demanda Claire à la fin de l'histoire.

— Toute sa vie durant, lui répondis-je en hochant la tête.

Ce qui en fait était vrai, même si je m'assurai de lui en faire un fardeau nettement plus lourd à porter, l'idée étant de poser les bases d'une intimité à venir. Une fois le sujet abordé, elle pourrait l'explorer plus tard.

Je souris et lui tendis la main.

— Vous pouvez m'appeler quand vous voulez, dis-je.

C'était un stratagème pour approfondir encore notre lien en lui faisant savoir que je serais toujours là pour elle si jamais elle avait besoin de moi. Plus important encore, il posait que si moi, je me trouvais avoir besoin de quoi que ce soit, je pourrais aussi l'appeler.

Attentions mutuelles.

Il est important que le mangeur de péchés comprenne que l'être humain aime ce genre de choses.

CLAIRE

CHAPITRE 6

Je ne suis absolument pas d'humeur à voir Mehdi, mais j'arrive à 18 heures pile.

Il m'accueille avec un sourire excité.

— Si heureux ! me lance-t-il. Toujours.

Il s'est habillé à l'iranienne, avec une chemise qui lui tombe presque aux genoux et un pantalon qui ressemble à de la soie bouffante.

— Chemise s'appelle *kurta*, m'informe-t-il joyeusement. Pantalon appelé *dhoti.*

Il espère clairement que je vais apprécier sa tenue traditionnelle.

J'ai le sourire maigre.

— Très joli, dis-je.

Sa bonne humeur tombe un rien.

— Vous n'aimez pas ? dit-il avec une petite moue. Bon, on commence.

Je me rappelle la table en verre et lance :

— Dans la salle de séjour ?

C'est comme si un de ses plans subtils venait d'être contrecarré.

— Euh... ben..., bredouille-t-il. Oui, OK... salle de séjour.

Elle est vaste et luxueuse.

Je vais pour prendre un fauteuil lorsqu'il m'aiguille vers un sofa en L recouvert d'un velours rouge foncé. L'angle du meuble me bloque sur la gauche et j'ai une grande table devant moi. J'ai la désagréable sensation d'avoir été enfermée. Je la combats et ne bouge pas.

— Avez-vous les feuilles d'exercices que je vous ai données la dernière fois ? lui demandé-je.

Il est complètement perdu.

— Les mots de vocabulaire, lui rappelé-je. Et la conjugaison du présent.

— Ah, oui… On peut ?

Je le regarde d'un air interrogateur.

— On peut quoi ?

Il écarte légèrement les pieds et met les poings le long de ses hanches tel un soldat au repos au défilé.

— Aujourd'hui, j'ai fait quelque chose pour vous, Claire, dit-il.

Il attend que je lui demande quoi, mais je garde le silence.

— Brésilienne, la cire, précise-t-il avec un sourire plein de fierté, comme s'il contait un exploit héroïque.

Il s'attend clairement à ce que la nouvelle me fasse plaisir.

— Ça fait mal, m'informe-t-il. Mais je sais que vous aimez.

Il ne sait rien de tel.

Il prend mon silence pour un encouragement, se glisse à côté de moi – et me bloque ma seule issue.

— Tout propre pour vous, Claire, répète-t-il. Tout lisse. Doux comme un bébé.

Je lui indique un fauteuil.

— Asseyez-vous là-bas, Mehdi.

Il a l'air blessé.

— Vous aimez pas cire brésilienne ?

— Là-bas, répété-je.

Il ne bouge pas.

— Je sais que vous avez du sentiment pour moi, dit-il, et je comprends soudain qu'il en est réellement persuadé. Et j'ai pareils sentiments pour vous, Claire.

Et sa main rampe sur ses genoux pour s'arrêter sur sa jambe, qu'il presse légèrement contre la mienne.

— Stop, Mehdi !

J'éloigne ma jambe.

— Arrêtez ça !

Il me regarde fixement tel un petit garçon à qui on a refusé un bonbon.

— Claire, dit-il doucement, vous savez que je vous aime.

Je voudrais bondir, mais je crains que pareille réaction ne l'enflamme. C'est pour moi qu'il s'est habillé ainsi. Et pour moi encore, qu'il s'est épilé. Le bonhomme a perdu toute maîtrise de lui-même. C'est à moi de le contrôler. De ma réaction dépendra la sienne et je dois les calculer toutes les deux.

— Mehdi. Vous êtes un élève. Rien de plus, dis-je.

Ses mains se mettent en boule dans son giron et y demeurent tels deux oiseaux morts.

— Je pourrais tant vous donner, Claire ! insiste-t-il tel le crooner. Des fleurs tous les jours. Des beaux bijoux. Beaux comme vous. Tout ce que vous voulez.

Tristes et grands, ses yeux disent la douleur nouée du désir malvenu.

— Les Caïques. Champagne.

Je le regarde d'un air sévère.

— Mehdi ! Ar-rê-tez !

Il comprend son horrible bévue.

— Oh, OK, dit-il, donc pouvons-nous reprendre, Claire ?

Et il s'éloigne de quelques centimètres.

— Pouvons-nous oublier et recommencer ?

Un sourire minuscule volette sur ses lèvres.

— On fait juste du français, OK ?

— Bien, réponds-je calmement. Mais pas ce soir. Ce soir, je ne veux plus faire cours.

Mehdi est enfin pleinement conscient de son affreuse erreur de calcul.

— OK, murmure-t-il.

Il est vidé, frappé d'embarras.

Malgré sa retraite, je ne suis toujours pas certaine de devoir me lever.

Je laisse passer un temps, puis un autre. Avec chaque seconde qui s'égrène, la bombe semble se désamorcer plus sûrement.

Je me lève lentement.

— Il vaudrait mieux que j'y aille, dis-je.

La tête baissée, Mehdi est toujours dans la même posture dévastée.

Je le domine, et le regarde de haut.

Attends.

Il ne bouge pas, et me bloque toujours le passage.

— Mehdi, lui dis-je, laissez-moi passer.

Il revient à la vie.

— Oh, désolé, dit-il.

Vite, il se remet sur pied.

— Je vous raccompagne à la porte.

Il s'écarte et en veillant enfin à ne pas me toucher, me laisse passer devant lui.

Nous nous dirigeons tous les deux vers la porte. Il y a des gouttelettes de sueur sur son front. Et je décèle aussi une odeur. De l'eau de Cologne, mais légèrement aigre.

Il ouvre la porte.

— Eh bien, bonne nuit, Claire, dit-il.

Je retrouve l'air du soir, puis redescends les marches.

Arrivée à ma voiture, je me retourne. Il est rentré chez lui. La porte est close.

CHAPITRE 7

Après avoir quitté Mehdi, je roule et roule encore.

Je suis bouleversée par son agressivité.

J'ai besoin d'air.

Les rues de la ville défilent, je me sens perdre le lien qui m'unit à elle. C'est comme si une part de moi-même avait déjà quitté Los Angeles, ou que la ville n'était maintenant plus qu'une toile de fond.

Afin de revenir à moi, je décide de pousser jusqu'à Venice et d'aller voir le tableau de la fille dans l'eau. Peut-être me fera-t-il redescendre sur terre.

Il est exactement où Destiny a dit qu'il serait, sur un grand mur en ciment près de McDuffy's.

Une grande partie du mur est couverte des graffitis habituels, mais je vois la maison qu'elle a décrite. Les fenêtres sont des carrés rouges et la porte est noire, comme l'ouverture d'une grotte. Il y a des arbres, tous au tronc marron foncé avec des taches vertes en guise de feuilles. Et encore un ou deux buissons, essentiellement rendus par des tourbillons d'un vert un peu plus profond. Une route pâle conduit à la maison. Elle est striée de fines lignes grises, à l'aide desquelles il est possible qu'elle ait voulu suggérer des fissures. En dehors de ces marques, peu de détails ont été ajoutés. Il n'y a pas davantage de perspective. La maison, les arbres, les buissons, jusqu'à la route, occupent tous la même surface plate.

Si elle a peu de technique, son travail a une force qui va bien au-delà du talent artistique. C'est brut et féroce, et il y a là quelque chose qui retient mon attention, comme un cri.

Son combat me rend plus forte.

Je retourne à la voiture et reprends le chemin de ma maison.

En route, je reçois un texto. Je me range pour le lire.

Un numéro de téléphone, suivi d'un bref message : *Si vous changez d'avis…*

Phil.

Il est presque 22 heures lorsque j'arrive chez moi. Je jette un coup d'œil à la maison de M. Cohen comme si je cherchais un ami. Il lui arrive de s'asseoir dans sa véranda, mais ce soir-là il n'y est pas.

Une fois rentrée, je ferme la porte à clé derrière moi, et vérifie les fenêtres.

Je constate que tout est sûr et allume la télévision.

Le film a pour titre *Les mains qui tuent*, et la première scène montre un homme et une femme qui se rencontrent dans un bar. Il a deux billets pour un spectacle, l'un d'eux pour une femme qui l'a jeté. Il demande à l'inconnue de l'accompagner. Quand elle accepte, il se met à lui dire son nom, mais elle l'arrête net. « Ni noms ni adresses, dit-elle. On est juste des compagnons d'un soir. » Ils partent en taxi et pendant le trajet, la femme a brusquement peur de ce qu'elle a fait, à savoir avoir fait imprudemment confiance à un inconnu. Elle essaie de descendre du taxi, mais l'homme l'arrête. Il n'y a rien à craindre, l'assure-t-il, ils vont rire un peu. Le visage de la femme est voilé d'une tristesse aussi étrange que déchirante.

— J'aimerais bien rire, dit-elle à l'inconnu. Ce serait amusant de rire.

Je sais exactement ce qu'elle ressent.

J'éteins la télévision d'un coup.

J'en ai assez de la chaîne Femme Fatale. Cela ne fait qu'exacerber mon angoisse et ma peur. Il y a trop de femmes qu'on persécute. De femmes qu'on déçoit et trompe. Qu'on fait tourner en bourrique. Je pense à la pauvre, à la folle d'angoisse Ingrid Bergman. Ses yeux qui papillonnent. Les imperceptibles mouvements de ses mains. Elle canalise la méchanceté de son mari, est complètement dévoyée par ses manipulations. Personne ne la croira. Elle n'est plus qu'un énième « petit oiseau affolé ».

J'entre dans ma chambre. Je n'ai aucun désir de dormir. Je dors mal depuis que j'ai écrit à Simon et chacune de nos rencontres ne fait que rendre plus difficile toute forme de relaxation.

Suis-je donc devenue celle que Simon décrit à tout le monde et que le docteur Lind a diagnostiquée ?

Oui, c'est la femme que je suis devenue.

Parce que lorsque mon téléphone sonne, je bondis. Ma peur monte en flèche quand je lis : « Numéro inconnu » à l'écran.

Je regarde fixement l'appareil.

Lorsque enfin je le prends, ma main tremble.

— Oui ? dis-je d'une voix plate.

— Salut, Claire.

— Destiny ?

— Oui.

— Tu te sers d'un autre portable ?

— Ah, merde. Oui. C'est un prépayé.

— Un « prépayé » ?

— Vous savez bien, un jetable.

— Pourquoi as-tu un…

— Je pourrais venir ? m'interrompt-elle. Faut vraiment que je vous parle, Claire.

— Oh, OK, dis-je. Viens.

— Merci. J'arrive dans une demi-heure.

Elle est là quelques minutes plus tard.

— Salut, dit-elle.

Elle est tendue. À son expression, je sais qu'il est arrivé quelque chose. Qu'il y a du changement et que Dieu sait comment, ça lui a fait perdre le fil.

— Qu'est-ce qu'il y a ? lui demandé-je.

Elle me regarde d'un air inquiet.

— Vous croyez que cet écrivain me cherche ?

— Te « cherche » ?

— La façon qu'elle avait de me regarder... Comme si peut-être j'avais fait du mal à cette fille. J'ai jamais eu affaire à elle.

Elle a dit ça avec une insistance féroce, habituée qu'elle est à ce qu'on doute de ses propos.

— Et toutes ces questions, reprend-elle. Le truc sur Vicki Page. Comme si elle me soupçonnait d'être liée à elle.

— Personne ne te soupçonne de quoi que ce soit, l'assuré-je.

— Vous ne la connaissez pas, si ? Vous venez juste de faire sa connaissance, n'est-ce pas ?

— Oui.

— À la jetée, comme vous m'avez dit.

— À la jetée, oui.

Elle jette un coup d'œil à la rue, presque comme si elle s'attendait à y voir quelque sinistre personnage rôder sous le réverbère. Lorsqu'elle se retourne vers moi, ses yeux brillent tels ceux d'un animal inquiet.

— Entre, lui dis-je vite.

Elle pénètre dans le vestibule avec méfiance et regarde partout comme un chat qu'on a lâché dans un endroit qu'il ne connaît pas et qui cherche où se cacher.

Je l'accompagne au salon.

— Écoutez, Claire, reprend-elle, vous avez été vraiment gentille avec moi et je veux être franche avec vous. Et le truc, c'est que ce que j'ai raconté à cet écrivain, peut-être que j'aurais pas dû en dire des bouts, vous voyez?

Son brusque changement d'attitude me surprend.

— Je croyais qu'elle te plaisait. Tu en donnais l'impression.

— Oui, c'est sûr. Elle est OK, mais...

Elle hésite avant de poursuivre. Elle n'a pas l'air de trop savoir par où commencer.

— Non, le truc, c'est que quand elle a mentionné Vicki Page et si je la connaissais ou pas, j'ai dit que non. Et c'est pas vrai. Et merde, peut-être qu'elle sait déjà que je mens. Elle a eu l'air de savoir.

— Pourquoi as-tu menti?

— Parce que si j'avais dit que je connais Vicki, elle se serait dit que je suis une de ses filles. Et ça, je fais pas.

Elle garde brièvement le silence pour relier les points importants de l'intrigue.

— Vicki voulait que je travaille pour elle. Que je sois une de ses filles. Que ça serait de l'argent facilement gagné. Mais ça m'intéressait pas. J'ai jamais fait ça, Claire.

C'est presque comme s'il y avait du désespoir animal dans ses yeux.

— Et pour la fille? Oui, je la connaissais.

Elle s'empare de son sac posé par terre, en ouvre la fermeture Éclair, en sort quelques carrés de carton et les pousse vers moi.

— Je vous ai apporté ça pour vous montrer.

Ce sont des aquarelles représentant diverses scènes. La première est une marine d'une étrange violence. Les eaux y bouillonnent et la plage recule et se tasse comme si elle attendait leur assaut. L'œuvre a la même puissance brute que la maison que j'ai vue plus tôt. Comme dans ce tableau, on y pressent une destruction imminente toute en vents furieux et raz-de-marée. La deuxième représente une forêt dont les arbres donnent l'impression d'avoir été ravagés par une tempête. Dans la troisième on voit une rue de ville avec ici et là des bâtiments qui penchent.

— Pourquoi te les a-t-elle données ? lui demandé-je.

— Elle les filait à tous ceux qu'en voulaient. Peu importait qui. Non parce que, c'est pas comme si j'étais copine avec elle.

Je tente de lui rendre les tableaux, elle refuse de les prendre.

— Non, vous les gardez, dit-elle. J'en veux pas.

— Pourquoi ?

— Parce qu'ils pourraient être, genre... des preuves contre moi.

— Des preuves de quoi ?

— Que j'ai eu des trucs à voir avec elle... et j'en ai pas eu.

Si je ne prends pas ces aquarelles, elle les balancera tout simplement dans la première benne à ordures. Ce serait insulter la mémoire de la fille dans l'eau, presque un sacrilège.

— Bon, d'accord, lui dis-je. Je vais les garder.

Elle est soulagée.

— Merci, Claire, dit-elle.

Elle tripote nerveusement la poignée de son sac à dos.

— J'ai la trouille, c'est tout. Qu'elle sache pour Vicki Page...

Elle donne quasiment l'impression de parler toute seule, de chercher une manière de défaire les erreurs qu'elle pense avoir commises.

— J'aurais dû la fermer, conclut-elle.

Et là voilà en pleine autocondamnation.

— Je suis bête ! Mais bête !

Elle me regarde d'un air quasi suppliant.

— Je voulais juste être dans le journal, vous savez ? Y voir mon nom ! Être importante... cinq secondes ? Si c'est pas pété, ça !

Elle hoche violemment la tête.

— Et maintenant, j'ai cette journaliste qui me suit.

Cette réaction après sa rencontre avec Julie est bien extrême. Quelque chose y sonne faux.

— Tu n'en saurais pas plus sur la fille dans l'eau que tu ne m'en dis ? lui demandé-je.

— Non, répond-elle avec véhémence. Non, je le jure.

— Alors, tu n'as rien à craindre.

— Vous le pensez vraiment ?

— Julie est seulement en train d'écrire un article sur des filles qui ont réussi à se sortir de la rue, l'assuré-je. Ce n'est pas sur la fille dans l'eau ou sur Vicki Page qu'elle écrit.

Je lui touche l'épaule.

— Ne t'inquiète pas.

Elle se calme légèrement.

— D'accord, Claire.

Nous parlons encore quelques minutes avant qu'elle ne décide de rentrer chez elle.

— Je suis de service de petit déjeuner, dit-elle.

Je la raccompagne à la porte, puis jusqu'à sa voiture, une relique toute cassée que lui a laissée son copain Distorsion Espace-Temps en guise de cadeau d'adieu.

Elle me fait de grands signes en déboîtant.

Arrivée au bout de la rue, elle tourne à droite et disparaît.

Je rentre.

J'éprouve le besoin de vérifier à nouveau les fenêtres et les portes, mais je me force à n'en rien faire.

J'ai aussi envie d'appeler quelqu'un.

Juste pour entendre une autre voix.

Je songe à Ava, puis à Ray.

Plus encore, je pense à Julie Cooper.

À notre dernière conversation.

Elle semblait avoir instinctivement compris mon malaise et mon impression d'impuissance. C'est une de ces personnes qui n'ont pas besoin qu'on leur explique tout. Elle avait sorti les antennes et sondait le non-dit, et le non-vu.

L'espace d'un instant, j'envisage de passer cet appel, mais décide que non, allume la télévision et use de son bourdonnement régulier et des images qui y passent en éclairs comme d'un substitut de vraie compagnie.

Le film s'intitule *Le Violent.*

Humphrey Bogart y est accusé de quelque chose qu'il n'a pas fait. Je regarde quelques instants, puis je glisse au sommeil, mon corps tout enroulé sur le canapé. J'y suis toujours lorsque l'aube pointe le lendemain matin.

CHAPITRE 8

C'est presque comme si Simon venait de me réveiller en me secouant parce que dès que j'ouvre les yeux, c'est à lui que je pense.

Je l'imagine en train de parler à des copains avocats.

À des juges.

À des amis dans la police.

J'essaie de me débarrasser de ma crainte qu'il soit vraiment invulnérable.

Ce n'est que le début de la journée, mais déjà je me sens épuisée.

Je reste assise, seule dans la lumière de l'immeuble.

Je bois un café.

Le temps passe.

Il est presque neuf heures. J'ai encore une demi-heure avant de retrouver Ray au Starbucks. J'attrape mon sac et me rue vers la porte.

Puis je pile.

Une énorme gerbe de fleurs est posée sur le seuil. Il doit y en avoir deux douzaines nichées dans un maquis de fougères tropicales. Mais plutôt que blanches, elles sont d'une teinte lugubre et foncée et pendent lourdement au bout de leurs tiges tel un linceul en haillons. Sinistre. Les fleurs de la mort.

Serait-ce la dernière manœuvre de Simon ?

Serait-ce la façon dont il entend m'intimider ?

Une menace déguisée en gage de réconciliation ?

Il pose les bases de sa défense. En essayant d'établir à quel point il est gentil, à quel point il est conciliant. Mais je ne me laisse pas prendre. C'est son dernier stratagème.

Une enveloppe blanche est attachée à une fleur. Il y a sûrement écrit quelque doux compliment.

J'arrache l'enveloppe à la fleur et l'ouvre. La carte glissée à l'intérieur est petite, carrée et les mots que j'y lis gravés.

Des lis de Perse pour ma reine persane.

Mehdi.

Je suis choquée de m'être tout de suite dit que ces fleurs venaient de Simon. La peur qu'il m'inspire déforme tout. Grossit tout. Il n'aimerait rien tant que me voir devenir complètement folle. Que m'entendre hurler qu'il m'observe derrière l'œil de la caméra éteinte de mon ordinateur, qu'il m'écoute avec de tout petits écouteurs.

Dernière vision de cauchemar, je l'imagine en train de me voir sur quelque écran lointain et d'esquisser un sourire diabolique tandis que je reste comme clouée sur place à regarder ces fleurs.

Je suis encore sous l'emprise de cette image lorsque j'arrive au Starbucks pour ma leçon avec Ray.

— Bonjour, Claire, lance-t-il tandis que j'arrive à sa table.

Je m'assieds sur la chaise en face de lui et le salue.

— Tout va bien ?

— Tout à fait bien, oui.

Je sors mon matériel. Comme il travaille dans l'art, j'ai modelé ma leçon autour de ça. Je lui ai préparé une liste de mots qui y ont trait. L'idée est de m'en servir pour lui enseigner les rudiments du français.

Je lui tends une liste de mots : *tableau, peintre, luminosité.*

— *La couleur*, dis-je.

Il prononce le mot comme s'il se terminait en *ure*. Je le corrige, il réessaie. Encore faux. Il réessaie à nouveau. Cette fois, c'est mieux.

— *Très bien*, Ray, dis-je.

Nous passons au mot suivant, puis encore au suivant. Je tente de rester concentrée, mais ne peux pas m'empêcher de penser à Simon.

Je lève le nez de ma feuille de travail et découvre Ray en train de m'observer de près.

— Vous me rappelez un portrait que j'ai vu au musée d'Orsay, dit-il. Celui de Mme de Loynes. Vous le connaissez ?

En fait, je le connais très bien. Quand j'étais à la Sorbonne, j'ai écrit un essai sur ce tableau.

Mme de Loynes était une courtisane qui plus tard épousa un comte. Élégamment habillée de noir, elle a de longs cheveux noirs qui lui tombent jusque sous les épaules. Le teint est très pâle et les traits délicats. Elle semble bien dans sa peau. Paisible. Sûre d'elle. Rien à voir avec moi.

Je lui parle de mon essai et de la façon dont, jeune étudiante, j'ai été fascinée et par la femme et par son portrait.

— Mais je ne vois aucune ressemblance avec moi, ajouté-je.

— Pas physiquement, non, dit-il. Mais un critique qui avait vu ce tableau a dit que dans ses yeux il y avait tout à la fois le monde et le demi-monde. Et parfois, vous avez ce regard. Votre côté demi-monde y perce.

— Franchement, j'aimerais assez m'en débarrasser.

— Moi aussi. J'aimerais assez oublier une femme infidèle.

Il attend que je lui sorte une histoire à la hauteur, mais pour moi, s'ouvrir n'est pas une option. En fait même, je déteste ça.

Je ne révèle rien de ma vie. Après tout, je ne suis que son professeur de français.

Au lieu de ça, je mentionne la fille dans l'eau. Il se rappelle avoir entendu parler d'elle à la télé, mais il n'a pas suivi l'affaire.

Je l'informe que j'ai quelques-unes de ses toiles.

— Avait-elle le moindre talent ?

— Absolument.

— J'aimerais bien les voir.

Cela me paraît aller plus loin qu'une remarque en passant.

— Pourquoi ?

— Dans ma galerie, j'ai une petite salle où j'accroche des œuvres qui sans cela risqueraient de passer inaperçues. Si elle avait du talent, je pourrais en faire une petite… expo.

Cela me fait l'effet d'une offre très généreuse.

— Où sont ces tableaux ? reprend-il.

— Chez moi.

— Ça vous ennuierait que je passe y jeter un coup d'œil ?

L'intérêt qu'il porte à ces tableaux me surprend.

— Ou alors… vous pourriez me les apporter à la galerie si vous préférez, ajoute-t-il.

Je me demande si je n'ai pas laissé échapper un soupçon de prudence ou de méfiance qui lui a fait croire que j'hésiterais à le voir venir chez moi.

Je ne veux pas qu'il ait cette impression et agis vite pour le rassurer.

— Non, chez moi pas de problème, dis-je.

Il sourit.

— Bon alors, quand puis-je passer ?

— Demain soir ?

— D'accord.

Je lui donne mon adresse, puis reprends aussitôt mon rôle de professeur de français.

— Bien, dis-je. Travaillons un peu les verbes.

Je lui tends une feuille avec la conjugaison du verbe *chanter* au présent de l'indicatif.

— C'est un verbe régulier, lui précisé-je.

Nous étudions le présent du verbe.

Il commence par réciter par à-coups, puis son débit se fait plus fluide et sa prononciation s'améliore.

— Bon, et maintenant essayons un verbe irrégulier, dis-je. *Être.*

Nous étudions le présent. *Je suis. Tu es. Il est.*

Tandis qu'il répète après moi, je me sens attirée vers lui, mais n'en montre aucun signe.

Au lieu de cela, je concentre mon attention sur la leçon.

Mais chaque fois que je le regarde, j'éprouve une étrange tension.

Chez moi, le processus qui consiste à tomber amoureuse commence toujours de cette manière. Pas sous la forme d'un raz-de-marée, mais sous celle d'une légère ride sur l'eau. Autrefois j'accueillais cette sensation avec plaisir et excitation. Là, c'est comme un cadeau très joliment emballé avec un gros nœud, mais que je ne puis plus accepter.

CHAPITRE 9

Ava m'attend à notre table habituelle lorsque je la retrouve pour déjeuner. Elle me regarde d'un air interrogateur.

— Décèlerais-je comme un léger embrasement ? lance-t-elle.

— Peut-être, mais minuscule, reconnais-je.

Elle passe en mode cancans.

— Laisse-moi deviner… Ray Patrick ?

Elle ne se trompe pas. Il n'empêche, je n'éprouve aucun besoin de me précipiter. Je minimise.

— On ne s'est vus que trois fois. Et seulement pour des cours.

— Quand passez-vous aux dîners et à la danse ?

— Je ne suis pas sûre que ça se fasse.

— Pourquoi tant d'hésitations ?

— Mon passé.

— Que tu dois mettre derrière toi, Claire !

Je lui lance un regard déterminé.

— Je le ferai. À un moment donné.

Elle prend un air plein d'avertissements.

— Tu te rappelles ce qui s'est passé après toute cette histoire avec l'hôpital ? Je suis venue te chercher le jour où ils t'ont libérée. T'aurais dû te voir, Claire ! T'étais à moitié morte. Tout le poids que t'avais perdu ! Tu ne riais plus. À peine si tu parlais.

Je m'empare du menu.

— Qu'est-ce que tu vas prendre ? lui demandé-je.

— Pour moi, ce sera une salade. J'ai déclaré la guerre à mes poignées d'amour.

Le serveur apparaît. Nous commandons.

— Dis-moi quelque chose d'intéressant, reprend Ava quand il s'éloigne.

Je lui raconte ma rencontre avec Julie Cooper sur la jetée, puis comment j'y ai amené Destiny pour une interview.

Elle se concentre sur ce qu'elle prend pour le détail le plus pertinent.

— Pourquoi étais-tu à la jetée ?

— Pour lui rendre hommage.

— À quoi ? À la grande roue ?

— Non, à la fille dans l'eau.

Elle est atterrée.

— Pourquoi colles-tu ton nez dans un truc pareil, Claire ?

— Je ne colle mon nez nulle part, lui renvoyé-je. Je m'étais juste arrêtée à la jetée quand je suis tombée sur cette journaliste. Quand il s'est avéré qu'elle écrivait un article sur des filles qui ont réussi à lâcher la rue, je lui ai parlé de Destiny. Elle me plaisait bien. On a un peu discuté au moment où je partais. Je pense qu'on a quelque chose d'important en commun.

— Comme quoi ?

— L'impression qu'il faut agir. Qu'on ne peut pas rester assis à ne rien faire et se contenter de laisser arriver de sales trucs. Pas si on peut les empêcher.

Elle a l'air troublé.

— C'est de Simon que tu parles, non ? De l'empêcher de…

Elle hoche la tête d'exaspération et passe brusquement à un bien qu'elle projette de montrer plus tard dans l'après-midi. Il comprend une piscine chauffée et un bowling jadis propriété d'une star du cinéma des années quarante.

Je reconnais le nom de l'actrice.

Elle a tourné dans plusieurs films noirs.

Une blonde.

Toujours une cigarette à la bouche.

Et l'air entendu.

Je me demande ce qu'elle ferait à ma place.

Lui enverrait-elle une autre lettre ?

Lui passerait-elle un autre coup de fil ?

Et si rien ne marchait et qu'elle reste convaincue qu'il recommencerait ?

Que ferait-elle dans ce cas-là ?

La réponse qui me vient est glaçante :

Elle le tuerait.

CHAPITRE 10

Je me rends chez mon dernier élève de la journée lorsque mon téléphone sonne.

C'est Mehdi.

— Claire, avez-vous reçu mes fleurs ? demande-t-il.

— Vous n'auriez pas dû faire ça.

— Mais Claire, je veux que vous sachiez ce que j'éprouve pour vous.

— S'il vous plaît, ne refaites plus jamais un truc pareil.

— Mais c'était par amour, Claire. Vous devez apprendre à l'accepter. C'est parce que vous êtes stressée. Je sais que vous l'êtes.

— Mehdi, faut que j'y aille.

— Mais Claire, dites-moi juste oui à une chose. Qu'on peut avoir un autre cours.

Dans son esprit je ne suis qu'une image. Aussi irréelle qu'une actrice à l'écran. Bientôt, son ardeur se concentrera sur une autre. Une cliente dans une de ses boutiques peut-être. Une fille qu'il rencontrera dans la rue. Ce pourrait être n'importe qui parce qu'elle ne peut pas être réelle. Il ne peut pas l'imaginer vieillir, exiger toutes sortes de soins qui n'ont rien à voir avec ses fantasmes romantiques.

— Je dois vous laisser, répété-je.

Et je raccroche.

Je suis presque à la porte de mon élève quand mon téléphone sonne à nouveau.

C'est Destiny.

— Salut, Claire.

— Salut, qu'est-ce qui se passe ?

— Rien. Je me demandais seulement comment vous alliez.

C'est la première fois qu'elle m'appelle pour ne faire que bavarder.

— Je vais bien. Et toi ?

— OK. Ça va.

Vraiment ?

J'entends de la tension dans sa voix.

— Je me demandais si vous aviez des nouvelles de la journaliste.

— À propos de ?...

— Elle vous le dirait, hein, si elle trouvait des trucs sur moi ?

La question est étrange et lorsqu'elle la pose, le ton se fait plus urgent.

— Des trucs sur toi ? lui demandé-je. Comme quoi ?

— Vous savez bien, comme quand je traînais dans les rues.

Je la sens réfléchir. Elle est toujours inquiète suite à son entretien avec Julie Cooper. Il est évident qu'elle essaie de se sortir d'un piège dans lequel elle croit s'être jetée bêtement. Il me frappe que c'est caractéristique de son existence, de la tendance qu'elle a à foncer impulsivement, puis à le regretter et battre vite en retraite.

— Julie n'est pas flic, lui rappelé-je. Elle est écrivain et l'article qu'elle rédige ne porte pas sur ce qu'ont fait des filles quand elles étaient à la rue. C'est sur la façon dont elles l'ont lâchée. Comment elles se sont façonné une vie meilleure. Ce que tu fais, toi, tu te rappelles ? Tout ce qu'elle écrira sur toi ne pourra être qu'élogieux.

Son angoisse semble baisser un peu.

Elle passe à autre chose.

— J'ai repensé à la fille morte, reprend-elle. Je me sens mal.

— Comment ça, « mal » ?

— Je la plains. Parce qu'elle, genre… disait jamais rien. Et je veux dire… vraiment jamais.

Elle ne pousse pas plus loin, j'essaie de la sortir de là.

— Combien de fois l'as-tu vue ? lui demandé-je.

— Juste de temps en temps. Elle se pointait à la plage et… Elle peignait. Et après, elle… disparaissait, juste ça.

— Elle ne dormait pas dans les rues ?

— Je crois pas.

Je lui pose encore quelques questions, mais n'arrive pas à lui arracher d'autres renseignements. J'ai l'impression qu'elle cache quelque chose, que toute cette histoire de se sentir mal pour la fille dans l'eau n'est qu'une façade qui cache quelque chose de plus profond et une raison moins aimable de me parler.

— Si tu en sais plus sur cette fille, il faut le dire à la police.

— « À la police » ? couine-t-elle. Pas question. Les flics inventent des trucs. Ils pourraient me coller ça sur le dos.

— Ça quoi ?

— Ce qui lui est arrivé. Comme quoi j'aurais peut-être eu à y voir.

C'est grotesque. J'ai envie de rejeter tout ça d'un coup, mais m'arrête : la peur qu'elle a qu'on mente sur son compte, ou que personne ne la croie, est semblable à la mienne.

Je ne peux pas lui dire que la vérité finira par triompher. Parce que rien ne le garantit.

Je ne peux pas lui assurer que l'innocence suffit. Parce qu'elle ne suffit pas.

Et là, tandis que je reconnais tout ce que cette vérité a de sinistrement décourageant, je me rends compte qu'en dépit de tout ce qui prouve le contraire, j'ai nourri l'absurde espoir que quelque chose protège Emma si moi, je ne peux pas.

Vient enfin le moment où j'accepte l'horrible réalité : je suis le seul obstacle aux intentions de Simon.

Ce que sûrement, il sait aussi.

***

Le *ting* de mes textos se fait entendre tandis que je reviens chez moi dans la soirée.

Mehdi. Un seul mot : *Claire ?*

Qu'il puisse m'atteindre de si loin dans l'espace numérique me dégoûte et me trouble tout à la fois.

J'efface son texto.

Enfin chez moi, je ne peux pas m'empêcher de penser à ma conversation avec Destiny. Elle me ramène à la fille de la jetée. Je l'imagine en train de nager vers moi. Je suis le bateau qu'elle tente d'atteindre. Je regarde impuissante tandis que quelque chose la tire sous les vagues. Elle refait surface, ses bras blancs battent l'air. Puis elle s'enfonce à nouveau. Et cette fois ne reparaît pas.

Afin de restaurer une partie de sa vie, je prends les tableaux que m'a donnés Destiny et les accroche où je peux trouver de la place.

Ce sont des paysages divers. La montagne. Le désert. La mer. Des maisons. Ces œuvres sont bien plus fouillées que son tableau sur le mur de Venice Beach. Je vois le chatoiement de son talent naissant, le combat qu'elle mène pour communiquer ce qu'elle ressent, l'éloquence de son regard brut.

Une grande vague d'émotion me submerge. J'en suis emportée, prise et tirée vers le bas dans le même mouvement éternel, tel un corps dans la mer.

Voilà que mon esprit me joue encore son sale tour. Je vois Melody. Elle a l'air d'avoir dans les dix-huit ans. Elle est debout dans l'atelier d'un peintre, ceinte d'un drap blanc.

Voix d'homme : *Viens à moi.*

Elle traverse la pièce. Aux murs sont accrochés toutes sortes de tableaux. Elle passe comme en glissant devant les vieux maîtres, puis les impressionnistes et les expressionnistes. Lentement elle se promène d'un bout à l'autre de l'histoire de l'art. Enfin elle atteint un grand baquet en métal rempli d'eau. Elle s'y abaisse, toujours ceinte de son drap. Mais il est mouillé maintenant et, enroulée dedans comme elle l'est, elle frissonne.

Plus bas, lui ordonne la voix.

Je voudrais hurler. La supplier de ne pas s'enfoncer plus bas.

Mais elle est hors de portée de mes appels. Elle ne m'entend pas. Elle fait ce qu'on lui dit. Elle s'enfonce encore et encore jusqu'à ce que son visage passe sous l'eau, se fasse plus jeune, que ses cheveux s'éclaircissent et que ses traits se réorganisent pour ne plus être ceux de Melody.

Mais ceux d'Emma.

Il faut que je la sauve, mais je sais que tout nouveau contact avec Simon sera inutile.

Il ne me reste plus que Charlotte.

SLOAN

CHAPITRE 11

Je venais de m'asseoir pour dîner lorsque Miller m'appela.

— C'est Simon, me dit-il. Et à propos... appelez-moi par mon prénom, je vous en prie.

— OK.

— Je voulais juste vous dire encore merci d'avoir pris le temps de regarder ces vidéos.

Nous parlâmes encore un peu. Je l'informai que j'avais pris contact avec Claire.

Il fut surpris.

— Comment avez-vous fait ?

— Mon système de tracking m'a amenée dans ses parages, lui expliquai-je. Après, j'ai cherché partout dans la zone jusqu'à ce que je la trouve. Et quand ç'a été fait, je l'ai abordée.

— « Abordée » ?

— J'ai engagé la conversation avec elle. J'ai découvert qu'elle suivait une fille qui avait lâché la rue. Ça m'a donné une idée. Je lui ai raconté que j'étais journaliste et que j'écrivais un article sur des filles qui l'avaient fait. Elle s'est arrangée pour que nous nous retrouvions toutes les trois et après, elle et moi avons bavardé un peu.

— « Bavardé un peu » ?

Au ton qu'il avait pris, je n'arrivai pas à déterminer s'il avait compris qu'en ayant une conversation plus intime avec elle, je pouvais la surveiller de plus près, peut-être même trouver un moyen de la faire changer de cap.

— Persuasion amicale, dis-je afin de lui rendre ma stratégie plus claire. Je commence toujours par là.

Une pause, puis il me demanda :

— Quel âge a la fille ? Celle que suit Claire ?

— C'est une ado.

— Une ado, répéta-t-il pensivement. Ça explique l'intérêt qu'elle lui porte. Elle essaie de remplacer Melody.

Je ne lui offris aucune réponse et il changea de sujet.

— Hier soir, j'ai effectué une petite recherche sur ce qui est arrivé à votre père, reprit-il. Les accusations portées par votre mère. Elles étaient très injustes.

— Et jamais étayées, m'empressai-je d'ajouter. Parce que ma mère a vite pris la sortie.

— Mais ses allégations ont suffi à empêcher votre père d'être chef de la police, me fit-il remarquer d'un ton plein de sous-entendus.

— C'est ce qu'elle voulait.

— Bien sûr, et maintenant il n'y a vraiment aucun moyen de le revaloir à votre père, mais je me disais qu'on pourrait peut-être faire quelque chose pour honorer sa mémoire. Fonder une bourse à son nom. Qu'en pensez-vous ?

— J'en pense que ça me plairait beaucoup.

— Parlez-moi de lui.

Je lui dis son long combat et le peu de chances qu'il avait de réussir. Je lui parlai de ses années de flic en tenue, du difficile chemin qu'il avait emprunté pour arriver à l'échelon où le poste de chef de la police était enfin à sa portée.

— Sauf qu'elle…

Je repensai à ma mère, à quel point elle s'était montrée irresponsable, aux sales accusations qu'elle avait portées contre lui, aux irréparables dégâts qu'elle avait causés, au fait qu'elle avait refusé à mon père le poste même pour lequel il avait travaillé toute sa vie durant.

— Quelqu'un aurait dû l'arrêter avant qu'elle ne détruise votre pauvre père, conclut-il.

— Oui, dis-je.

Une autre pause, puis :

— Comment allez-vous arrêter Claire si votre persuasion amicale ne marche pas ?

— Je passerai au plan B.

— Qui est ?…

Ma réponse fut aussi sombre que la trajectoire que suivit ma réflexion à ce moment critique :

— Faire tout ce qu'il faut, lui répondis-je.

CLAIRE

CHAPITRE 12

Je sais que je ne peux pas écrire à Charlotte, ni non plus lui envoyer un e-mail ou un texto.

Elle ne me répondrait pas.

Et je ne peux pas davantage lui téléphoner.

Elle ne prendrait pas mon appel.

Une seule possibilité m'est ouverte.

Charlotte travaille dans une bijouterie de Rodeo Drive. C'est probablement là que Simon l'a rencontrée. Je n'ai aucun mal à recréer la scène : il contemple un bracelet ou une paire de boucles d'oreilles et lui demande ce qu'elle préfère. Et plus tard il en fait l'achat, pour elle. Elle est émerveillée par sa prévenance, et sa mémoire. Simon excelle dans ce genre de choses. Un vrai magicien dans l'art de manipuler et tromper.

Je n'ai vu Charlotte que sur la photo qui accompagnait l'annonce de ses fiançailles avec Simon. Elle est grande et élancée et s'habille avec élégance. Il ne sera pas difficile de la reconnaître.

J'arrive à la boutique une heure avant l'ouverture et l'attends, à moitié cachée par une colonne de marbre.

Il y a une caméra de surveillance à l'entrée, et d'autres installées ici et là le long de la file de magasins haut de gamme. Certaines ont déjà enregistré mon approche, la façon dont je me suis dissimulée, combien de temps je suis restée immobile à attendre, attendre et attendre encore. Je sais comment tout cela pourra être vu par d'autres.

Claire-la-folle qui suit Charlotte à la trace.

Mais je n'ai pas le choix étant donné que j'ignore à quel moment commence sa journée de travail.

Quelques minutes plus tard, je la vois remonter à grandes enjambées le grand boulevard piétonnier. Je m'attends à ce qu'elle aille droit au magasin, mais elle prend à droite, vers une pâtisserie. À travers la vitrine, je la vois s'asseoir à une petite table. Elle a l'air calme, presque pensive en sirotant son café.

Je n'aurai jamais de meilleure occasion.

Bien, me dis-je, *allons-y.*

Je gagne vite la pâtisserie, puis m'engage dans l'allée étroite qui conduit à sa table.

Elle ne me remarque qu'au moment où je m'assieds sur la chaise en face d'elle.

Elle me reconnaît immédiatement. Simon lui a manifestement parlé de moi, montré ma photo, et m'a sûrement diabolisée de toutes les façons possibles et imaginables. C'est pourquoi il ne me surprend pas qu'aussitôt elle se raidisse, puis tende la main vers son sac.

— Je vous en prie, ne partez pas, lui dis-je.

Son regard se durcit.

— Qu'est-ce que vous voulez?

— Parler, c'est tout.

— Mais moi, je ne veux pas.

— Quelques minutes, pas plus.

— Je ne veux pas vous parler, répète-t-elle, tendue.

— Ce n'est pas parce que vous allez épouser Simon, enchaîné-je. Je ne suis pas l'ex pleine de jalousie. Ça concerne Emma.

Elle me fusille du regard.

— Je refuse d'entendre ça, lâche-t-elle d'un ton glacial.

Je ne bouge pas.

Ses yeux se rétrécissent et son regard se fait menaçant.

— Je m'en vais, dit-elle d'un ton égal. Et si vous me suivez, j'appelle la sécurité.

— Écoutez-moi, je vous en prie.

— Non ! lance-t-elle sèchement.

Elle se met debout et me regarde de haut d'un air méprisant.

— Et ne refaites jamais ça, conclut-elle en guise d'avertissement.

— Il va s'en prendre à Emma. Il a fait pareil avec ma fille. Elle m'a avertie qu'il…

— Ça suffit !

— Je ne l'ai pas crue, Charlotte. Elle n'avait aucun endroit où aller, elle est montée dans un bateau et le bateau a chaviré et…

— Je ne veux pas entendre ça, dit-elle en m'interrompant avec véhémence.

Et tout sort. Tout, le lourd fardeau de ma culpabilité.

— En ne la croyant pas, je l'ai tuée. C'est avec ça que je vis maintenant, Charlotte, et c'est pour ça que pour Emma, il faut que je…

Elle pivote sur elle-même pour partir et c'est alors que sans réfléchir, je fais quelque chose de désespéré : je lui attrape la main.

Elle se dégage brutalement.

— Et vous osez me toucher ?! s'écrie-t-elle avant de se précipiter hors de la pâtisserie.

Je ne peux pas m'en empêcher, j'essaie de la rattraper.

Scène de poursuite insensée, Charlotte qui court vers la sécurité de son magasin, moi qui, quelques pas derrière elle, l'appelle et l'appelle.

— Charlotte, je vous en prie !

Enfin arrivée à la porte de la bijouterie, elle se retourne d'un coup.

— Pas un pas de plus ou j'appelle la police ! me lance-t-elle.

Et elle me dévisage avec brutalité.

— Et vous et moi savons ce qui vous arrivera alors.

Je me vois dans ses yeux.

Claire qui ne se domine plus.

Claire et ses délires paranoïaques.

Claire la dangereuse.

Je voudrais tellement briser cette horrible vision qu'on a de moi.

— Charlotte… Encore un mot.

Elle est complètement raide.

Et son regard est de pierre.

Et dans mon dernier effort pour l'atteindre, je lui crie :

— Croyez votre fille !

CHAPITRE 13

Je suis vidée.

J'ai le corps lourd. L'air qui m'entoure est âcre et épais. En moi, le feu couve.

Mais quelque chose me redonne courage.

Tu ne peux pas être défaite, me dis-je. *Tu ne peux pas renoncer.*

Le téléphone sonne juste au moment où j'arrive à ma voiture.

Je frémis, convaincue que c'est Simon et que Charlotte lui a déjà tout raconté. Mais c'est un numéro que je ne reconnais pas.

— Allô ?

— Claire Fontaine ?

— Oui.

— Ici, le Dr Aliabadi. Je vous appelle de l'hôpital d'UCLA. Votre père vient d'y être admis. Je suis navrée de vous dire ça, mais il a eu une crise cardiaque.

J'obtiens autant de renseignements que possible, puis je gagne l'hôpital.

Mon père est réveillé, mais il ne me lance qu'un hochement de tête lorsque je franchis la porte de sa chambre. Il est très faible, la moitié de son énergie envolée. Ses cheveux blancs sont en désordre et ses yeux s'ouvrent et se ferment lourdement comme s'il luttait contre le sommeil.

— J'ai une douleur…

Sa voix tremble. Elle est comme chargée d'un rien d'étonnement. Une partie de lui-même ne peut croire qu'à partir de maintenant, sa vie va être assombrie par la perspective de mourir.

— Ils disent que j'ai eu une crise cardiaque.

Petit, émacié, aussi maigre, frêle et âgé que *Le Vieux Guitariste aveugle* de Picasso, il en a le même air physiquement épuisé.

— J'ai cru que j'allais mourir.

Toute sa vie durant, il a été en colère. Peut-être Rose était-elle la seule personne capable d'atténuer sa rage. Peut-être est-ce pour cela qu'il la désirait tant, tout ça pour la perdre lorsque j'arrivai au bateau.

Ma mort était son seul espoir d'être heureux. Avec quelle ire bouillonnante doit-il encore et encore revivre ma survie inattendue !

Quelques minutes plus tard, il dort. Je pourrais rentrer, mais décide de rester.

Il est difficile de réconcilier l'image de cet homme faible qui sommeille avec celle du nageur athlétique que, capitaine de l'équipe de natation de son lycée, il a été jadis.

Je me le représente jeune, en train de battre l'eau dans un bassin qui scintille, un sillage blanc derrière lui. Qui était-il alors ?

Dans les livres et les films, les vieux ennemis se réconcilient, mettent de côté leurs griefs et se moquent de leurs anciennes querelles. Les disputes se règlent avec une poignée de main, tout un chacun y trouvant le bonheur après.

Il n'y aura pas de résolution de ce genre avec mon père. Il restera l'homme qu'il a toujours été. Égoïste. Ne pensant qu'à lui. N'ayant pour tout souci que celui de voir satisfaits tous ses féroces appétits quoi qu'il en coûte. Au plus profond de son être, un tueur.

Plutôt que d'entretenir le moindre fantasme d'accord, je me concentre sur le vieil homme qui m'a sauvée. Je me rappelle sa voix me lançant :

— Ça va ?

Il y a bien plus d'hommes comme lui que comme mon père.

Je sais que c'est vrai.

Parce que si ça ne l'était pas, des cadavres de filles noyées rouleraient sur toutes les vagues.

***

Une heure plus tard, je suis en train de quitter l'hôpital lorsque j'entends le *ting* d'un message. À nouveau je crains que ce soit Simon rendu furieux par ma confrontation avec Charlotte.

C'est Mehdi.

J'ai un présent pour vous. Je ne veux pas vous perdre, Claire.

Comment peut-on perdre quelqu'un qu'on n'a jamais eu ?

Mais ce n'est pas la fin de son message. *Vous ne devriez pas me traiter de cette façon. Vous ne devriez vraiment pas. Ce n'est pas bien de me cracher dessus comme ça.*

De lui « cracher dessus » ?

Que j'aie échoué à répondre aux délires romantiques qu'il nourrit à mon égard a manifestement tourné aux doléances. Dieu sait comment, il pense que parce qu'il éprouve ce qu'il éprouve, je devrais éprouver la même chose.

Mais ce n'est pas le cas.

Sa réaction ? Se mettre en colère. Je l'entends dans son texto. Le sourd grondement du volcan. La lave encore sous la surface, mais qui monte.

Je regarde l'heure.

Je n'ai plus que quelques minutes pour rejoindre mon premier rendez-vous. Je fais de mon mieux, mais je vais être en retard. J'appelle l'élève pour l'avertir.

Le trajet demande à peu près une demi-heure. Je roule en essayant de retrouver le plaisir que j'ai ressenti à parler avec Ray, mais certains aspects moins agréables de ma vie ne cessent de s'imposer.

D'abord le plus léger : Mehdi.

Puis le plus lourd : Simon.

Je sens monter le désespoir. On dirait un feu intérieur qui me brûle tout mon oxygène.

Le soulagement est énorme lorsque j'arrive à destination et retrouve le grand air.

— C'est la première fois que vous êtes en retard, Claire, me dit Jennifer en m'ouvrant sa porte. Tout va bien ?

Je me surprends dans la glace accrochée du vestibule. Mes yeux sont pleins d'une tension explosive. Il faut que je me reprenne, que je me calme. *Allez, Claire, concentre-toi sur ton travail.*

Je regarde Jennifer et lui décoche mon sourire prof.

— Prête à démarrer ?

— Bien sûr.

Nous passons dans son patio et nous installons à une table en osier.

Jennifer est diplômée d'UCLA en histoire de France. Elle a besoin d'un tuteur pour son examen de langue. Elle aura une page de texte à traduire en anglais et ne disposera que d'un dictionnaire de français.

Elle m'a préparé un extrait de l'*Histoire de la Révolution française* de Jules Michelet. L'auteur écrivait un français très soutenu, moins littéraire que disons... Marcel Proust, mais présentant bien des défis. Le passage traite des fontaines de Versailles et de tout le système hydraulique recherché qui les a rendues possibles, mais était si bruyant qu'il empêchait les villageois de Marly de dormir.

Nous lisons et traduisons ensemble depuis quelques minutes lorsqu'elle me regarde d'un air interrogateur.

— Michelet est-il en train de dire que le bruit de ce système hydraulique fut une des causes de la Révolution française ?

— Oui, c'est bien ce qu'il dit.

— Mais c'est ridicule, non ?

— Non, je vois assez pourquoi.

Elle est clairement surprise par ma réponse. J'essaie de lui expliquer.

— C'est quelque chose qui ne permet pas de dormir, ce bruit. Quelque chose qui vous vide toutes les pensées de la tête.

Elle est perplexe.

— C'est un bruit dont on ne peut pas se débarrasser, insisté-je d'un ton féroce, presque colérique. Comme on ne peut pas se débarrasser de sa culpabilité. De sa rage. Ou de sa peur.

Mon éclat l'interloque.

— Je vois, dit-elle.

Je bats en retraite et reviens à Michelet, mais la leçon se poursuivant, je suis sans arrêt tirée en arrière par mon combat avec Simon. Son vacarme incessant.

***

J'ai les nerfs toujours à vif lorsque je quitte Jennifer. Il faut que je les apaise, je gagne le petit parc de l'autre côté de la rue. Un homme y est assis sur un banc. Un gros paquet est posé à côté de lui, très joliment emballé et clos par un énorme ruban.

Simon m'apportait souvent des fleurs emballées de cette façon, dans une boîte cadeau avec un nœud adorable, mais j'ai du mal à le revoir en soupirant, pas plus que moi en seul objet de son amour. Au lieu de cela, j'évoque une autre scène. Le cadeau s'évanouit. L'homme est devenu Simon, mais il n'est plus seul. Un deuxième homme s'est assis à côté de lui. Ils discutent de ce qu'on peut faire de moi. Ils cherchent une stratégie pour me contrôler. Ils parlent un moment, puis ils rient. Il est évident qu'ils ont trouvé une solution. Une méthode infaillible pour me réduire au silence. Elle fonctionnera à la perfection, cette conspiration qu'ils viennent d'ourdir. Mon sort est maintenant scellé de manière irrémédiable, telle une montre soigneusement réglée. Mieux encore, ce plan qu'ils ont bâti en rêve sera invisible. Quoi qu'il me soit fait, on aura l'impression que c'est moi qui me le serai fait. Toutes mes blessures, c'est moi qui me les serai infligées. Rien n'indiquera un plan général. Ah mais, il est incroyablement astucieux, leur petit complot ! Ils se lèvent et se serrent la main. Comme ils sont fiers d'avoir trouvé le moyen de débarrasser Simon de son problème !

Mon portable sonne.

C'est Nicolas, un bébé solidement nanti dont la fortune familiale lui permet de gribouiller des scénarios. Il a quarante-quatre ans et a passé l'été dernier à Bruxelles, où il a appris quelques mots de français. Il a aussi appris que la France subventionne parfois des films et veut donc s'y installer de façon à pouvoir démarcher son travail auprès des autorités compétentes. Il pense qu'elles seront plus enclines à investir dans des films sur la France et a décidé de travailler sur les « artistes de Montmartre ». Les quelques pages de scénario qu'il m'a lues me suggèrent que la baise et la drogue l'intéressent nettement plus que le labeur artistique.

Je lis son message.

Claire, obligé d'annuler.

Annulation de dernière minute pour laquelle il ne s'excuse pas, ni ne m'offre la moindre compensation.

Je me retrouve avec un trou de deux heures.

Il y a une cafète dans les parages. Je m'y rends, commande un expresso et prends un siège près de la fenêtre. À quelques tables de là, un homme lit une revue de voyages. Un voilier blanc en orne la couverture. Je ne connais rien aux bateaux, mais il ressemble beaucoup à celui que Simon avait loué à Catalina. Je me détourne vite parce que je ne veux pas être rappelée au souvenir de cette nuit-là.

Trop tard.

Mes souvenirs se déroulent comme dans un film, fascinants dans les moindres détails. L'embarcation qui roule dans le vent. La pluie qui gicle sur le pont. La façon dont Melody se blottit contre la rambarde et cherche les lumières de l'île au loin.

Je m'avance vers elle. Elle se tourne vers moi et je décèle quelque chose de troublant dans ses yeux. C'est la première fois que je le remarque, je n'arrive pas à déchiffrer de quoi il s'agit.

Ça va, Melody ?

Non, maman, ça ne va pas.

Je ferme les yeux pour évacuer ce souvenir.

Peu après son décès, je suis tombée sur un site Web intitulé *Tell Me Your Secret*[1]. L'idée était d'y écrire des cartes postales anonymes. On pouvait choisir celle qu'on voulait. Certaines s'ornaient de fleurs. D'autres de couchers de soleil, de paysages et de cascades. Sur ces cartes apparemment innocentes, on était censé révéler un secret qu'on ne pouvait s'avouer qu'à soi-même. Certains étaient inoffensifs : *Je n'aime plus mon mari.* D'autres plus sombres : *J'aime faire du mal aux animaux.* Un autre encore était d'une brutalité à fendre le cœur : *J'ai été contente quand ma sœur a perdu son bébé.*

Je me rappelle avoir regardé fixement une de ces cartes postales vierges et avoir eu le désir si violent d'y révéler, même seulement de manière anonyme, mon insupportable secret que c'est à peine si je pouvais y résister.

Mais j'y ai résisté.

Comme toujours.

Personne ne le connaîtra jamais.

1. « Dis-moi ton secret. »

QUATRIÈME PARTIE

SLOAN

CHAPITRE 1

Au téléphone, Simon avait la voix tendue.

— Elle est passée à la phase suivante.

— Que voulez-vous dire ?

— Elle a affronté Charlotte.

— Quand ça ?

— Hier matin.

— Où ? Pas chez elle, sinon je l'aurais vue à…

— Non, non, sur son lieu de travail. J'aurais dû vous en donner aussi l'adresse.

Oui, il aurait dû, me dis-je, mais il était trop tard.

— Charlotte ne voulait pas me le dire. Elle savait que ça me contrarierait, mais hier soir au dîner elle s'est effondrée et…

— Qu'est-il arrivé ?

— Elle s'était installée dans une pâtisserie en attendant d'aller travailler quand Claire s'est précipitée sur elle et s'est assise à sa table. Juste en face d'elle. Et quand Charlotte a essayé de partir, Claire lui a attrapé la main. Elle l'a accostée physiquement ! Charlotte s'est dégagée et s'est sauvée dans la rue. Et Claire l'a suivie. Elle l'a pratiquement poursuivie jusqu'à l'endroit où elle travaille.

— Je vois.

Mais ce qui était fait était fait. L'essentiel était maintenant de s'assurer que ça ne se reproduise pas.

— Y a-t-il d'autres endroits où se rend Charlotte dont Claire pourrait avoir connaissance ?

— Juste ma maison, bien sûr. Elle y va de temps en temps.

Il semblait authentiquement bouleversé par ce qu'avait fait Claire et aussi parce qu'il avait oublié de me parler de l'endroit où travaille Charlotte.

— Et maintenant, qu'est-ce qu'on fait ? demanda-t-il.

Il avait la voix très tendue. Il était au bout du rouleau.

Je réfléchis vite et trouvai un moyen et de le calmer et de gagner du temps pour élaborer un plan.

— Bien, l'heure est venue de jouer plus dur. Laissez-moi creuser un peu la question.

— Pour trouver quoi ?

— Des renseignements sur Claire, répondis-je. Quelque chose dont je pourrais me servir pour lui tomber dessus.

Ce changement de direction nettement plus sombre le séduisit.

— Comme un marteau, voilà, dit-il fermement. On arrête de la jouer sympa, parce que maintenant on ne peut plus prédire ce qu'elle pourrait bien faire. Ni à qui.

— Je comprends.

— Je vous en prie, tenez-moi au courant. Je suis très inquiet de la tournure que c'est en train de prendre.

Je le lui promis, raccrochai et me mis au travail.

Quand un conflit en arrive à un tel point de conflagration, il arrive que les mangeurs de péchés passent en mode nucléaire. Ils craignent de ne pas satisfaire le client et sortent l'artillerie lourde. Je l'avais déjà fait de temps en temps, mais je n'étais pas prête, – pas encore –, à prendre ce chemin avec Claire.

Il me semblait meilleur de la désamorcer.

Un de mes professeurs à l'Académie de police avait un jour déclaré à la classe que chez les humains, le cerveau est ainsi conçu qu'il reconnaît les menaces. Même quand l'individu est complètement délirant, son cerveau primitif, reptilien, sait voir que telle ou telle créature est plus dangereuse que lui.

L'idée était simple. Le fondement même de tout être est la peur. Elle est même capable de couper la folie tel un atout maître.

J'appliquai cette vérité à Claire et la conclusion fut évidente. Il fallait la menacer de quelque chose de si profond que sa folie en soit transpercée, comme si on lui flanquait un coup de pic à glace dans le crâne.

Je me mis donc à chercher dans son dossier tout ce qui pourrait l'obliger à se contrôler. Qu'est-ce qui permettrait d'obtenir ce résultat ? L'autorité ne l'intimidait pas. Elle était allée jusqu'à s'en prendre à deux policiers armés.

Je fouillai dans son casier judiciaire. Si elle avait jamais même seulement eu droit à une contredanse pour excès de vitesse ou jet de papier sur la voie publique, je l'aurais découvert. Mais en dehors de l'épisode psychotique qu'elle avait eu chez Simon, son casier était vierge.

Je pensais être arrivée dans une énième impasse, mais ne renonçai pas. Il y avait sûrement une autre archive, quelque chose qui pourrait jeter une lumière crue sur quelque recoin sombre de Claire Fontaine. Cela dit, je savais que je ne pourrais rien trouver sous son nom.

Fontaine, entrai-je dans la banque de données du LAPD, *Melody*. *Permis, Passeport américain.* Les choses s'assombrirent : *Police de Catalina, Centre médical de l'île de Catalina, Morgue de l'île de Catalina.*

J'appelai les flics de Catalina, les informai que j'avais été au LAPD et travaillais sur une affaire liée à la mort de Melody Slater. Un certain capitaine Patrino se souvenait de la noyade.

Oui, il y avait eu une enquête, mais aucune charge n'avait été retenue. Dans le cours de la conversation, il mentionna que Claire avait été la dernière personne à parler à Melody avant que celle-ci ne se noie.

Je me demandai si Claire n'avait pas dit à sa fille quelque chose qui l'aurait poussée à monter dans un dinghy et à se mettre à ramer dans une mer démontée.

Je comprenais que ce petit bout de renseignement ne me permettrait pas d'aller bien loin et décidai donc de vérifier une autre source. Ce n'était pas gagné, bien sûr, mais des moments où rien n'est gagné, il y en a beaucoup dans ma profession. Ce qu'il y a de bien, c'est que parfois ce qui n'est pas gagné finit par payer.

Candace Marks était au travail lorsque j'entrai dans son bureau.

— Sloan ! lança-t-elle, toute joyeuse. Ça fait plaisir de te voir.

Et de me montrer un fauteuil en face d'elle d'un geste du menton.

— Assieds-toi.

Je le fis de manière décontractée, comme si je n'avais rien de particulier en tête.

— Comment ça va au « Coinçons-des-flics » ? lui demandai-je.

Ça la fit rire.

— C'est bien mou depuis la descente sur Rio Rancho.

Candace avait été le fer de lance d'une enquête sur un scandale de première importance au LAPD, son travail sur tout un système de pots-de-vin lié à un trafic de drogue ayant conduit à l'arrestation de cinq flics à la retraite et de trois autres encore en service. Cela lui avait aussi valu pas mal de manchettes dans la presse.

Elle me coula un de ses petits clins d'œil entre femmes.

— Bah, on ne m'appelle pas « Sucre candi » pour rien ! Je suis devenue la salope en résidence.

— Bravo !

Elle se renversa dans son fauteuil, ce geste signifiant clairement qu'elle ne rigolait plus.

— Qu'est-ce que je peux faire pour toi ?

— Claire Fontaine. Ça te dit quelque chose ?

Elle fit non de la tête.

— La femme de Simon Miller.

— Ah oui ! La dingue.

— Voilà. Écoute. Je me demandais si tu lui aurais jamais parlé. Le jour de l'incident, je veux dire.

Elle haussa les épaules.

— Pas vraiment. Quand on est arrivés, elle avait déjà bossé sur la voiture de son mari.

Elle reprit tout ce que Claire avait fait et je revis la scène. Claire avec son pot de peinture, Claire debout à la portière de la voiture et qui hurle sur Candace et son coéquipier avant de leur jeter son pot de peinture à la tête.

— Elle nous criait de reculer, dit Candace. De la laisser tranquille. Puis elle nous a jeté son pot de peinture dessus. C'est à ce moment-là qu'on l'a mise à terre.

— A-t-elle dit quelque chose quand elle était dans la voiture de patrouille ?

— Oui, répondit-elle. Elle a dit, et plusieurs fois : « Je suis désolée. »

— Elle s'excusait auprès de vous ?

Candace hocha de nouveau de la tête.

— Non, pas auprès de nous, ça n'en avait pas l'air.

Elle haussa les épaules et ajouta :

— Mais auprès de qui, je ne sais pas.

— Et c'est tout ce qu'elle a dit ?

— Si je me souviens bien, elle n'a pas dit un mot de plus.

Je me relevai et me dirigeai vers la porte.

— Merci, lançai-je en y arrivant et me tournant vers elle.

— Tout dans l'intérêt de nos fonctions, dit-elle en souriant.

En revenant à mon bureau, je me repassai notre conversation. Dans cette maigre récolte, seuls trois mots pouvaient mener quelque part.

Je suis désolée.

Mais auprès de qui s'excusait Claire ?

Et de quoi ?

CLAIRE

CHAPITRE 2

Mon dernier cours se termine vers cinq heures. Avant de rentrer chez moi, je passe voir mon père.

— Il dort, me dit l'infirmière. Il a des problèmes. Le Dr Aliabadi lui a prescrit des sédatifs.

— Quel genre de problèmes ?

— Il est anxieux.

— Le docteur est dans les parages ?

Elle l'est.

Je la rencontre dans son bureau derrière le poste des infirmières. Elle a une cinquantaine d'années et les cheveux gris et coupés très court. Elle m'explique que mon père est devenu de plus en plus stressé au fil de la journée. Ce qui a occasionné une sérieuse remontée de sa pression artérielle.

— On essaie de stabiliser ça, dit-elle.

— Savez-vous ce qui a causé sa crise cardiaque ?

— Il a de la constriction dans les artères. Ce n'est pas rare chez les personnes âgées, bien sûr, mais chez votre père, ce n'est pas le vrai problème.

— Et ce serait… ?

— Son cœur a beaucoup souffert. Si jamais il avait un autre accident, il est à peu près certain qu'il n'y survivrait pas.

Elle attend ma réponse. Comme je ne dis rien, elle me lance :

— Vous avez d'autres questions?

— Non.

Je la remercie et regagne la chambre de mon père.

Il est allongé sur le dos, les mains posées sur la poitrine. Comme un mort dans son cercueil. Il a toujours excellé dans l'art de jouer tous les rôles que sa vie exigeait. Je me demande si même maintenant une part de lui n'est pas en train de le faire.

J'attends encore un peu dans la chambre, même si le Dr Aliabadi m'a fait clairement comprendre qu'il est parti pour faire sa nuit. Le petit point de son rythme cardiaque avance de manière désordonnée sur l'écran de contrôle à côté de son lit. La machine émet des bips au rythme défraîchi de son pouls. Son existence s'est réduite à ce mouvement mécanique. Passion, frustration et rage, tout cela n'est plus maintenant que syncopes de plus en plus faibles et lentes d'une vie qui s'en va.

Il y a de la terreur à savoir avec quelle rapidité l'avenir peut vous être arraché.

Comme le fut celui de Melody.

Je repense encore une fois à Emma et essaie de décider ce que je devrais faire lorsque la porte de la chambre s'ouvre brusquement.

Une femme qui semble avoir la petite soixantaine fait deux pas, puis se fige.

Ce sont ses grands yeux verts que je reconnais. Le regard y est encore jeune et plein de passion. Le reste de sa personne a suivi le cours du temps, même s'il est évident qu'elle est en guerre contre l'inévitable, avec ses cheveux teints en noir et une abondance de rouge à lèvres. Ses longs cils battent de surprise tandis qu'elle me dévisage.

— Claire?

Elle n'est manifestement pas certaine que ce soit moi. J'étais très jeune quand elle m'a vue pour la dernière fois. À peine huit ans. Mon visage d'adulte est très différent de ma frimousse d'enfant. Je pourrais être facilement une amie de mon père. Voire l'une de ses assistantes.

— Rose, dis-je. Bonjour.

Elle ne s'attendait pas à tomber sur moi.

— Ton père m'a appelée, explique-t-elle vite. Comme ça, tout d'un coup. Ça va faire presque quarante ans que je ne travaille plus pour lui.

Elle a l'air mal à l'aise.

Après toutes ces années, elle doit encore cacher cette ancienne aventure.

Elle jette un coup d'œil à mon père, puis revient sur moi.

— Il dit avoir eu une crise cardiaque. Il va mieux ?

— Il y a pas mal de dégâts, mais il s'en est sorti.

Elle hésite à s'approcher de lui. Peut-être se dit-elle que cela pourrait trahir un rien de leur passé.

— Mon mari est mort il y a deux ans, m'informe-t-elle.

Je dois en comprendre qu'appel de mon père et sa réaction à elle, de quoi qu'il s'agisse, il n'y a pas adultère.

Je me demande si elle sait pour le bateau. A-t-elle comploté avec lui ? Ou est-ce quelque chose que mon père a élaboré tout seul ?

— Que vous a-t-il dit quand il vous a appelée ?

— Juste qu'il voulait me voir. Pour parler, je pense.

J'essaie d'imaginer cette conversation. Y revivront-ils quelque torride étreinte ?

Un léger sourire court sur ses lèvres.

— Ton père était un patron génial. Et un bon père aussi, comme je suis sûre que tu le sais.

À quoi servirait-il de lui dire le contraire ?

— Comment allez-vous, Rose ? lui demandé-je.

— Bien.

Elle sourit brièvement, puis son expression se mue en quelque chose que je ne lui ai jamais vu. La pitié.

— J'ai appris pour ta fille. Je suis vraiment désolée. Une tragédie pareille !

Je veux partir tout de suite.

— Eh bien, mettez-vous à l'aise, dis-je. Il pourrait se réveiller bientôt. Je suis certaine qu'il sera content de vous voir.

Et je file.

***

Une fois rentrée, je me sens couler encore plus dans le sinistre du souvenir cependant que la pitié de Rose me siffle aux oreilles : *Une tragédie pareille !*

Je suis soulagée lorsque Ray arrive pour voir les tableaux. Il m'offre une bouteille enveloppée dans un sac cadeau en velours.

— Champagne, dit-il.

Je nous sers deux verres et lui en tends un.

Il remarque les tableaux accrochés autour de la pièce.

— Ce sont ceux dont vous parliez ?

— Oui.

Il concentre son attention sur le plus grand. Il représente une maison, mais pleine de distorsions. Certaines fenêtres sont grandes, d'autres petites. Il y a des portes à des endroits bizarres et penchées selon des angles irréels. L'édifice est très différent de celui qu'elle a peint sur le mur près de McDuffy's, même si l'on y trouve les mêmes désordres et difformités.

— Foyer brisé, dit-il.

Il passe au tableau suivant.

— Qu'en pensez-vous ? demande-t-il.

Celui-là représente une forêt. Très emmêlée, ensevelie sous des plantes grimpantes aux feuilles énormes. Luxuriance de jungle, suffocante dans sa densité. Un paysage qui s'auto-étrangle.

Je lui dis tout cela, il me regarde de très près.

— C'est une bien sombre interprétation, Claire.

— C'est-à-dire que… Un de mes professeurs a dit un jour que lorsqu'on regarde un tableau, on le repeint avec les couleurs et les formes qu'on a en soi. (Je bois une gorgée de champagne.) Qu'est-ce que vous y voyez, vous ?

— De la confusion. Un être perdu.

Il se dirige vers le tableau suivant – un tourbillon de couleurs au-dessus de ce qui paraît être une mer démontée par la tempête, bien que ce puisse aussi être un champ de blé.

— Il y a beaucoup de mouvement, dit-il. On sent des choses qui montent et descendent. Ça respire presque.

Il l'examine un peu plus longtemps, puis il passe aux deux autres – encore une maison, également surréaliste, et un paysage où l'eau semble s'avancer, comme affamée, vers la plage.

— Je cherche un thème, reprend-il. Quelque chose qui pourrait relier tout cela pour une expo.

Son regard glisse d'une œuvre à une autre.

— Voyez-vous quelque chose qui sous-tende tout ce travail ?

— Pas vraiment.

Il continue de se concentrer sur les tableaux.

— Et si on appelait ça « Son monde à elle », tout simplement ? Comme ça, les gens pourront établir les liens qu'ils voudront.

— Ils ne le font pas de toute façon ?

Il me regarde et sourit.

— Au moins sera-ce un moyen de ne pas oublier cette fille.

Il y a de la bonté dans sa voix et dans ses yeux.

— Ou la façon qu'elle avait de voir le monde, ajoute-t-il.

Je me rends compte à quel point cet homme m'attire.

Mais je dois garder mes distances, et faire en sorte qu'il garde les siennes lui aussi.

CHAPITRE 3

Je suis toujours immergée dans ces sentiments lorsque je retrouve Ava pour le déjeuner du lendemain.

Elle a choisi un nouvel endroit pour ce repas, l'A.O.C. de la Troisième Rue. Spécialité : les tapas.

— Ces petits trucs à grignoter sont géniaux, dit-elle. On pourrait manger tout le menu.

Elle m'observe tandis que je passe la carte en revue.

— Tu as l'air… différente, dit-elle.

— Vraiment ?

Elle m'étudie un instant.

— Ça n'aurait pas quelque chose à voir avec Ray Patrick ?

— Il est passé chez moi hier soir. On a eu une belle conversation.

— Une belle « conversation » ? Excuse-moi, mais on dirait qu'il y a eu plus que ça.

— Quoi ?

— Cet éclat, Claire. Quand je vois ça, je me mets dans l'idée que quelqu'un vient de rencontrer l'homme idéal.

Si je lui raconte qu'il est venu voir les tableaux, elle va me faire la leçon sur ma malheureuse tendance à « tout noircir ». Elle me rappellera qu'il s'agit d'une toute jeune relation à laquelle il ne faudrait pas faire porter le fardeau de problèmes aussi déprimants. Elle me dira de garder tout cela léger, optimiste et décontracté.

— Ray et moi n'avons fait que bavarder. Comme des amis.

— Oh, allons !

— C'est vrai.

— Tu serais en train de me dire que tu veux seulement être amie avec lui ?

— Ça n'a aucune importance de toute façon, Ava. Il faut que je remette de l'ordre dans ma vie avant d'entamer une relation.

Son humeur s'assombrit.

— Ce qui veut dire ?

— Ce qui veut dire que je ne peux pas m'engager avec quiconque avant d'avoir nettoyé les gravats.

— Et ces gravats, c'est Simon, bien sûr. Ça en fait un gros tas, je sais. L'astuce est de l'ignorer.

— Ou de le tuer.

Quelque chose dans le ton de ma voix ou dans mon regard l'a stupéfiée. Elle me lance tout de suite un avertissement :

— C'est comme ça que ça commence, Claire. On démarre avec quelque chose qu'on ne peut absolument pas faire. Et après, plus on y pense, plus ça paraît non seulement possible, mais être une excellente idée. C'est un train de pensées bien dangereuses.

— Dangereuses, assurément.

Parce que je me retrouve à imaginer un monde sans Simon. Un monde où il ne pourrait plus faire de mal. Armes à feu, couteaux ou instruments contondants, je n'envisage rien de tout cela. Je rêve plutôt qu'il disparaît dans quelque abîme, tel un corps qu'on jette par-dessus bord.

Et qui coule.

La vie serait meilleure si des hommes comme lui jonchaient le fond de l'océan !

CHAPITRE 4

J'arrive à l'appartement de Margot juste après deux heures de l'après-midi. C'est une nouvelle élève et au son de sa voix, je m'attends à voir une femme d'une quarantaine d'années.

Mais c'est un homme qui m'ouvre la porte. Il est solidement bâti. Corps de lutteur. Cuisses musclées et biceps saillants.

— Claire, dis-je.

Le regard qu'il m'adresse est aussi familier que désagréable. Il vous déboutonne et vous descend la fermeture Éclair jusqu'à ce que tous vos vêtements soient par terre. Le sien se promène beaucoup sur ma poitrine.

— Le professeur de français. (Il s'efface pour me laisser entrer.) Margot sera là dans une minute.

J'entre.

— J'allais partir, reprend-il.

Mais il ne part pas. Il me conduit au salon et me suit sans se presser. Je sens la chaleur de son regard sur mes cheveux, mes épaules, ma taille, jusqu'en bas.

— Je suis pompier, enchaîne-t-il avec un léger sourire.

Il est évident que je devrais être impressionnée.

— À Beverly Hills. Du côté de North Rexford. Ce sont les stars du cinéma qui nous appellent. Beaux manoirs. Mais le feu, c'est le feu. Ça ne fait pas d'exceptions.

Il attend que je réagisse. Quand je ne le fais pas, il ajoute :

— Où habitez-vous ?

— Près du Grove[1].

— Caserne soixante et un, lance-t-il d'un ton vantard. Dans la Troisième Rue. J'y connais quelques gars.

Il est clairement sur le point de continuer sur cette lancée lorsque Margot entre dans la pièce. Son arrivée l'irrite comme si, élément perturbateur dans l'assistance, elle lui cassait son numéro.

Il la regarde.

— Je rentrerai tard, dit-il.

Puis il se tourne vers moi et ajoute :

— À propos, je m'appelle Matt. Je suis certain qu'on se reverra.

Il me décoche un rapide sourire, puis se dirige vers la porte.

Margot se détend lorsqu'il la franchit.

— On peut travailler ici, dit-elle.

Elle parle de la petite table à l'autre bout de la pièce.

— Bien sûr, pas de problème.

Margot est née dans la Drôme, dans le Sud-Est de la France. Elle avait cinq ans lorsque ses parents se sont tués dans un accident de voiture. Son père étant américain, elle a été recueillie aux États-Unis par ses grands-parents paternels. Comme ils ne parlaient pas français, elle a baigné dans l'anglais les trois quarts de sa vie, mais a gardé une bonne part de son français d'enfant. Uniquement du vocabulaire de base, mais même le peu de français qu'elle sait la touche profondément.

— C'est comme retourner chez moi, dit-elle. Retrouver mes parents.

La leçon se poursuivant, il apparaît clairement que Margot est très intelligente. Pour certains de mes élèves, une heure de

1. Gros centre commercial avec beaucoup de restaurants.

français peut être épuisante. Margot, elle, se régale. Avec chaque nouveau mot, elle reprend vie.

— Vivement la prochaine leçon ! s'écrie-t-elle au moment où je pars.

— Ah, oui !

Elle est encore à sa porte lorsque j'arrive à ma voiture.

— *Au revoir !* me lance-t-elle. *Merci beaucoup !!*

— *De rien !*

***

Dominic est mon dernier élève de la journée.

J'appréhende toujours le moment que je vais passer avec lui.

Il y a quelque chose de gênant dans tout ce qu'il fait. Son regard ne semble jamais rencontrer le mien et quand il parle, ce ne sont que marmonnements boudeurs.

Nous commençons par les verbes ordinaires, mais comme toujours il oriente la leçon vers le légèrement criminel. Aujourd'hui, il me demande quel est le verbe français pour *« to kidnap »*.

— Pourquoi ce mot ? lui demandé-je.

— C'est dans un jeu. Celui auquel je joue dans ma chambre.

— Vous jouez à un jeu de kidnapping ?

Il fait oui de la tête.

— On essaie de s'en sortir sans rien, m'explique-t-il. On a les flics aux fesses. Et le FBI. Il faut faire le kidnapping, ramasser la rançon et s'en tirer sans problème.

— Qui kidnappez-vous ?

Il a un grand sourire.

— Une fille.

Il est clair que ce jeu lui apporte une excitation troublante.

— Quand j'ai la rançon, poursuit-il sur un ton de puissance perverse, c'est à moi de décider ce que je vais faire de la fille.

— Vous n'êtes pas obligé de la laisser partir ?

Il fait non de la tête.

— Pas si je veux la garder.

Je lui décoche un regard sévère, sans aucune sympathie pour cet horrible jeu.

— Pourquoi la garderiez-vous, Dominic ?

La question le fait taire.

Il repose les yeux sur le manuel.

— C'est juste un jeu, marmonne-t-il avec un brin de ressentiment d'avoir été entraîné sur une pente qui le met mal à l'aise.

Je continue la leçon sans lui donner l'infinitif français de *« to kidnap »*, qui est en réalité similaire : *kidnapper.*

Nous travaillons le vocabulaire et revoyons plusieurs conjugaisons au présent.

Je garde un œil sur la pendule parce que je n'ai aucune envie de passer une seconde de plus que nécessaire avec lui.

Lorsque le cours se termine, il reste à son bureau pendant que je rassemble mes affaires et me dirige vers la porte.

Chemin faisant, je passe devant sa chambre. La porte est ouverte, je vois l'écran de son ordinateur. Le logo de son jeu rougeoie dans la pénombre de la pièce. Deux yeux au regard mauvais et le sinistre intitulé : *Le Veilleur.*

Je pivote sur les talons.

Il est toujours à son bureau et me dévisage avec un vilain regard « je-t'ai-bien-eue » qui me confirme ce qu'il a fait et le plaisir malsain qu'il y a pris.

Soudain, je m'enflamme et traverse le couloir en courant.

— Je sais ce que tu as fait ! lui lancé-je d'un ton glacial.

Il rit.

— C'était juste pour plaisanter, dit-il.

— Pour plaisanter ? répété-je avec véhémence. Tu trouves que c'est drôle de jouer avec les gens ? De les menacer ?

Ma voix part en écho dans toute la maison.

— Alors ?

Il me fait face, mais ne dit rien.

— Alors ?

— Qu'est-ce qui se passe ?

Je me retourne et découvre sa mère qui me regarde d'un air consterné.

— Mais qu'est-ce qui se passe ? répète-t-elle.

— Votre fils est un…

Elle me coupe la parole.

— Vous feriez mieux de partir, mademoiselle Fontaine.

Je veux lui parler du Veilleur, du message, mais elle n'y verra qu'une farce. Je n'ai pas d'autre choix que de m'en aller.

Arrivée à la porte, je fais demi-tour.

Dominic m'observe avec les yeux mauvais du Veilleur.

***

Mes nerfs sont toujours à vif lorsque je réintègre mon domicile.

Je suis pleine de doutes.

Ne puis-je donc plus me faire confiance du tout ?

J'ai commencé par me tromper sur les fleurs de Mehdi, et maintenant je me trompe sur l'e-mail du Veilleur.

Simon n'a rien à voir avec l'un ou l'autre de ces actes. Même lorsqu'il ne fait rien, il me tourmente.

Je n'éprouve plus que de l'épuisement.

Je regarde autour de moi. Mes livres. Ma musique. Rien de tout cela ne me calme.

J'entends une alerte. La tonalité m'avertit que je viens de recevoir un commentaire sur Yelp.

Tous ont été positifs. Je vérifie celui-là dans l'espoir de lire quelques mots gentils. J'ouvre l'application et je découvre :

Avertissement : cette femme est mentalement instable. Vous ne devriez pas l'accepter chez vous. Elle est dangereuse.

Dominic !

Ou sa mère !

Ting !

Même commentaire dévastateur sur Thumbtack.

Nouveau *ting*.

Craiglist.

Tous à essayer de me détruire.

Je suis complètement brisée.

Il faut que je parle à quelqu'un.

Normalement j'appellerais Ava, mais notre dernier échange ayant été moins agréable que d'habitude, je n'ai pas envie de la contacter.

Une seule personne me vient à l'esprit.

J'hésite à passer l'appel.

Après tout, nous nous connaissons à peine.

Je repense à la dernière fois où je l'ai vu et à ma décision de garder mes distances. Ma prudence s'est dissoute dans le sillage de ces commentaires pleins de haine.

Je saisis mon téléphone, compose le numéro et attends.

— Ray ? dis-je lorsqu'il décroche.

— Oui ?

— Ray… je…

— Qu'est-ce qu'il y a ?

— Je… je…

Ma voix se brise. Je n'arrive pas à poursuivre.

— J'arrive tout de suite, dit-il.

Il est là quelques minutes plus tard.

— Qu'est-ce qui s'est passé ? demande-t-il lorsque je le fais entrer.

Je lui raconte Dominic, lui parle des fleurs de Mehdi et lui dis même le commentaire de Yelp.

Il écoute attentivement tandis que nous sommes tous les deux assis dans mon salon.

Ma voix est calme, mais j'ai les nerfs qui hurlent.

Je sais que je donne l'impression de réagir de manière exagérée et n'ai donc aucune idée de la façon dont il va prendre les choses bizarres que je lui dis.

Quand j'en ai fini, il garde le silence un bref instant avant de me demander :

— Vous ne pensiez pas que l'une de ces personnes vous aurait fait ça, n'est-ce pas ? Pour vous, c'était quelqu'un d'autre, non ?

— Si.

— Qui ?

Je suis allée aussi loin que j'en avais l'intention.

— Je ne veux pas en dire plus, réponds-je.

Il me regarde d'un air étrange.

— Pourquoi ?

— Parce que vous pourriez penser que je suis folle.

Il sourit.

— Vous ne me semblez pas folle.

Et son expression devient déterminée.

— Qui, Claire ?

J'hésite bien que je sache que le moment est venu.

— Simon, lui dis-je. Simon Miller.

Il est évident qu'il reconnaît le nom.

— Nous avons été mariés cinq ans, ajouté-je.

Il ne me pose plus de questions.

Je sais que je peux m'arrêter maintenant. Je ne suis pas obligée d'en révéler plus sur mon compte. C'est à ce moment-là que je comprends que l'auteur que je lisais il y a si longtemps avait raison.

En son essence, tomber amoureux se réduit à être en péril.

Alors, je prends un risque.

— Simon, lui dis-je, est… quelqu'un de mauvais.

Et je lui dis tout.

SLOAN

CHAPITRE 5

Je continuais de penser que la meilleure façon de libérer Simon des accusations de Claire était bien que celle-ci y renonce. Elle devait reconnaître les dégâts qu'elle occasionnait. Ou avait déjà faits.

J'y réfléchissais lorsqu'à un moment donné, je me rappelai la seule et unique fois où mon père avait arrêté net ma mère. Jusqu'alors il s'était contenté de supporter ses écarts sans se décontenancer. Mais là, il avait soudain pivoté sur les talons, l'avait dévisagée froidement et dit :

— Si tu es une mère aussi géniale que ça, où est Layla ?

Layla.

L'enfant qu'elle avait eue avant de rencontrer mon père, une fillette qu'elle avait tout simplement laissée chez sa grand-mère à Memphis – et plus jamais revue.

À l'énoncé de ce prénom, elle était devenue complètement silencieuse, puis s'était détournée et avait gagné leur chambre, où elle était restée jusqu'au matin.

Quelle avait été la seule arme efficace de mon père contre elle ?

La honte.

Je me demandai si user de la même tactique pourrait marcher avec Claire.

Pour pouvoir répondre à cette question, j'allais avoir besoin d'en savoir plus sur elle.

Des informations privées dont je pourrais me servir pour qu'elle laisse Miller tranquille.

J'avais déjà interrogé ce dernier, regardé sa vidéo, fouillé dans les archives publiques, lu les rapports de la police et parlé avec Candace. J'avais aussi épluché Internet dans l'espoir d'y trouver une clé qui m'ouvre le cœur de cette femme. Et n'avais rien trouvé d'important.

En dehors de Claire elle-même, je n'avais plus qu'une seule source de renseignements possible : Destiny. J'attendis dix heures avant de l'appeler.

— 24 heures sur 24, 7 jours sur 7, répondit une voix d'homme.

— Destiny est là ? demandai-je.

Je l'entendis l'appeler au téléphone.

— J'arrive ! lança-t-elle aussitôt.

Elle semblait stressée, remontée à bloc.

— Je suis crevée, dit-elle à quelqu'un en prenant la ligne. Destiny, qui c'est ?

— Julie Cooper.

Elle fut instantanément sur ses gardes.

— Oh, dit-elle prudemment. Salut.

J'ajoutai un rien d'urgence à mon approche.

— Je pense qu'on devrait parler encore.

— De quoi ?

J'entendis de l'inquiétude dans sa voix et la travaillai avec un bluff plutôt vague.

— Je pense que vous le savez.

Le silence à l'autre bout de la ligne me dit qu'elle avait quelque chose à me cacher. Je me rappelai l'air tendu qu'elle avait pris quand j'avais mentionné Vicki Page et commençai par pousser cette porte.

— De Vicki, répondis-je. Vicki Page.

Sa voix s'assombrit.

— Je peux pas parler d'elle.

Son changement de ton me laissa entendre que sa relation avec Vicki avait été plus qu'occasionnelle.

J'eus recours au vieux truc du mouchard qui s'est fait moucharder.

— Et si je vous disais qu'elle parle de vous ? lui lançai-je.

— À qui ?

Lorsque je ne lui répondis pas, il y eut une pause plus que tendue avant qu'elle ajoute :

— Aux flics ?

J'attendis.

— Vous êtes flic ? demanda-t-elle.

— Non, je ne suis pas flic.

— Alors pourquoi vous voulez savoir des trucs sur Vicki ?

— Disons seulement que j'essaie de corroborer son histoire.

— Ce qu'elle raconte… sur moi ?

Mon silence fonctionna de nouveau.

— Elle m'a donnée ?

Encore une fois, je tenais du brûlant.

— Elle vous a filé des trucs sur moi ?

Ses questions me disaient tout ce que j'avais besoin de savoir : elle avait fait une chose pour laquelle Vicki Page pouvait la dénoncer. Elle pensait que Vicki l'avait déjà jetée aux chiens et maintenant elle pouvait lui rendre la pareille. Ainsi vit-on dans le monde marginal que l'une comme l'autre elles habitaient. Il n'y est jamais plus important que soi. Il faudrait être fou pour penser autre chose. C'est là une philosophie de la vie que les mangeurs de péchés peuvent facilement manipuler à leur avantage.

Et c'était très exactement ce que j'avais l'intention de faire.

— C'est quand, votre prochaine pause ? lui demandai-je.

— À midi.

— Je vous attendrai au parking. Cherchez une Maxima bleu foncé.

— D'accord, dit-elle. Mais faut me promettre que vous êtes pas flic.

— Je vous l'ai déjà dit.

— Oui… mais…

— Destiny, si j'étais flic, je vous le dirais.

— D'accord, répéta-t-elle. On pourra parler.

Je savais qu'elle essayait déjà de deviner ce que Vicki m'avait dit. Plus important, elle essayait de trouver un moyen de sortir du pétrin dans lequel elle était. En dressant la liste des gens qu'elle accepterait de trahir.

Il n'y avait qu'un nom que je voulais y voir figurer.

Claire Fontaine.

***

Deux heures plus tard, elle s'avançait vers ma voiture. Elle avait l'air plus petite et vulnérable qu'avant, le boxeur qui se retrouve en face d'un adversaire qui fait deux fois sa taille. La seule question qui l'occupait était de savoir quand elle pourrait mettre fin au combat le plus rapidement possible pour dégager du ring.

— Salut, dit-elle faiblement en montant dans ma voiture.

J'allai droit au but.

— Destiny, faut se mettre à table, lançai-je d'un ton aussi grande sœur que possible.

Elle me regarda comme si l'opinion que j'avais d'elle avait plus d'importance que celle de tous les individus qu'elle avait jamais rencontrés.

— Je ne suis pas mauvaise, reprit-elle humblement. Vraiment pas.

— Je le sais. Mais je suis obligée de croire mes sources. De connaître leur passé. De savoir ce qu'elles ont fait. M'assurer qu'on peut leur faire confiance. Je n'ai aucune envie de voir sortir un truc dont j'aurais dû être au courant. Je suis sûre que vous comprenez.

— OK, murmura-t-elle.

Elle était prête à répondre à toutes les questions que je pourrais lui poser. Je commençai à fouiller.

— Vous avez donc travaillé pour Vicki Page, correct ?

Elle fit oui de la tête, mais sans conviction.

— Mais pas longtemps, précisa-t-elle. Et je n'ai jamais été une de ses filles. Je l'ai juste aidée un peu.

— En faisant quoi ?

Elle me regarda d'un air hésitant.

— Vous le direz pas aux flics, hein ?

— Non.

— Ou à Claire ?

— Je ne le dirai à personne, l'assurai-je. C'est strictement entre nous. Sans ça, je prendrais des notes sur cette conversation. Et comme vous pouvez le voir, je ne fais rien de tel.

Elle sourit légèrement.

— Oui, bien sûr, faut que vous puissiez croire vos sources.

On aurait dit une journaliste tout à fait consciente des règles de la profession.

Je profitai de ce moment de collégialité imaginaire pour la presser encore.

— Si vous n'étiez pas une de ses filles, que faisiez-vous pour elle ?

— Je lui en présentais.

Je jouai d'une intuition et fis monter les enchères.

— Dont celle de la jetée ?

— Oui.

Ma question l'avait rendue très nerveuse. Elle avait besoin de respirer un peu, je lui en offris la possibilité en changeant de sujet.

— Qu'est-ce qu'il y a dans votre passé, Destiny ? Quelque chose de… criminel ?

— Pas grand-chose. Oui, j'ai été arrêtée deux ou trois fois, mais pas pour des trucs graves.

Elle aurait voulu faire passer ça pour une vie sans fautes.

— C'est pas comme si j'avais tué quelqu'un ou autre, précisa-t-elle.

Ses méfaits passés ne m'intéressaient pas. L'interroger là-dessus n'était qu'une façon de l'attirer vers moi, de lui donner l'impression qu'en fait j'étais sa confidente.

— Non, rien de mal du tout, dis-je en passant.

Elle sourit.

Je fis comme si ce n'était que pour ça que j'étais venue et que j'étais maintenant sûre qu'elle était une « source fiable ».

— Merci d'avoir été honnête avec moi, ajoutai-je pour qu'enfin elle croie que je lui faisais entièrement confiance.

Elle se détendit aussitôt.

— C'est tout ? demanda-t-elle.

— Oui, c'est tout.

Et je lui offris le grand sourire ensoleillé de Julie Cooper.

— C'était pas si difficile que ça, hein ? ajoutai-je, enjouée.

— Faut croire que non, répondit-elle.

Nous bavardâmes encore quelques minutes sur son travail. Je la laissai se plaindre de son boulot avant de revenir à Vicki Page par un chemin détourné. Elle n'était plus sur ses gardes parce qu'elle pensait que j'avais tout ce que j'étais venue chercher. Retourner à tout ça n'allait pas l'agacer. Il était même probable qu'elle ne s'en rende pas compte.

— À propos, lançai-je comme si de rien n'était, qu'est-ce qui vous a fait croire que la fille de la jetée serait bonne pour Vicki ?

J'avais dit ça de façon qu'elle pense que procurer des filles à Vicki n'était pas plus grave que choisir un chaton pour une copine.

— Je lui ai dit qu'elle était jeune et jolie et qu'elle ne l'ouvrait jamais, que je ne l'avais jamais entendue dire quoi que ce soit. Et Vicki a dit : « Oui, parfait, les mecs aiment bien ce genre de filles. »

— Vicki pensait donc qu'elle... que c'était... du bon matériel ?

— Oui.

— Et après... ?

— Elle a organisé le truc.

— Ce qui veut dire... ?

— Qu'elle a fait en sorte que je la lui amène. Pour qu'elle puisse y jeter un coup d'œil.

— Où l'avez-vous amenée ?

— Chez Vicki. J'avais fait amie-amie avec elle et je lui avais dit que j'avais une autre copine, quelqu'un qui devrait lui plaire.

— Et qu'est-ce qui s'est passé ?

— Vicki lui a donné du gâteau. De la tarte aux pommes, je crois. Après, elle l'a emmenée dans une autre pièce. Et quand elles sont ressorties, la fille savait pas grand-chose.

— Pourquoi ?

— Parce que Vicki l'avait piquée.

— Droguée ?

— Oui. Elle l'avait fait avant qu'on parte de L.A. Quand on est arrivées à l'autre endroit, la fille n'était plus dans sa tête.

Une partie de mon passé refit soudain surface. Celle où j'avais été flic.

Je me rappelai brusquement que le jour où j'étais entrée à l'Académie de police, mon père m'avait raconté comment chassé du paradis, Satan était tombé et tombé. Mais comment une plume de son être l'avait quitté avant qu'il ne passe par-dessus le bord du paradis et comment cette partie de lui-même y était donc restée.

« Même si tu tombes, m'avait-il dit, n'oublie jamais cette plume et essaie d'y revenir. »

— Où se trouve cet autre endroit ? demandai-je.

— Quelque part dans le désert. Au milieu de nulle part. Ça nous a pris environ une heure pour y aller. Peut-être plus.

— Que s'est-il passé quand vous êtes arrivées à cette maison ?

— On a attendu dans la voiture. La fille était sur la banquette arrière. Et plus vraiment là, comme je vous l'ai dit. C'est comme ça que certains clients de Vicki aimaient les avoir. Inconscientes. Pour qu'elles ne se souviennent pas d'eux.

— Et après ?

— Les clients de Vicki se sont montrés. Elle a emmené la fille à l'intérieur. Et environ une heure plus tard, elle l'a ramenée à la voiture. Elle avait toujours pas sa tête. On l'a reconduite à Venice Beach. Et c'est après que j'ai appris qu'elle était dans l'eau.

— Au bout de combien de temps est-elle morte après avoir été avec Vicki ?

— Pas longtemps. Quelques jours.

Elle haussa les épaules.

— C'était une dose et y a plus personne, cette fille. C'est comme ça que l'a appelée Vicki.

Je ne savais pas ce qu'il y avait de vrai dans son histoire. J'avais creusé ici et là pour y découvrir des trous, mais elle n'avait pas changé de discours. J'aurais pu la cuisiner une heure de plus, mais ç'aurait servi à quoi ? Même les parties qu'elle avait inventées auraient durci dans son esprit.

Il ne me restait plus qu'une astuce à essayer.

— Le problème, c'est que la fille trouvée à la jetée a l'air très jeune, dis-je comme si ma sympathie n'allait qu'à Destiny. Au tout début de l'adolescence, probablement.

Elle était de nouveau méfiante, mais ne dit rien.

— Ça vous aurait rendue coupable de trafic sexuel sur mineures, ajoutai-je d'un ton indiquant clairement que j'étais vraiment navrée qu'elle se soit mise dans une situation aussi grave. Vous risqueriez vingt ans de prison.

Je lâchai ça comme si je trouvais la chose tout à fait injuste étant donné que c'était elle, Destiny, qui était tombée dans ce piège.

— Vingt ans ? répéta-t-elle. Rien que pour… Non parce que j'ai pas…

— Je sais, lui dis-je. C'est Vicki qui devrait être accusée. Malheureusement, vous aussi, vous êtes dans le coup.

Elle était piégée.

Le moment était venu de conclure le marché.

— Mais je peux peut-être vous aider, repris-je.

Pour l'effet, je laissai passer un temps avant d'ajouter :

— Parce que je ne suis pas écrivain.

Ses yeux s'emplirent d'éclairs.

— Vous êtes flic ! Je le savais !

— Je l'ai été un moment, reconnus-je, mais plus maintenant.

Elle me regarda sans comprendre.

— Je suis ce qu'on appelle une « mangeuse de péchés ». J'aide les gens à sortir des situations difficiles dans lesquelles ils se mettent.

Elle resta perplexe. Elle sentait que la partie avait changé de nature, mais ne voyait pas de quelle façon.

— Claire et vous partagez des choses ? enchaînai-je. Vous voyez ce que je veux dire ? Vous lui confiez un secret, elle vous en confie un autre. Ce genre de choses…

Elle comprit enfin et ouvrit grand les yeux, stupéfaite.

— Vous aidez quelqu'un qui a des problèmes avec elle ! s'exclama-t-elle.

— Il vaudrait mieux que vous ne posiez pas trop de questions. Il serait plus sûr que vous ne répondiez qu'à celles que je vous pose, moi.

J'attendis un temps, puis répétai avec emphase :

— Partagez-vous des choses sur vos vies ? Des détails. Des trucs intimes.

Je la regardai droit dans les yeux et insistai :

— Oui ou non ?

— Oui. C'est censé nous rapprocher. Partager des trucs, je veux dire.

— Claire vous parle-t-elle de sa fille ?

— Oui, elle en a parlé. Elle s'est noyée. Claire se sent coupable.

— Pourquoi ?

— Parce qu'elles ont eu des mots le soir où elle s'est noyée.

— Elle vous en a dit certains ?

— Juste que c'était pas bien, répondit-elle. Et que Claire n'a jamais pu les reprendre ou lui dire qu'elle s'excusait.

Je gardai le silence et découvris alors que Destiny avait flairé la piste et s'amusait beaucoup.

— Une « mangeuse de péchés », répéta-t-elle presque d'un ton excité. Waouh !

Elle était clairement intriguée par le tour inattendu qu'avait pris son histoire. On aurait dit une fille qui vient de voir le premier épisode d'une série qu'elle adore et s'impatiente de voir le suivant.

— Je pourrais vous aider, reprit-elle. Pour Claire, je veux dire. Pour tout ce que vous pourriez avoir besoin de savoir. Je pourrais être comme votre associée, vous voyez ? Votre acolyte.

Dans ses yeux brillait une étincelle de malveillance.

— Je peux la faire parler, je le sais, enchaîna-t-elle. Qu'est-ce que vous voulez savoir ?

Il y avait de la délectation délicieuse dans ses manières. Pour elle la vie était un jeu sordide et peu importait la façon de l'emporter.

— Non vraiment, insista-t-elle d'un ton assuré. Je sais comment la faire parler.

Je la regardai, l'air d'en douter; elle y vit un défi et attrapa son téléphone.

— Et je vais vous le prouver, dit-elle presque en jubilant.

Elle mit en mode haut-parleur.

— Écoutez, ajouta-t-elle, puis elle composa le numéro de Claire.

Qui décrocha immédiatement.

— Salut.

Destiny me décocha un clin d'œil.

— C'est Destiny, lança-t-elle de la voix brisée de quelqu'un qui a besoin d'aide. C'est vraiment pas une bonne journée pour moi, Claire.

— Qu'est-ce qu'il y a?

— Tout! C'est comme si tout était contre moi. Comme si on se liguait contre moi, vous savez? Et y a pas moyen d'en sortir. (Et d'ajouter un léger tremblement dans sa voix:) En dehors de tout bazarder... Parce que pourquoi se casser la tête? (Et de faire comme si elle se retenait de pleurer.) Parce que j'ai essayé, Claire. De faire mieux. De plus prendre de drogue. De garder mon boulot. Mais c'est dur quand on est seule, vous savez?

Claire parut inquiète.

— Où es-tu, Destiny?

— Pas d'importance. Plus rien n'a d'importance.

— Non, Destiny! lança Claire de l'urgence dans le ton. Ne pense pas ces trucs-là.

— Je peux pas m'en empêcher, Claire.

— Tu es chez toi? J'arrive tout de suite.

— Non, non ! s'écria Destiny. Je suis au boulot. Je rentrerai à la fin de mon service.

— Quand se termine-t-il ?

— À six heures.

— OK, je te retrouve à ton appartement.

— Vous avez pas à faire ça. J'en vaux pas la peine.

Sur le ton de désespoir confus de l'enfant paumé.

— J'ai plus que vous, Claire.

Et elle raccrocha, me regarda et sourit.

— Je la tiens dans la paume de ma main maintenant, dit-elle.

Et elle rempocha son portable d'un grand geste satisfait.

— Elle sera toute tendre et gentille-gentille quand je la verrai, ajouta-t-elle fièrement.

Elle avait un grand sourire de bonheur et de plaisir d'avoir manipulé Claire avec autant de facilité.

— Elle s'ouvrira à moi.

Destiny était sûre d'avoir évité un autre piège.

— Qu'est-ce que vous voulez savoir ?

— Faites-la parler de sa dernière conversation avec Melody dans le bateau.

— D'accord, dit-elle d'un ton jovial. Pas de problème.

Et quand je n'ajoutai rien, elle me demanda :

— Vous voulez, genre… me donner votre carte ou autre ?

— Pour quoi faire ?

— Pour que je puisse vous appeler quand j'aurai eu cet entretien avec elle. Non parce qu'il faudrait qu'on se tienne au courant, pas vrai ?

— Ne vous inquiétez pas pour ça, je resterai en contact.

Destiny semblait croire que nous étions maintenant sur un pied d'égalité. Telles deux mangeuses de péchés professionnelles.

— Peut-être que je pourrais travailler pour vous, reprit-elle. Ça a l'air fun.

Je le lui laissai croire.

— Et j'y serais bonne, ajouta-t-elle, enthousiaste.

Je fus frappée de constater à quel point elle vivait dans un monde irréel où fournir des mineures conduisait tout naturellement à de l'avancement dans sa carrière.

Toutes pensées que je gardai pour moi, bien sûr.

— Commençons par voir comment vous vous débrouillez avec Claire, dis-je.

Elle semblait presque fondre dans le doux rayonnement d'un nouveau métier.

— Ça pourrait être génial.

Je souris.

— Oui, dis-je, ça pourrait.

CLAIRE

CHAPITRE 6

Destiny ouvre la porte, puis s'efface pour me laisser entrer.

Son appartement ressemble plus à un lieu qu'on a abandonné en toute hâte qu'à un endroit où on vit. Il y a des vêtements éparpillés partout aussi bien que des emballages de plats à emporter du 24/7. Le canapé-lit est sorti, le linge en boule avec un bout de couverture qui pend sur le côté et se répand sur le sol en une flaque miteuse.

— Une seconde, me dit-elle en libérant de la place sur l'un des deux fauteuils du studio.

Quand elle a fini, elle hausse les épaules et ajoute :

— Bon d'accord, je suis pas une flinguée de la propreté.

Elle semble penser que le désordre de son appartement reflète le chaos de sa vie. Ce qui pourrait être le cas. Mais je ne suis pas ici pour la juger. Je m'assieds et attends qu'elle parle. Elle m'a fait venir pour que je l'écoute. Et c'est ce que j'ai l'intention de faire.

— Je mange de la bouffe à emporter, dit-elle. Sans ça, je vous offrirais quelque chose.

— Pas de problème.

Elle marque une courte pause, puis attaque :

— Tout craint.

Elle tend la main vers un paquet de cigarettes, en fait sortir une par à-coups et me la présente.

— Non, merci, dis-je.

Elle la prend et l'allume.

— Faut que je me secoue, je sais. Sinon, le cafard sera encore pire, pas vrai ? Et je veux tout vous dire, Claire, vraiment. Mais pas là, pas tout de suite. J'en ai marre de parler de ma vie de paumée.

Elle regarde partout dans la pièce comme si elle cherchait un sujet de conversation dans ce foutoir. Pour finir, elle se fixe sur moi.

— Et vous, Claire, me lance-t-elle. Parlons un peu de votre vie plutôt que de la mienne.

Elle tire violemment sur sa cigarette, puis expédie une ligne de fumée dans l'air malodorant.

— Putain, s'écrie-t-elle avec mépris, c'est un vrai dépotoir, ici ! C'est dans ça que je vis : un dépotoir.

Elle remue nerveusement dans son fauteuil.

— Un vrai désastre que je suis !

Et elle me regarde d'un air plaintif.

— Je parie que votre fille était pas comme moi. Pas un gâchis comme moi. Je parie qu'elle était géniale. Vous m'en avez jamais dit grand-chose.

— Qu'est-ce que tu veux savoir ?

— Eh ben, genre… quel âge elle avait ?

— Quinze ans.

— Je suis désolée de ce qui est arrivé, Claire.

Le silence est ma seule réponse.

— Si seulement j'avais eu une mère comme vous ! Je me rappelle la dernière fois que j'ai vu la mienne. Elle me criait dessus : « Je regrette que tu sois née ! »

Elle baisse la tête et se met à pleurer.

Je la laisse faire.

Quand enfin elle reprend le contrôle d'elle-même, elle me regarde, et au milieu de ses larmes, elle me dit :

— Parlez-moi de Melody. De vous et d'elle.

— On avait des problèmes, dis-je. On se disputait. C'est ça qui me fait le plus mal. Que notre dernière conversation ait été une dispute.

— À propos de quoi ?

Pour la première fois depuis que je la connais, Destiny semble vraiment s'intéresser à autre chose qu'elle-même.

— À propos de quoi, Claire ? répète-t-elle.

SLOAN

CHAPITRE 7

Il était juste un peu plus de 20 heures lorsque Destiny m'appela. Elle avait eu son entretien avec Claire et avait des choses à me dire.

— Allez-y.

— Pas au téléphone.

— Pourquoi ?

— On pourrait nous entendre.

Je n'arrivai pas à déterminer si elle soupçonnait vraiment que ma ligne soit sur écoute ou si elle ne faisait qu'entrer dans le tragique de la situation.

— Je vous retrouve à l'endroit habituel, reprit-elle.

Je ne me sentais pas de discuter. Nous convînmes d'une heure et je repris le chemin du 24/7.

Elle m'attendait en fumant dans la pénombre à l'autre bout du parking. Dès qu'elle me vit, elle jeta sa cigarette et s'approcha d'un pas vigoureux.

— Hé ! lança-t-elle en montant dans ma voiture.

— Comment ça s'est passé ?

— Bien, répondit-elle, toute joyeuse.

On aurait dit un agent de retour d'une mission couronnée de succès. Elle mourait d'envie de me faire son rapport favorable.

Elle avait passé presque deux heures avec Claire et consacré son temps à lui servir son numéro de pauvre petite fugueuse. Ça avait marché comme sur des roulettes, me précisa-t-elle. Claire s'était montrée totalement compatissante. Toute ouïe pour tout ce qui passait par la tête de sa protégée. Et à la fin, celle-ci avait réussi à diriger la conversation sur ce que vivait Claire.

— À ce moment-là, elle est devenue vraiment triste, me confia-t-elle sur le ton de l'informatrice chevronnée. Melody avait des sautes d'humeur et restait de plus en plus enfermée dans sa chambre. Claire se disait que c'était la puberté, rien de plus. Comme pour les filles. On se tait. On se retire en soi. Avec Melody, c'était comme ça.

Destiny y allait à fond maintenant, et me lâchait un petit détail après l'autre sur un ton de conspiratrice parfaitement théâtral. Elle aurait tout aussi bien pu me révéler les secrets de la bombe A.

Enfin, nous arrivâmes à la séquence du bateau.

— C'est pour ça qu'ils avaient organisé ces vacances en voilier. Pour être ensemble. Et se détendre. Tous les trois sur le bateau de son mari.

Ses yeux brillaient de plaisir. Elle se régalait dans son nouveau rôle d'espionne et d'informatrice.

— Il s'est passé quelque chose sur ce bateau, reprit-elle sombrement tel un personnage de mélodrame. Entre Claire et Melody, je veux dire. Et ça devait être méchant parce que c'est là que Melody a décidé de partir. Même dans cette tempête.

— Claire vous a-t-elle dit ce qui s'était passé entre elles ?

— Non. C'est là qu'elle s'est tue. Comme si ça lui faisait trop mal. Ou alors peut-être qu'elle pouvait pas gérer. En tout cas, j'ai eu l'impression que c'est sur ce bateau que c'est arrivé au point critique ce soir-là. Claire m'a pas dit de quoi il s'agissait, mais j'ai réfléchi et j'ai eu une idée.

Destiny sourit d'un air confiant et fier: elle avait ce qu'on voulait.

— Melody avait quinze ans, pas vrai ? Mais elle avait l'air… plus adulte. Et je sais ce que c'est d'avoir ce pouvoir-là. Ça peut vous faire tourner les mecs en bourrique quand on l'exhibe à droite et à gauche. Surtout un vieux mec.

— Un vieux mec ?

— Oui, comme le mari de Claire.

— Où veux-tu en venir ?

— Que peut-être Claire se sentait menacée.

— Par Melody ?

— Oui.

Elle avait du mal à se contenir d'être aussi astucieuse.

— Parce que ça peut faire peur, non ? ajouta-t-elle, surexcitée. Avoir cette minette super chaude qui déambule partout pendant qu'on vieillit…

Et de me regarder de près pour s'assurer que je saisissais bien toutes les implications de son hypothèse.

— Ce que je dis, c'est que Claire en voulait peut-être à Melody. Qu'elle se disait qu'elle était en train de lui piquer son mari à lui déballer la marchandise comme ça.

Elle marqua une pause avant d'expliquer une théorie qu'elle considérait de pur génie:

— Ça pourrait même être un mobile.

— Un mobile pour quoi ?

— Pour que Claire la tue.

Je ne lui indiquai en rien que pour moi, sa théorie n'était même pas plausible, tant s'en fallait. Je la laissai croire que je voyais cette dernière conversation entre la mère et la fille de la même façon qu'elle.

Claire qui est prise de jalousie. Qui en veut à mort à Melody. Alors les mots sont durs et pleins de colère.

Jusqu'au moment où Claire assassine Melody. C'était là un scénario de série B absolument ridicule et qui ne correspondait même pas de loin à la réalité de la mort de Melody, mais je laissai Destiny se bercer de l'illusion qu'elle avait vraiment résolu l'affaire.

— J'ai trouvé, non ? me demanda-t-elle, tout excitée. La vérité sur Claire…

Elle croit que nous sommes associées, me dis-je.

Ce que, j'imagine, nous étions bel et bien, vu qu'elle allait être mon moyen d'atteindre Claire, d'être le marteau dont je pourrais me servir pour l'écraser.

Cela étant, le flic en moi, le tout petit endroit où le badge brillait encore un tant soit peu, insistait que malgré les apparences, nous n'étions pas associées.

CLAIRE

CHAPITRE 8

Je rentre chez moi juste après huit heures. Comme je suis en général de retour avant la tombée de la nuit, je ne laisse jamais une lampe allumée. Sans lumière, la maison paraît plus désolée et les ténèbres qui l'entourent ont quelque chose de vaguement inquiétant.

J'éprouve une montée de peur en descendant de voiture pour gagner la porte. Afin de la dominer, je me répète mes mantras habituels :

Personne n'est accroupi derrière un buisson.

Aucune brute ne m'attend dans l'obscurité de l'entrée.

Je n'entends aucun bruit de pas derrière moi.

Une fois à l'intérieur, j'allume les lumières. La maison est exactement comme je l'ai laissée.

Rien n'a bougé. Tout est à la même place.

Il n'empêche : je n'arrive pas à réprimer la crainte que mon espace le plus intime ait été envahi.

Je m'assieds sur le canapé et travaille à calmer mes nerfs qui se crispent. Je ferme les yeux et essaie de penser à quelque chose qui me fasse du bien.

Ray me vient à l'esprit. Notre dernière rencontre. Comme elle fut plaisante. J'essaie de faire en sorte que ce souvenir repousse mes idées plus noires. Les yeux toujours fermés, je laisse la chaleur de cette soirée m'envahir.

Je vois son visage et j'entends sa voix, et l'un et l'autre me paraissent si réels que lorsqu'on sonne, j'espère que c'est lui, gagne la porte et l'ouvre.

— Claire.

Je sursaute.

— Mehdi.

Il tient un coffret bleu à la main.

— Pour vous, Claire, dit-il. Parce que je vous pardonne.

— Pardonne de quoi ?

— Pardonne pour lui. Celui qui vient ici tout le temps.

Un frisson me parcourt. L'idée que Mehdi se gare près de ma maison et observe tout derrière son volant me trouble.

— J'ai un cadeau pour vous, reprend-il.

Il pousse le coffret bleu de chez Tiffany vers moi.

— S'il vous plaît. C'est pour vous. Très cher, Claire.

Je refuse d'un hochement de tête.

— Je n'accepte pas de cadeaux de mes élèves, Mehdi, lui dis-je fermement. Et je pense que vous devriez partir tout de suite.

À ma stupéfaction, il me lance :

— Non, j'entre. Nous parlons. Vous savez que je vous aime.

Quand je commence à fermer la porte, il tend la main et appuie dessus avec.

— Vous m'avez menti, Claire.

Il rempoche le coffret.

— Peut-être vous méritez pas mon cadeau.

— J'exige que vous partiez, Mehdi.

— Juste un petit moment, Claire.

Il me regarde d'un air affamé.

— Trente minutes.

Il aspire l'air en tremblant.

— Avec votre corps.

Blessée, sans voix, je le fusille du regard.

— Donnez-moi trente minutes. Seulement trente minutes, Claire. Je vous pardonnerai, et vous prenez mon cadeau, hein ?

Sa demande est totalement répugnante.

— On s'embrasse d'abord, OK ? Et après je démarre la pendule, oui ? Après baisers.

Encore une fois je tente de fermer la porte, mais il la repousse de la main.

Puis il se jette en avant et brusquement je suis écrasée dans ses bras. Il presse sa bouche contre mes lèvres fermement serrées et remue la tête de droite à gauche telle une scie comme s'il voulait que nos bouches fusionnent. J'essaie de me dégager, mais il me serre encore plus fort contre lui. Je sens le bout de sa langue qui insiste, la tête d'un serpent qui creuse entre mes lèvres.

Je recule violemment la tête.

— Arrêtez ça !

Il fait un pas en arrière.

— OK, j'arrête.

Il me regarde comme s'il venait d'être couronné prince de Perse. Il a un sourire méprisant sur les lèvres.

— J'ai eu ce dont j'avais besoin de vous, dit-il.

Il m'agite le coffret sous le nez.

— Maintenant je peux le rapporter au magasin.

Je suis un morceau de viande qu'il a mâchonné comme il voulait et peut recracher.

— J'ai pas besoin de Claire, dit-il. J'ai fini avec elle.

Il pivote sur les talons et s'éloigne avec de petits sautillements de triomphe.

J'ai envie de lui courir après, de le tacler et le battre à mort. Mais je ne fais que rester là à gronder après lui tandis qu'il regagne sa voiture.

Quand il y arrive, il se retourne vers moi, lève le bras en signe de victoire et pompe l'air comme s'il voulait signaler son triomphe à une ville qu'il a conquise.

Je me retourne vers ma porte, mais suis incapable d'entrer chez moi.

Un air fétide s'y est répandu – l'odeur de son eau de Cologne.

J'ai besoin d'une brise marine purificatrice.

Je monte dans ma voiture, descends les vitres et prends la direction de l'océan.

Je veux que le vent qui se rue dans l'habitacle efface toute trace de Mehdi.

Pas seulement son odeur, mais encore le goût ignoble de sa bouche, de ses lèvres, de sa langue de reptile.

Je sais à peine jusqu'où j'ai roulé lorsque je me rends compte que je suis dans Melrose Avenue.

La galerie de Ray.

Il pourrait y être.

Il faut que je le voie.

J'appuie sur l'accélérateur et fonce vers lui aussi vite que je peux.

Il y a de la lumière, je monte l'escalier et aperçois Ray au fond. Il n'est pas tourné vers moi, mais je sais que c'est lui et le soulagement me submerge.

Il parle à quelqu'un que je ne peux pas voir.

Au début, je n'entends sa voix que faiblement, puis de plus en plus clairement au fur et à mesure que je m'approche.

À quelques mètres de lui, je m'arrête et écoute.

Une adolescente le fixe avec adoration, sans aucun doute impressionnée par sa maîtrise du sujet.

Il lui parle d'un tableau et lui indique ses diverses caractéristiques dans l'histoire de l'art.

Le ton est réfléchi, persuasif.

Il parle avec charme et grande autorité.

Dans un français impeccable.

CINQUIÈME PARTIE

CLAIRE

CHAPITRE 1

Mon portable sonne.

C'est Ava.

— Juste pour t'annoncer de bonnes nouvelles, lance-t-elle gaiement.

Elle a réalisé une grosse vente et jubile.

Je la félicite.

— Merci. Et tes nouvelles à toi, Claire ? me demande-t-elle.

Je décide de ne pas l'attrister en lui parlant de ma visite surprise à la galerie de Ray. Pas question de lui dire la sinistre découverte que j'y ai faite. Elle n'approuverait pas la manière dont j'ai laissé le français impeccable de Ray déclencher mes soupçons.

— Rien de neuf, lui dis-je.

— Vraiment. Absolument rien ? Même pas avec Ray Patrick ?

— Non.

— Ou Simon ? demande-t-elle prudemment.

Je ne réponds pas, elle comprend le message.

— Qu'est-ce que t'as fait ce coup-ci ? exige-t-elle de savoir.

Il ne servirait à rien d'éluder sa question.

— J'ai essayé de parler avec Charlotte, l'informé-je. De lui dire pour Simon. Elle n'a pas voulu m'écouter.

Elle est clairement atterrée.

— Mais bon Dieu, Claire ! s'écrie-t-elle. Faut que t'arrêtes ça ! Faut te laver les mains de ce type, quoi !

— Si je le fais, il aura ce qu'il veut.

— Tu ne sais pas ce qu'il veut.

— Bien sûr que je le sais. Il veut Emma.

Ava ne m'oppose plus aucun argument. Elle a fait de son mieux pour m'inculquer un peu de son bon sens et elle a échoué. À ses yeux, je suis toujours la même Claire. Mon meilleur ennemi. Celle qui bazarde toutes ses chances de bonheur.

Pendant quelques minutes, nous parlons d'autre chose, Ava évitant toute nouvelle mention de Simon.

— Je ferais mieux d'y aller, finis-je par lui dire. J'ai un élève.

— Ouais, bon, d'accord.

J'entends bien la lassitude dans sa voix.

Elle a renoncé à essayer de m'aider à me débarrasser de ce qui, pour elle, est une dangereuse obsession.

La route est longue pour rejoindre mon client suivant. J'y arrive par des rues encombrées de voitures, en longeant des magasins et des petits centres commerciaux bourrés de consommateurs.

La ville grouille autour de moi.

Mais je ne me suis encore jamais sentie aussi seule.

***

Chloé est mon élève préférée. Elle a treize ans. Sa famille va bientôt déménager en France. Elle habite Elm Drive, Beverly Hills, une maison de style campagne toscane avec de gracieuses colonnades sur le devant et de grandes fenêtres cintrées. Le jardin est joliment entretenu, avec des parterres de fleurs le long de l'allée.

Sa mère m'accueille à la porte. Elle s'appelle Summer et est toujours vêtue des couleurs de cette saison[1].

1. *Summer* veut dire « été » en anglais.

— Ma fille est dans la cour, me dit-elle. Elle attend ces leçons avec beaucoup d'impatience, Claire.

Chloé est assise à une table blanche en fer forgé surmontée d'un parasol marron. Elle a de longs cheveux noirs et des yeux bleus qui brillent d'une belle lumière intérieure.

— *Bonjour*, me dit-elle poliment.

— *Bonjour*, lui renvoyé-je en insistant un rien sur le caractère explosif du « *bon* » par rapport au côté quelque peu en retrait de « *jour* ».

Elle saisit aussitôt la différence et répète correctement le mot.

— *Très bien*, dis-je.

Elle rayonne.

— *Merci.*

Il y a de l'énergie chez cette jeune fille, un grand désir d'apprendre qui fait de mon travail un vrai plaisir.

Pendant la leçon, j'entends de temps en temps sa mère bouger dans la maison. Par instants se fait aussi entendre une voix d'homme. Les échanges entre la mère et le père de Chloé sont détendus et légers. Ils rient souvent.

L'humeur qui règne dans cette maison est celle d'un agréable enjouement. Cela me rappelle la famille que j'ai eue un moment. Avec Max et Melody. Les choses toutes simples auxquelles nous goûtions ensemble. Une journée à la plage. Une virée au zoo de San Diego. *Nous étions heureux.* Melody était comme Chloé, vive et assoiffée d'apprendre. Quand Max et moi nous parlions, c'était toujours avec humour et affection, tout comme le font les parents de Chloé.

Le temps passe vite et l'heure de français se transforme en quatre-vingt-dix minutes de plaisir et de paix.

Chloé me raccompagne à la porte. Il y a un petit paquet sur la table du couloir. Elle me le tend.

— *C'est un cadeau pour vous*, me dit-elle.

— *Oh merci. Comme c'est gentil!* lui renvoyé-je.

Je regagne ma voiture et me glisse derrière le volant. Chloé est toujours debout à la porte de devant. Elle sourit gaiement, me fait un grand signe, puis rentre chez elle.

Je l'imagine en train de rejoindre la cour, d'y rassembler ses notes ou de s'asseoir pour les étudier, et cette adolescente qui est sûre que jamais on ne la trahira, que toujours on la croira et que jamais elle n'aura la moindre raison de douter de sa mère, m'inspire un très simple et grand contentement.

Melody n'avait jadis aucun doute de cette sorte, elle non plus.

Je roule et me rends compte à quel point un rêve de bonheur peut me motiver.

Je repense à Melody.

Elle a quatre ans. Nous pique-niquons à Descano Park où nous apprécions le jardin japonais. Melody prend une feuille, la plie délicatement dans ses cheveux, puis se penche au-dessus d'un des étangs du parc pour apercevoir son reflet dans l'eau.

Maintenant, elle repose à l'Angelus Rosedale Cemetery. À la différence de certains cimetières de Los Angeles, celui-là n'abrite aucune star du cinéma. Pas de Marilyn Monroe ou d'Elizabeth Taylor, aucun touriste n'y cherche des tombes de célébrités.

La pierre qui orne celle de Melody est aussi modeste que celles qui l'entourent. Son nom y est gravé, ainsi que les dates qui délimitent sa brève existence. Il y a un petit banc à quelques mètres de l'endroit où elle est enterrée. J'y viens tous les mois et chaque fois j'apporte une lettre que je lui ai écrite. Je la lui lis en silence, en ne faisant qu'en penser les mots. Aux yeux de tout individu qui pourrait passer, je ne serais qu'une femme assise là, toute seule, et qui se lit des choses à elle-même. Mais les mots sont pour ma fille.

Chère Melody,

Je me rappelle que lorsque tu avais peur, toujours tu voulais tenir ma main.

Maintenant, c'est moi qui veux tenir la tienne. Souvent j'imagine tes yeux. Je veux les voir scintiller de vie. De curiosité. J'ai de beaux souvenirs de toi qui me parles, qui ris avec moi, qui te confies à moi. Même maintenant je te vois partout. Le matin, à la première lueur du jour. Pendant la journée, lorsque je vois d'autres filles. Le soir, lorsque j'éteins ma lampe. Je veux que tu saches que pas un moment ne se passe que je n'aie conscience de la vie que tu aurais pu avoir et aurais encore maintenant.

Je te demande pardon.

Maman

SLOAN

CHAPITRE 2

Le flic en moi.

Qu'était-ce donc qui s'attardait encore en moi des jours que je donnai au LAPD ?

Peut-être rien de plus que le sentiment que les criminels devraient payer pour le mal qu'ils font.

On peut lâcher le boulot, ranger son badge dans un tiroir et le fermer, mais on ne peut pas mettre de côté l'idée que les criminels ne devraient tout simplement pas pouvoir se tirer sans encombre de la douleur qu'ils causent.

N'oublie pas la plume de Satan.

***

Il ne me coûta qu'un petit pas pour passer du souvenir de mon père me rappelant cette admonition aux méfaits de Vicki Page. Si Destiny m'avait dit la vérité, alors un bordel spécialisé dans les mineures avait fonctionné pendant des années sous sa direction. Je ne supportais plus l'idée de ne rien faire de ce renseignement que Destiny m'avait fourni.

Je passai un coup de fil à Candace. Elle avait toutes les relations nécessaires.

— Que sais-tu de Vicki Page ? demandai-je.

Elle reconnut le nom. Vicki, tout le monde la connaissait dans le milieu. Elle était une légende du crime.

— Juste qu'elle est à la prison du LAPD en ce moment même, me répondit-elle. Elle a poignardé une femme à Venice Beach.

— As-tu jamais entendu dire qu'elle dirigeait un bordel quelque part dans le désert ? Pour les mecs qui aiment les jeunettes.

— Non.

— Rien du tout ?

— Je sais qu'elle a été arrêtée pour approvisionnement en filles, mais c'est de l'histoire ancienne. Elle est passée à des trucs plus sophistiqués. Vol d'identité, ce genre-là. Et donc, non, rien sur un bordel pour pédophiles. Où as-tu entendu parler de ça ?

— Quelqu'un que je connais m'a raconté lui avoir amené la fille de la jetée et l'avoir conduite avec elle dans un coin du désert.

— Et tu peux faire confiance à cette personne ?

— Je n'en suis pas sûre. C'est pour ça que j'aimerais parler à Vicki. Tu pourrais m'arranger ça ?

— Tu n'es plus flic, Sloan, me rappela-t-elle.

— Une partie de moi l'est toujours.

Le ton de Candace se fit plus sombre.

— Je vois, dit-elle.

— Tu peux m'aider ?

— Vicki, tu la connais. Elle voudra quelque chose en échange.

— Qu'est-ce que je peux lui offrir ?

— Tu peux lui dire que si elle te parle, tu m'en diras un mot. Et que je pourrai, moi, glisser quelque chose de gentil sur elle à quelqu'un d'autre.

Elle rit et ajouta :

— Ils mordent toujours à l'hameçon.

Elle me dit ensuite qu'elle appellerait les autorités à la prison, qu'elle leur dirait que je voulais voir Vicki et lui faire mon offre.

Un quart d'heure plus tard, elle me rappelait.

— Vicki meurt d'envie de revoir sa vieille copine l'inspectrice Wilson ! me lança-t-elle en guise de plaisanterie. Elle espère un vrai festival d'amour !

Et de préciser, toujours en riant :

— En fait, elle ne voulait pas du tout te parler, mais elle a bien capté le message et elle est d'accord. Mais n'espère pas grand-chose. C'est une dure à cuire.

C'était vrai.

J'avais déjà eu affaire à elle et aucune de nos rencontres n'avait été agréable. Elle avait été pute un moment, mais était depuis longtemps montée en grade pour devenir une entreprise criminelle à elle toute seule. Après quoi, elle avait fait dans l'extorsion de fonds, trafiqué dans les médicaments sur ordonnance, patouillé un rien dans le vol d'identité et sous-traité comme fournisseuse de marchandise pour mecs pervers sur les bords. Elle était de ces individus qui jamais ne pensent à gagner honnêtement leur vie quand ils se lèvent le matin.

Plus tard ce jour-là, vêtue d'une combinaison orange vif, elle entra nonchalamment dans une des salles d'interrogatoire où je l'attendais.

— Eh mais, elle est là ! s'écria-t-elle, sarcastique. Sloan Wilson, l'inspecteur femme !

Elle ajouta, feignant la surprise :

— Holà ! J'oubliais. T'es plus flic, si ?

Elle se laissa tomber dans un fauteuil et me fixa d'un regard glacial.

— Mais c'est que t'as l'air professionnel, toute peinturlurée dans ton joli tailleur !

Je la regardai de haut en bas.

— L'orange, c'est vraiment votre couleur, Vicki, lui renvoyai-je. Je dirais que vous allez en porter longtemps.

Elle ricana.

— C'est quand même mieux que le bleu flic!

Du Vicki tout craché. Être hostile à tout ce qui n'est pas aussi bon à rien que soi était la seule chose qu'elle connaissait en matière de fierté ou de respect de soi.

— J'ai entendu dire que vous saviez des trucs sur la fille qu'on a trouvée noyée près de la jetée il y a quelques jours de ça, dis-je en ouvrant la chemise que j'avais apportée et en en sortant une coupure de journal mentionnant la découverte du corps d'une jeune fille non identifiée à la jetée de Santa Monica.

Elle y jeta un coup d'œil indifférent, puis la retourna sur la table.

— Je ne lis pas le journal à moins que ça parle de moi, dit-elle.

— Et vous ne savez absolument pas qui pourrait être cette fille?

— Voyons voir... Miss Inconnue à Deux Millions de dollars?

Elle se cala dans son fauteuil et se croisa les bras sur la poitrine. La reine du crime assise sur son trône.

— Je devrais pas être dans ce trou à rats, reprit-elle d'une façon disant assez clairement que pour elle, le sujet de la noyée était maintenant clos. J'ai pas poignardé cette salope pour rien. Elle a eu ce qui lui pendait au nez. C'est elle qui a commencé. C'est elle qui devrait être en taule.

Elle avait dit ça d'un ton contrarié, telle l'honnête femme d'affaires qui ploie sous le fardeau d'une concurrence injuste. C'était très exactement ça que mon père haïssait chez les gens comme elle. Toujours à se croire Dieu sait comment victimes.

Elle rit et ajouta:

— Mais toi, ça doit plutôt bien marcher. Les trois quarts des flics qui lâchent le boulot terminent veilleurs de nuit dans des hangars ou assurent la sécurité pour les mariages des gros bonnets. Parce que c'est bien ça qu'ils font, non ? Quand ils sont plus en service, hein ? C'est pas ce que ton cher vieux papa a fait quand il a laissé tomber le boulot de vrai flic ?

— Ce qu'a fait mon père ne vous regarde pas, lui renvoyai-je sèchement.

— Bah, dit-elle en ricanant, toute bien habillée comme t'es, je m'dis que t'as trouvé mieux.

— Je travaille dans le privé. C'est tout ce que vous avez besoin de savoir.

Elle laissa échapper un soupir d'ennui.

— Bon alors, qu'est-ce que tu veux… inspecteur ? me demanda-t-elle.

— La fille dans le journal. Vous l'avez vendue à une bande de fumiers.

— Où as-tu entendu ça ?

— D'une de vos filles.

Elle sourit d'un air assuré.

— Mes « filles », comme tu dis, ne me caftent pas.

— Sauf que l'une d'elles l'a fait. Elle dit que vous vous spécialisez dans les mineures.

L'expression qu'elle avait vira au létal.

— Vous les emmenez dans une maison en plein désert, précisai-je. Dans un endroit au milieu de nulle part.

Elle me dévisagea d'un air de fragile invulnérabilité.

— Et qu'est-ce que ça peut te foutre ? T'es plus flic maintenant. Ce que je fais, c'est pas tes oignons.

Elle se pencha en avant, une manière de poison montant dans son regard.

— Écoute un peu, lança-t-elle brusquement. Si tu continues à renifler partout avec ton nez de flic, tu vas finir par te faire vraiment mal.

Elle me regarda comme si tout d'un coup, c'était elle qui menait la danse.

— Je sais beaucoup de trucs, moi… inspecteur. Plein de trucs que t'as pas envie d'entendre, ou de faire entendre à d'autres.

Je savais où elle voulait en venir. Elle disait savoir des choses sur moi remontant à l'époque où j'étais au LAPD, soit : j'étais corrompue, et elle le savait. Vu que tout le monde piquait plus ou moins dans la caisse, moi aussi, je devais avoir le nez sale. D'où aucune nécessité d'être précise. Je comprendrais le message.

Sauf que je n'avais jamais accepté de pots-de-vin ou rendu un service inapproprié. Je n'avais rien à craindre d'elle.

Je la forçai à abattre son jeu.

— Vous dites que des conneries ! lui lançai-je.

Elle campa sur ses positions, et y ajouta un petit sourire tordu.

— Et moi je te dis de laisser tomber pour cette fille. Et la maison dans le désert. Et tout ce que cette balance aura pu te raconter. Tu laisses tomber ou tu vas le regretter.

Elle me dégoûtait.

Je me levai et me dirigeai vers la porte.

— Tu vas dégringoler, Sloan, me lança-t-elle quand j'y arrivai.

Je la regardai.

— Non, Vicki, c'est toi qui vas tomber.

Je sortis du bâtiment et j'étais presque à ma voiture lorsque j'entendis qu'on m'appelait.

— Comment va l'incorruptible inspectrice Wilson ?

Je me retournai et découvris un dealer du coin, un certain Darrell Smithers, un nervi psychopathe dont les concurrents se retrouvaient souvent dans les coffres de voitures volées.

— T'es plutôt chouette, mama, enchaîna-t-il. Dommage que tu gâches tous ces beaux trucs.

Il était impossible de comptabiliser tous les dégâts qu'il avait commis au cours de sa vie de bon à rien. Combien de gens il avait tués ou estropiés. Combien d'enfants avaient été abattus lors des fusillades en voiture qu'il avait ordonnées. C'était un petit serpent venimeux qui ne cesserait pas de se faufiler dans les rues de Los Angeles tant qu'il vivrait.

Il était tout sourires et décontraction. Il pouvait me décocher des œillades, me regarder d'un air concupiscent et me lancer des remarques suggestives et je ne pouvais rien y faire. Il le savait et comptait là-dessus pour se protéger de la colère qu'il provoquait.

— Super mignonne, lâcha-t-il d'un ton lascif.

Je tendais la main vers la poignée de ma portière lorsqu'il rit et ajouta :

— Tu devrais rentrer à la maison avec moi, ma fille ! Tu devrais venir voir papa.

L'impulsion qui me prit fut si forte qu'elle me fit presque sauter en l'air. J'eus envie de le saisir à la gorge et de la serrer jusqu'à ce qu'il soit tout rouge et qu'alors je puisse le voir écumer jusqu'à ce qu'il meure comme un chien sur le trottoir.

Au lieu de quoi, je montai dans ma voiture et regagnai mon bureau.

Une fois arrivée, j'appelai Destiny.

— Je veux trouver la maison où vous avez emmené la fille, dis-je.

Elle retint son souffle.

— Je sais pas où c'est.

— Vous connaissez la région. On cherchera jusqu'à ce qu'on trouve.

Elle savait que je n'allais pas lâcher.

— Je pourrais peut-être essayer, dit-elle faiblement. Mais le rapport avec…

Je l'interrompis.

— À quelle heure finissez-vous aujourd'hui ?

— À quatre heures cet après-midi.

— J'y serai.

***

Deux heures plus tard, elle sortait du 24/7 et se tordait le cou pour repérer ma voiture. Dès qu'elle la vit, elle s'approcha vite et monta.

— Je serai peut-être pas capable de la retrouver, dit-elle.

— Mais si, vous la retrouverez, lui renvoyé-je. Parce que si vous ne le faites pas, je dirai à Vicki que vous l'avez balancée.

Elle se figea.

— Et nous savons toutes les deux ce qui vous arrivera après.

— Je vais vous montrer où c'est, dit-elle en hochant docilement la tête.

Elle me fit prendre la 10-E pour sortir de Los Angeles. Une heure plus tard, nous nous pointions dans le désert. Il y avait de temps en temps des petits croisements avec des stations essence et ce qui équivalait à un magasin général, mais pour les trois quarts, tout n'était que buissons, rocaille et sable. Je vis un coyote au loin. Il était maigre et probablement couvert de vermine. Il ressemblait à ce qui l'entourait : il avait soif et manquait de tout.

— À droite, dit Destiny au bout d'une autre demi-heure de désert.

Je m'engageai sur une route pleine de mauvaise herbe. Des cactus vert pâle se dressaient dans un air sans couleurs. Je remarquai des boules de broussaille qui roulaient. Plus personne ne vivait dans cette région, mais on y voyait encore des cabanes délabrées depuis longtemps abandonnées. Au fur et à mesure que nous roulions, la route se rétrécissait et ne fut bientôt guère plus que deux ornières complètement desséchées courant à travers le désert.

Enfin, elle se termina à la grille délabrée d'une ferme.

— C'est là, dit-elle.

Je regardai le bâtiment sans rien dire. Une ruine. Cela faisait clairement des années que plus personne n'y habitait. Mais ce qui retint mon attention dans ce fatras de bois et de verre fêlé fut que les fenêtres étaient noires et la porte rouge.

— C'est la maison que la fille a représentée sur le mur près de McDuffy's, dis-je.

— Je sais, répondit doucement Destiny.

Elle me regarda d'un air plein de sous-entendus et ajouta :

— Vicki l'a vu. Elle pensait que c'était la façon qu'elle avait eue d'essayer de dire aux gens ce qui lui était arrivé.

L'implication était aussi sinistre qu'évidente.

— Vicki l'a-t-elle fait tuer ?

Destiny eut l'air tout à la fois triste pour la fille et effrayée pour elle-même.

— Je ne sais pas. Non, vraiment. Je ne sais pas.

Nous descendîmes de voiture et rejoignîmes la bâtisse. Juste pour vérifier, je cognai à la porte, puis, comme rien n'indiquait la présence de quiconque à l'intérieur, j'essayai le bouton. Ce n'était pas fermé à clé.

La pièce de devant avait été vidée de tout ce qui aurait pu laisser une trace de qui y était venu et pour quelle raison. Tout avait été nettoyé à fond, et tout élément de mobilier évacué. Il n'y aurait aucune empreinte. Ni d'ADN. C'était comme si la maison tout entière était descendue du vaste ciel au-dessus, comme si jamais elle n'avait senti la moindre touche humaine.

En fixant cette pièce du regard, je sus qu'il n'y aurait aucun signe de l'endroit où la fille dans l'eau avait été allongée, droguée et insensible, en attendant d'être violée. Toutes les preuves de son supplice avaient été effacées aussi complètement que son corps avait roulé dans les flots.

Je ne pus m'empêcher de me demander si j'aurais pu la sauver, elle, et d'autres que Vicki avait amenées à cet endroit, si j'étais restée flic.

Je me rappelai le matin où j'avais décidé de quitter le LAPD. J'étais à mon bureau depuis à peine quelques minutes lorsqu'un appel m'était arrivé.

— C'est un truc de famille, Sloan, m'avait dit gravement la dispatcheuse.

Les « trucs de famille » m'affectaient toujours, surtout les disputes les plus cruelles, celles qui virent au drame et se terminent dans le sang.

— Épouse et deux enfants, avait-elle ajouté. Sepulveda Boulevard.

J'avais reconnu la maison à l'instant même où nous nous garions devant. Alors que j'étais encore flic en tenue, j'y avais été appelée plusieurs fois. Toujours par des voisins qui entendaient crier une femme et pleurer des enfants.

Il y avait des voitures de patrouille partout, en plus de plusieurs ambulances qui attendaient d'emporter les corps. Trois au total. Une femme face sur le sol de la cuisine. Une fillette d'environ neuf ans sur le canapé du salon. Et une autre, de deux ans plus jeune, dans l'entrée. La femme et l'une des filles avaient été abattues d'une balle dans la nuque. L'autre fille, l'aînée, en avait reçu une dans la gorge et une autre dans la poitrine.

— Je suis déjà venue ici plusieurs fois, avais-je dit à l'un des inspecteurs. Il s'appelle bien Bennett, non ?

— C'est ça. Il est dans le jardin de derrière.

Bennett était entouré par plusieurs flics, certains en tenue, d'autres en civil. Il était menotté dans le dos. Habillé d'un pantalon noir et d'un tee-shirt sans manches blanc. Visage rouge et yeux aqueux.

Dès qu'il m'avait vue, il avait eu une lueur dans le regard – il me reconnaissait.

— Annie a vu ce qui allait lui arriver, avait-il lancé à aucun flic en particulier. Les autres, ç'a été dans le dos. Z'ont jamais su ce qui leur arrivait. Mais Annie, elle, m'a vu avec le fusil et elle est juste restée là, sans bouger. Comme si elle comprenait pas. Que peut-être c'était une blague. Que ça pouvait pas être vrai.

Puis il regarda autour de lui d'un air dubitatif.

— Elle bougeait pas. « Papa ? qu'elle a dit. Papa ? »

Il avait continué de délirer, parfois en s'arrêtant pour pleurer un peu. Alors qu'il parlait, je m'étais rappelée les fois où j'étais venue. La femme qui se faisait toute petite. La terreur sur le visage des fillettes qui s'accrochaient à ses jambes. Je savais l'univers dans lequel elles s'étaient tapies.

Puis le discours de Bennett avait viré à l'auto-apitoiement.

C'était toujours la même histoire. Je l'avais entendue des centaines de fois.

C'est qu'il subissait beaucoup de pressions, le pauvre petit.

Et sa femme n'arrêtait pas de se plaindre et les filles de se bagarrer.

Jusqu'où un homme était-il censé supporter ça ?

Craquer, ça arrive à tout le monde, non ?

Ça m'avait révoltée.

J'avais eu envie de le mettre à genoux et qu'il me supplie de le laisser vivre : *Parce que c'est ça qu'on ressent quand on est terrorisé.*

Mais tout disait : *S'en tenir au règlement.*

J'étais revenue dans la maison, m'étais arrêtée dans l'entrée et avais essayé de me reprendre. Je sentais quelque chose craquer en moi, j'étais comme une maison secouée par le vent, où des petits bouts de choses se détachent, s'envolent. Il fallait que je les récupère.

Pour l'amour du ciel, calme-toi, m'étais-je dit.

C'est alors que j'avais su que je devais lâcher ce travail.

Et maintenant, je sentais mon ancienne carrière me rappeler à l'ordre.

J'eus envie d'humilier Vicki Page et, prise de ce besoin, je songeai à tous les moments où mon père avait dû éprouver la même chose. C'était ça que la dénonciation de ma mère et plus tard son suicide avaient fini par lui faire : lui voler sa vocation, le séparer de tout le bien qu'il aurait pu faire.

Alors, le ressentiment que j'éprouvais pour ma mère s'empara de moi.

Je tremblai presque du besoin féroce de la faire payer.

Mais elle était hors de portée. À sa place, ce fut Claire Fontaine qui se présenta dans mon viseur. Ce fut comme si les deux femmes s'étaient fondues en une, étaient devenues inséparables.

Je compris que la première stratégie dont j'avais usé pour la faire taire avait échoué. Destiny ne m'avait trouvé rien d'utile contre elle.

En rentrant à L.A. avec elle assise en silence à côté de moi, je cherchai un plan qui arrêterait Claire une bonne fois pour toutes.

Destiny n'ayant rien trouvé sur elle, la nouvelle stratégie ne pouvait se fonder sur quelque aspect honteux de son passé à faire remonter au grand jour.

Le nouveau dispositif devait être absolument inattendu.

Il fallait que je réfléchisse hors du cadre de pensée habituel des mangeurs de péchés, que je trouve quelque chose d'audacieux, malin et totalement imprévu, un revirement qui la surprendrait complètement, qui changerait toute notion qu'elle aurait pu avoir de ce qui se passait vraiment et dans le même temps qui l'amène encore plus fermement sous mon contrôle.

Lorsque enfin je fus de nouveau à Los Angeles, j'avais trouvé.

CLAIRE

CHAPITRE 3

J'arrive juste à la maison de mon premier élève lorsque mon téléphone sonne.

C'est Ray.

Je ne décroche pas.

Quelques secondes plus tard un texto me parvient.

Claire ? Ai essayé de vous appeler. Tout va bien ?

Non, rien ne va bien.

Pourquoi Ray voudrait-il m'engager sous un prétexte aussi fallacieux ? Il n'a pas besoin d'un professeur de français. À quoi joue-t-il ?

Jouer.

Jusqu'à ce mot qui suggère quelque chose de caché.

Je me dis que ça n'a rien à voir avec Simon.

Pour ce que j'en sais, Simon n'a rien fait suite à ma rencontre avec Charlotte.

Mais il n'en restera pas là.

Je le sais.

Ce n'est qu'une question de temps.

***

J'arrive chez Margot un peu après dix heures du matin.

Dès qu'elle ouvre la porte, je sais que quelque chose ne va pas. Elle sort de la lumière, tête inclinée. Lorsqu'elle la relève, je vois qu'elle s'est mis une grosse quantité de maquillage, particulièrement autour des bleus déjà violacés qu'elle a à l'œil droit et sur deux lignes longues et barbouillées autour de la gorge.

— Je ne voulais pas annuler, dit-elle.

Elle referme la porte et m'accompagne à la salle à manger, où elle a déjà placé du matériel pour la leçon.

Je m'assieds en face d'elle et fais semblant de ne pas voir les signes évidents de la raclée qu'elle a reçue. Elle a la lèvre inférieure ouverte et enflée, et une balafre rouge et en dents de scie lui court de l'œil droit jusqu'à la naissance des cheveux sur un côté de la tête.

— Vous êtes prête à démarrer ? demandé-je.

— Oui.

Je commence par quelques questions toutes simples qui l'obligent à pratiquer les trois temps qu'elle est en train d'apprendre.

Elle répond en gardant les yeux baissés et tout doucement. Elle ne dit rien de ses bleus. Je n'en parle pas non plus.

Je ne suis que sa prof de français, après tout, pas sa gardienne. Et elle ne m'a indiqué en rien qu'elle voudrait de l'aide. Je la soupçonne de s'être fixée dans l'idée que Dieu sait comment, quelque chose finira par changer, ce que moi, je ne pense pas.

J'ordonne la leçon d'une manière qui, je l'espère, tiendra compte de sa situation. En français, je lui demande ce qu'elle fera lundi.

Elle me répond qu'elle préparera le dîner.

Je lui demande ce qu'elle fera en hiver.

Elle me répond qu'elle achètera des vêtements chauds.

Je lui demande de me parler de son avenir en espérant que cela la secouera au point d'envisager sérieusement la question.

Elle me parle en termes très généraux d'avoir des enfants, de partir en vacances, de vieillir, toutes réponses qui ne laissent en rien entendre comment la violence qu'elle subit contredit profondément l'avenir idyllique qui n'est que dans sa tête.

À la fin du cours, je lui tends de nouvelles feuilles de vocabulaire.

Elle m'accompagne à la porte.

— Merci, me dit-elle.

J'ai envie d'intervenir. Je voudrais lui dire qu'elle peut m'appeler, que je l'aiderai si elle a besoin de moi.

Au lieu de quoi, je la regarde se ratatiner dans la maison et en refermer la porte.

***

Je n'arrête pas de penser à elle en me rendant chez mon élève suivant. J'aurais dû lui faire savoir que j'avais conscience de sa situation, peut-être chercher un numéro d'appel d'urgence à lui donner.

Mon téléphone sonne.

C'est Julie Cooper.

— J'ai quelque chose à vous dire, Claire. Je ne suis ni ce que vous pensez, ni celle que vous croyez.

Le ton est forcé quoique tendre, celui de la confession.

— Je ne m'appelle pas Julie Cooper.

La voix est grave.

— Je ne suis pas écrivain.

Dit avec un rien de honte.

— Je travaille pour Simon.

Je suis stupéfaite. J'arrive à peine à respirer.

— Je m'appelle Sloan Wilson.

SLOAN

CHAPITRE 4

Ce n'est pas la solitude qui détruit les êtres humains.

C'est la confiance brisée.

Ils peuvent gérer la solitude, les rêves en morceaux, toutes manières d'échecs du moment qu'ils ne se sentent pas complètement trahis.

Je pariais que se sentant trompée, à tout le moins pas crue, et par à peu près tout le monde, Claire pourrait voir en moi la seule alliée qui lui restait.

Elle garda le silence après que je lui eus dit mon nom.

J'attendis quelques secondes avant d'ajouter :

— Le jour où vous m'avez amené Destiny, vous m'avez demandé s'il m'arrivait d'avoir le pressentiment de quelque chose. Comme ça se trouve, j'en avais un sur Simon. J'ai donc étudié vos archives officielles. Et ce que vous avez dit de lui il y a cinq ans.

Je marquai le genre de pause qui laisse l'interlocuteur dans l'anticipation ravie de la suite.

— Et le truc, c'est que… je vous crois, Claire.

Et de marquer une nouvelle pause avant l'ultime révélation.

— C'est pour vous que je travaille, maintenant.

Lâché comme si nous étions des sœurs d'armes, deux guerrières dressées contre le diabolique Simon.

Et poussée finale, j'y ajoutai l'intrépidité et la détermination qu'elle voudrait chez une alliée.

— Ensemble, lui dis-je d'un ton si inébranlable et inflexible qu'elle ne pouvait absolument pas douter de ma résolution.

J'attendis qu'elle me réponde, mais elle ne le fit pas. Raison pour laquelle je répétai :

— Ensemble.

Encore une fois, et des plus vigoureusement.

— Ensemble, Claire.

***

J'appelai Simon une heure plus tard.

— C'est Sloan, dis-je lorsqu'il décrocha. J'aimerais vous parler.

Il entendit la gravité dans ma voix.

— En face-à-face, j'imagine ?

— Oui.

— OK. On dit au Grove ? Bar Verde. Dans le patio. Je peux vous y retrouver dans une heure.

Il arriva vêtu d'un costume sombre.

— Que se passe-t-il ? demanda-t-il en s'asseyant.

Je lui répondis que j'avais renversé les rôles. Qu'à présent, elle croyait que j'étais passée de son côté, stratégie qui allait me permettre de la surveiller de plus près et me donner plus de pouvoir sur ce qu'elle pensait ou faisait.

Il fut très clairement troublé par ce changement de tactique.

— Faites attention, me dit-il. Elle peut être très persuasive.

Il parut saisi du besoin de s'expliquer encore une fois.

— Imaginez un peu. Vous êtes assis dans la cabine d'un bateau. Soudain votre femme arrive et vous dit que votre belle-fille vous a accusé d'être un sale type. Ça m'a horrifié. Tout ce que je pouvais faire était de nier. Comment aurais-je pu prouver que je n'avais jamais touché ou même seulement regardé Melody d'une manière inappropriée? Je suis sûr que vous comprenez ce que je veux dire, vu ce qu'a vécu votre père. Accuser suffit. Je supporte à peine de me rappeler cette scène, dit-il en hochant la tête.

Sa douleur céda la place à une profonde tristesse.

— J'aimais beaucoup Melody, reprit-il. Elle était comme ma propre fille.

— Qu'avez-vous dit à Claire lorsqu'elle vous a affronté ce soir-là?

Une impression de futilité s'empara de lui. On aurait dit un homme qui défend seul une forteresse assiégée de toutes parts.

— Je lui ai dit que ce n'était pas vrai, et qu'elle était folle de le croire. Melody était une adolescente. Elle avait... les « hormones déchaînées ». Ce n'est pas comme ça qu'on dit? Qui sait ce qu'elle était capable d'inventer!

Il marqua une légère pause avant d'ajouter:

— Claire m'a écouté, puis elle a fait demi-tour et a quitté la cabine. Je l'ai vue passer plusieurs fois devant le hublot. Elle cherchait partout, mais Melody était déjà montée dans le dinghy. (Il avait l'air aussi complètement tourmenté que Claire par la mort de Melody qui s'en était suivie.) Il était trop tard.

Il m'avait craché tout ça spontanément.

Il semblait épuisé.

— Bref, reprit-il, faites attention avec elle. Elle peut être très... manipulatrice. Quand elle vous dira des trucs, vous pourriez être tentée de la croire.

— Rien n'y parviendrait, l'assurai-je.

— Bien, dit-il. Je suis heureux de l'entendre.

Il me regarda d'un air plein de sous-entendus.

— Je suis sûr que vous ne m'avez pas fait venir ici pour me dire que vous faisiez amie-amie avec Claire. Vous auriez pu me dire ça au téléphone.

— Vous avez raison. Il y a autre chose, répondis-je. Je vais l'attirer dans un complot.

Il fut intrigué.

— Vraiment ? De quel genre ?

— Pour meurtre.

Il rit en pensant que c'était une plaisanterie.

Lorsque je restai d'un sérieux de marbre, il me demanda :

— Et qui va-t-elle tuer ?

— Vous.

Il me regarda, mal à l'aise.

— Si j'arrive à l'enregistrer en train de détailler un plan d'assassinat par tueur à gages, on aura quelque chose à utiliser contre elle, expliquai-je. Il n'y a pas besoin de beaucoup. Aucune somme d'argent n'a à changer de mains. Ce sera juste quelque chose qui nous permettra d'obtenir une ordonnance restrictive à son encontre. Du genre de celles que si jamais elle l'enfreignait, elle pourrait être arrêtée aussitôt et expédiée en prison. Vu ce qui lui est arrivé la dernière fois, cette possibilité devrait attirer son attention.

Il sourit.

— Ce n'est pas un complot pour me tuer, s'exclama-t-il avec désinvolture.

— Non, c'est seulement une tactique pour la faire taire. Personne d'autre ne sera impliqué. Seulement elle et moi. Deux voix sur écoute. Si j'arrive à la faire discuter de meurtre, j'aurai un pistolet sur sa tempe. Et alors, ou elle la ferme ou elle finit par avoir de sérieux problèmes. Et c'est tout ce que vous voulez, n'est-ce pas ? Qu'elle la ferme ?

Il acquiesça d'un signe de tête.

— Oui, dit-il, c'est tout ce que je veux. Que Claire ne… ne parle plus.

Je m'attendais à ce qu'il pousse un peu pour savoir ce que j'avais en tête, mais au lieu de cela, il appela le garçon et commanda deux verres de champagne.

— C'est que nous avons quelque chose à fêter ! dit-il.

Et il sortit une photo de la poche de sa veste de costume.

— Car voici la récompense : la bourse Monroe Wilson !

Sur le cliché, il tenait un grand dessin. Une maquette de la statuette en cuivre jaune représentant mon père en tenue. Il se tient bien droit et a l'air fier. Exactement le souvenir que j'ai de lui.

— On pourra donner cette statuette avec la bourse, reprit-il. Le récipiendaire la gardera toujours avec lui. Comme un oscar.

Je fus heureuse de voir avec quelle force la figure de mon père me rappelait des souvenirs.

— Vous pouvez prendre la photo, dit-il.

Le champagne arrivé, il leva son verre.

— À votre père.

Après que nous eûmes bu, il porta un autre toast, celui-là presque saugrenu :

— Et à notre réussite pour nous débarrasser de Claire !

Quelques minutes plus tard, nous repartions chacun de notre côté.

Une fois de retour à ma voiture, je posai la photo sur le siège passager et de temps en temps en rentrant à la maison, y jetai des coups d'œil en ayant presque l'impression que mon père m'était revenu, qu'il était là à rouler avec moi, comme si nous étions des coéquipiers en plein travail.

CLAIRE

CHAPITRE 5

Le lendemain matin, je me repasse ma conversation avec Sloan. La force de cette femme est comme de la terre ferme sous mes pieds.

Solide.

Et qui me soutient.

Un espoir prudent me vient.

Je m'attends à ce qu'il se dissipe rapidement, mais il persiste toute la journée durant. C'est presque comme si elle était à mes côtés, mon assistante dans le crime, disons.

***

Je suis au milieu de ma dernière leçon de la journée lorsque le téléphone sonne.

Normalement, je ne réponds pas pendant un cours, mais l'écran me dit qu'il s'agit du Dr Aliabadi.

— Je vous prie de m'excuser, dis-je à mon élève, et je décroche.

— Votre père n'est pas au mieux, me dit-elle. Vous devriez venir à l'hôpital.

Elle ne me donne pas de détails sur son état, mais j'entends bien l'urgence dans sa voix.

— Bien, dis-je. J'arrive aussi vite que je peux.

J'arrête le cours et me précipite à l'hôpital. En gagnant la chambre de mon père, je vois le Dr Aliabadi près du poste des infirmières.

— Comment va-t-il ?

Elle hoche la tête.

— Nous ne pouvons pas faire plus, dit-elle. Son cœur est épuisé.

Mon père est éveillé quand j'entre dans sa chambre.

Dès qu'il me voit, il ferme les yeux. Je m'installe dans le fauteuil près de son lit.

Deux ou trois heures s'écoulent avant que je ne me relève et passe dans le couloir. Je tourne à droite et le descends. Certaines chambres ont la porte ouverte. J'entrevois des patients et leurs familles.

Soudain je la vois, elle. Margot.

Elle est allongée sur le dos. Elle a des pansements sur le côté de la tête et un bandage en travers du nez. Elle a les yeux noirs et ses lèvres sont si enflées qu'elles n'en ont plus l'air humain. Des tubes partent du respirateur jusqu'à sa bouche et son nez.

Je suis mortifiée.

Une infirmière s'approche, je me présente et lui dis que je suis professeur de français et que Margot est une de mes élèves.

— Elle va s'en sortir ?

— Je ne sais pas, répond-elle.

Je jette un coup d'œil dans la chambre et me demande si j'aurais pu empêcher ça en lui parlant. Mais je ne l'ai pas fait, et maintenant il est trop tard.

Trop tard.

Le leitmotiv de ma vie, son incessant refrain serait-il donc que… je ne peux pas me faire confiance pour faire ce qu'il faut ? Éprouver cela est dangereux. Il y a là une sape qui pourrait m'amener à l'effondrement, à la reddition.

Je me bats, me rappelé-je.

Mais j'ai besoin d'un allié.

J'appelle Ava, mais n'ai droit qu'à sa boîte vocale.

Je ne laisse pas de message parce que je sais que le ton de ma voix l'alarmerait.

Il vaut mieux ne rien dire.

Après Ava, j'envisage d'appeler Ray. Mais si je le fais, je donnerai l'impression d'être le stéréotype même de la femme impuissante qui a besoin d'un homme grand et fort.

Et je ne cherche pas un chevalier avec son armure qui brille.

C'est un ami que je cherche.

Je pense à Sloan.

À notre dernière conversation.

Au dernier mot qu'elle m'a dit : *Ensemble.*

Je compose son numéro. Elle décroche, je lui dis :

— J'espère que ça ne vous embête pas que je vous appelle.

— Bien sûr que non, m'assure-t-elle. Qu'est-ce qu'il y a ? Vous semblez… stressée.

— J'ai laissé tomber quelqu'un.

— Qui ?

— Une de mes étudiantes. Je l'ai laissée tomber.

— Que s'est-il passé, Claire ?

— Je n'ai pas été là quand il fallait.

— Comment ça ?

— Je savais que son mari l'avait frappée et j'aurais dû…

— Où êtes-vous, Claire ?

— À l'hôpital de Marina Del Rey.

— Retrouvez-moi à la cafétéria. J'arrive.

J'arrive. La voix est forte, et sa réaction immédiate.

Certains amis sont comme de vrais secouristes. Quand on les appelle en urgence, ils viennent aussi vite qu'ils peuvent.

SLOAN

CHAPITRE 6

Jamais encore Claire ne m'avait paru dans une telle détresse. Elle était en pleine crise. Elle n'avait pas agi à temps et résultat, quelqu'un en avait souffert. C'était tout ce que je savais, mais cela suffisait.

Ce qu'elle avait fait ou échoué à faire m'importait peu. L'important était que cela l'avait tellement bouleversée que cela m'offrait l'occasion idéale de mettre en route le plan que j'avais bâti pour l'incriminer.

Et pour tirer le meilleur profit de la situation, je rejoignis vite ma voiture et me dirigeai vers l'hôpital.

Elle était assise à la cafétéria lorsque j'y arrivai. Elle tripotait une tasse de café. Elle avait les nerfs à vif et ses yeux étaient pris d'une manière d'agitation incessante.

— J'aurais dû faire quelque chose, lança-t-elle.

— Dites-moi exactement ce qui s'est passé.

— Margot, une de mes élèves, est ici. Son mari l'a battue. Je savais que ça allait arriver, mais je n'ai rien fait. Et maintenant, elle…

Elle avait très clairement honte de ce qu'elle avait fait… ou échoué à faire. Elle était tout à la fois en colère et déçue d'elle-même.

Une amie lui aurait pris la main et aurait insisté que rien de tout cela n'était de sa faute. Mais je n'étais pas son amie. Je voulais qu'elle continue à s'attribuer ces coups, à s'accuser d'être faible, hésitante, et de toujours tout faire trop tard.

Pour cette raison, je gardai le silence tandis qu'elle me donnait tous les détails de l'affaire. Comment elle avait remarqué les bleus sur le visage de Margot et en avait tout de suite compris l'origine. À savoir le mari. Elle avait songé à affronter la situation, peut-être même à donner à Margot le numéro d'un service d'aide – au lieu de quoi elle n'avait rien fait, le résultat étant que son élève s'accrochait maintenant désespérément à la vie.

Je me contentai d'écouter parce que je savais qu'il valait mieux la laisser tremper dans son jus un moment. Lui offrir quelque soulagement aurait réduit la tension intérieure qu'elle éprouvait.

Dès qu'elle eut fini son récit, elle me lança :

— Je veux voir Margot.

Nous gagnâmes l'ascenseur et le quittâmes au quatrième étage. Je la suivis le long d'un couloir, puis dans une chambre où une femme était allongée, inconsciente. Elle donnait l'impression d'avoir eu un accident de voiture ou été sévèrement battue.

— C'est ça que j'ai laissé faire, reprit Claire.

Elle était au plus bas.

— Retournons à la cafète, lui dis-je.

Nous fîmes demi-tour et reprîmes l'ascenseur.

Une fois arrivées, je pris soin de la conduire à une table à l'autre bout de la salle.

Sans dire un mot.

Dès que nous eûmes pris nos sièges, elle croisa les mains devant elle.

— Et maintenant quoi ? lança-t-elle.

— Que voulez-vous dire ?

— Son mari sera-t-il arrêté ?

— Il l'est probablement déjà.

— Et il passera… quoi ? Deux ou trois nuits en cellule ?
— Ça dépend.
— De quoi ?
— Essentiellement de jusqu'où votre élève voudra l'accuser.
Elle hocha la tête.
— Si elle se remet avec lui, il recommencera, dit-elle en me jetant un regard de colère. Parce que c'est là-dessus qu'ils comptent, non ? Que nous allons nous convaincre que c'était juste cette fois-là. Que ça ne se reproduira jamais. Ils parient qu'on acceptera ce mensonge et savent qu'on ne les empêchera pas de recommencer.
Et moi, je me dis : *Maintenant.*
— On peut tous les en empêcher, lâchai-je comme si de rien n'était. Mais le faire peut avoir de graves conséquences.
Et comme si je ne faisais que lui décrire une expérience de routine, j'ajoutai :
— J'ai connu une femme qui avait tué son mari. Il la battait depuis des années. Elle a fini par prendre un couteau et lui a tranché la gorge pendant qu'il était allongé ivre mort sur le canapé du salon. Elle semblait croire que ce serait la fin de l'histoire. Mais ça ne l'a pas été. Il y avait eu meurtre, elle a écopé de quinze ans de prison. C'est ce qui pourrait arriver à Margot.
— En prison, elle y est déjà, me renvoya-t-elle d'un ton sinistre. Tous les jours. Rien que savoir que son mari est vivant et qu'il peut faire tout ce qu'il veut…
Je laissai passer quelques secondes avant de poser le collet que j'avais préparé.
— Tout homme peut être empêché d'avoir ce qu'il veut, lui fis-je remarquer. Mais ce ne devrait pas être la femme qui le fait. Pas l'épouse, je veux dire.
Elle me regarda d'un air interrogatif.
D'un ton indiquant que je savais plus que le prix à payer pour faire assassiner quelqu'un, je précisai :

— Il faut que ce soit quelqu'un d'autre. Quelqu'un qu'elle ne connaît pas. Un professionnel.

Elle eut comme un éclair dans les yeux.

— Un… « professionnel » ? répéta-t-elle.

— C'est ça.

Je pensai qu'elle allait mordre à l'hameçon, à tout le moins me poser d'autres questions, mais au lieu de ça elle respira d'un air crispé et se leva.

— Merci d'être venue, Sloan, dit-elle.

Je ne voulais pas qu'elle parte. Il y avait un risque qu'elle ne me rappelle pas.

— Voulez-vous qu'on aille autre part ? lui demandai-je. Boire un verre ?

Elle fit non de la tête.

— Mon père est ici, dit-elle. Il a eu une crise cardiaque. C'est pour ça que j'étais là. Sans ça, je n'aurais jamais su pour Margot.

— Je vois, dis-je calmement, et je laissai passer un temps. Écoutez, si votre père est toujours à l'hôpital, je pourrais vous retrouver ici demain. Juste pour parler.

Elle parut hésiter à accepter mon offre.

— C'est ce que font les amis, Claire, insistai-je.

— OK. Demain, répondit-elle avec un doux sourire.

En revenant à ma voiture, je fus frappée de constater que pendant que nous parlions de Margot, de son mari et des femmes qui laissent leur homme s'en sortir sans encombre, pas une fois elle n'avait mentionné Simon. Cela n'avait aucune importance. Son échec avec Margot lui avait certainement rappelé qu'elle n'avait pas réussi à sauver Melody et la possibilité qu'encore une fois, elle arrive trop tard pour arracher Emma aux griffes de l'horrible Simon Miller. Qu'elle continue à s'accuser de toutes ces déceptions qui la lacéraient et elle arriverait sûrement à la conclusion que le temps était venu d'agir.

La prochaine fois que je la vois, me dis-je, *je porte un micro.*

CLAIRE

CHAPITRE 7

Le lendemain matin, j'appelle l'hôpital. Mon père est plus stable. Il dort. On me fera savoir si son état empire. Je décide de ne pas annuler de leçons pour l'instant.

Pendant les quelques heures qui suivent, j'en donne une, puis une autre. Pratique du vocabulaire, conjugaison des verbes, et je revois des leçons préparées pour des dizaines d'étudiants au fil des ans.

Ma routine habituelle, mais plus rien n'est pareil.

Le corps brisé de Margot.

Mon inertie face à Simon.

J'ai vraiment peur de ce que je suis en train de penser, de jusqu'où je pourrais vraiment aller pour l'en empêcher.

Toutes ces idées me poussant à aller voir Emma, l'après-midi venue, je me gare en face de son école et attends la sortie des élèves. Enfin, les adolescentes déferlent dans la rue par la grande porte. Elles se dispersent après l'avoir franchie et se précipitent pour rejoindre la voiture des parents qui attendent.

Emma est au milieu d'un petit groupe de filles. Jupe grise et polo blanc, elles portent toutes le même uniforme soigné. Elle est blonde et la lumière vive de Los Angeles met de l'or dans ses cheveux. Elle rit et rejette la tête en arrière. Le monde lui appartient, comme jadis il appartenait à Melody.

Cette vision me ravit jusqu'à ce que je découvre Simon.

Il est debout à côté de sa voiture et lui fait signe de venir lorsqu'elle quitte le périmètre de l'école.

Il a le sourire chaud et accueillant, comme toujours.

Dès qu'elle le repère, Emma dit vite au revoir à ses copines et court vers lui, souriante et confiante.

D'autres verraient une jeune fille heureuse qui court vers son père adoré.

Je ne vois, moi, que la prochaine victime de Simon.

***

M. Cohen est assis dans son jardin lorsque j'entre dans mon allée après ma journée de travail.

Il me fait signe.

Je n'ai envie de parler à personne, mais il est seul, je le rejoins.

— Comment va ton père ? me demande-t-il avec un rien d'inquiétude.

— Toujours à l'hôpital.

— Il va rentrer chez lui bientôt ?

— Je ne sais pas.

Je remarque le livre posé sur ses genoux. Une biographie de Jeanne d'Arc.

— Une femme courageuse, dit-il.

Mon indifférence pour le courage de cette femme me surprend et me trouble. Je me rends compte que je ne suis plus capable de m'intéresser à autre chose qu'à ce que je prévois de faire. Le monde s'est réduit au maigre espace qui me sépare de Simon. Je suis incapable de penser à autre chose. Simon est la prison horriblement surchauffée d'où je ne puis sortir. Même en plein air, je me sens piégée.

— Transmets-lui mes amitiés, ajoute M. Cohen.

— Ce sera fait.

J'entre dans mon bureau. Je ne me sens pas de préparer des cours. Je m'assieds et laisse vagabonder mon regard.

Pour finir, mon attention se fixe sur un des tableaux que j'ai accrochés au mur d'en face. Il s'agit du célèbre trompe-l'œil de Pere Borrell del Caso où l'on voit un jeune garçon tenter de sortir de la toile. Il s'intitule *Fuyant la critique* et j'ai toujours trouvé cette œuvre aussi baroque qu'exaltante.

Là, elle me fait l'effet d'un sarcasme.

D'un mensonge cruel.

Car il n'y a pas de fuite possible.

Absolument aucune.

SLOAN

CHAPITRE 8

Comme nous étions convenues la veille au soir, Claire m'attendait à la même table de la cafétéria de l'hôpital.

Quelques minutes plus tôt, j'avais, moi, préparé un enregistreur à commande vocale. L'époque où l'on en portait de dangereusement encombrants est depuis longtemps révolue. De la taille d'un bouton de chemise, le mien était facilement dissimulé par le revers de ma veste.

Je repérai Claire à l'autre bout de la salle et vis qu'elle était dans le même état de tension explosive.

— Aujourd'hui, je suis passée à l'école d'Emma, me dit-elle nerveusement quand je pris place en face d'elle. Simon était venu la chercher.

Elle respira à fond avant d'ajouter :

— Je ne peux pas le laisser recommencer.

Et sans que je le lui demande, elle se lança dans le récit de la nuit où Melody avait perdu la vie. Il pleuvait et la mer était forte.

Claire se trouvait sur le pont du bateau et se dirigeait vers la cabine qu'elle partageait avec Simon lorsqu'elle avait vu Melody debout au bastingage.

— Elle avait l'air malade. Je me suis dit que c'était peut-être le roulis. Je lui ai demandé si ça allait, elle ne m'a pas répondu tout de suite, mais pour finir elle a dit : « Non, maman, ça ne va pas. »

Et de me regarder d'un air dur.

— Elle m'a dit que Simon était attiré par elle. Et que cela ne se réduisait pas à des petits coups d'œil. Quand il la serrait dans ses bras, c'était trop fort, et trop longuement. La façon dont il la regardait la hérissait. Et un jour il est venu derrière elle, s'est pressé contre elle et elle… elle l'a senti.

Elle hocha la tête.

— Elle m'a dit tout ça et vous savez ce que moi, je lui ai dit ? Je lui ai dit que je ne la croyais pas. Après, j'ai gagné la cabine et j'ai rapporté à Simon ce que Melody m'avait dit. Il m'a regardée comme si j'étais folle de croire quoi que ce soit qu'elle me dise. Il était la victime innocente d'une accusation mensongère. Melody traversait une phase, c'était aussi simple que ça.

Et elle me regarda sans un grain de doute sur la vérité de ce qu'elle allait ajouter :

— Mais le menteur, c'était lui, pas Melody. Et il serait allé plus loin. En tout cas, il aurait essayé. Il l'aurait séduite s'il l'avait pu parce qu'il n'est pas impossible qu'il ait déjà fait ça avant à une autre fille. Et je sais qu'il recommencera. Parce que c'est ça qu'il est : un violeur d'enfants.

À son expression et au timbre mélancolique de sa voix, il était clair que ses délires l'avaient emportée. Produit de leur sinistre complot, c'était leur fausseté même qui la façonnait.

— Il recommencera, répéta-t-elle. À moins que je l'en empêche.

Elle prit une gorgée du café qu'elle sirotait déjà lorsque je l'avais rejointe à sa table. Elle avait les yeux rouges et aqueux. Elle était complètement épuisée, le dos au mur.

— Finalement, je pense que ça se réduit à savoir jusqu'où on est prêt à aller, dis-je.

Elle fit oui de la tête.

Elle était quasiment sur le fil du rasoir. Encore quelques mots dans ce sens et j'allais l'avoir sur bande en train de planifier le meurtre de Simon Miller par un tueur à gages. *Allez, Claire*, me dis-je. *Encore quelques pas dans cette voie.*

Je la regardai patiemment tandis qu'elle tournait et retournait des choses dans sa tête. Il fallait qu'elle fasse le dernier pas. Mais elle ne le fit pas.

Au lieu de cela, elle releva la tête, presque fièrement, tel le soldat qui retourne au combat.

— Il faut que je remonte à la chambre de mon père, dit-elle.

La veille au soir, elle avait esquivé toute discussion sur le sujet et par les mêmes moyens, mais j'étais, moi, trop près de mettre mon plan à exécution pour la laisser filer.

— Je vous accompagne.

Nous nous levâmes et deux ou trois minutes plus tard, nous entrions dans la chambre de son père. Elle s'approcha de son lit.

Elle était infiniment triste.

L'espace d'un instant, elle regarda le vieil homme sans rien dire. Puis elle se tourna vite vers moi, presque violemment.

— Que pensez-vous de moi, Sloan ? demanda-t-elle.

J'étais sur le point de l'assurer de mon respect. De lui répondre que je sympathisais. Parce que si ça marchait, elle me ferait suffisamment confiance pour discuter du meurtre de Simon.

Mais un médecin ouvrit la porte de la pièce.

— Vous avez une minute, madame Fontaine ?

Claire la suivit dans le couloir et me laissa seule avec le vieillard.

Il était couché sur le dos. Il avait les yeux fermés, mais il y avait du mouvement, beaucoup de mouvement, sous ses paupières. Ça bougeait vite, comme quelqu'un qui cherche une sortie. Quelques secondes plus tard, il ouvrit les yeux et respira un petit coup.

— Ah! lança-t-il fort en haletant comme quelqu'un qui reprend son souffle.

Il avait les yeux en feu.

Je m'approchai du lit.

Il tendit les bras vers moi, ses doigts cherchant à attraper. Je lui donnai ma main. Il m'agrippa brutalement le poignet. Je me tournai vers la porte en espérant voir Claire la franchir. Elle ne le fit pas, je me concentrai sur lui.

— Je suis là, lui dis-je.

Dès qu'il entendit ma voix, quelque chose se fit de glace en lui, comme s'il se calait pour me porter un coup fatal.

— Toi, gronda-t-il. Toi…

Et il me secoua violemment le bras, ses doigts se refermant sur mon poignet comme un anneau d'acier.

— Toi…

Il me tirait fort, vicieusement vers le bas comme si j'étais au-dessus de lui et qu'il était bien décidé à me faire lâcher ce à quoi je me raccrochais.

— Espèce… de salope!

Dans l'instant, je me rappelai Simon me racontant l'histoire de ce qui était arrivé à Claire enfant. Il m'avait présenté la chose sous la forme d'un mensonge, d'un énième de ses délires. Maintenant, je savais la terrible vérité. Le père de Claire n'avait jamais cessé de vouloir la mort de sa fille.

Je me dégageai et m'écartai du lit.

Il tendit désespérément le bras vers moi, chaque tentative qu'il faisait plus faible que la précédente jusqu'à ce qu'enfin son bras retombe à son côté.

Je battis en retraite jusqu'à la fenêtre. J'y étais encore lorsque Claire revint dans la pièce.

Elle vit immédiatement l'angoisse dans mes yeux.

— Ça va? me demanda-t-elle.

— Oui, répondis-je, ça va.

Mais ça n'allait pas. Parce que je sentais toujours la main comme d'acier de son père, et ses doigts telles des dents autour de mon poignet. Même aux portes de la mort, il attrapait les chevilles de sa fille et la tirait du bateau dans les profondeurs de l'eau.

Une vague d'horreur me submergea. Il fallait que je sorte de la pièce.

— Je vais vous laisser, dis-je à Claire.

— Merci d'être venue, me renvoya-t-elle avec un sourire.

Tandis que je regagnais la porte, elle se tourna vers son père et tenta de lui tendre la main pour le réconforter. Je pensais qu'elle allait le toucher avec tendresse, mais alors qu'elle s'approchait de lui, sa main se mit à trembler et continua de le faire jusqu'à ce qu'elle la retire et la plonge dans la poche de sa robe.

CHAPITRE 9

De retour chez moi, je me versai un verre et m'assis sur le canapé du salon.

Je sentais toujours la poigne meurtrière du vieil homme.

Combien d'années Claire avait-elle vécues dans la crainte de son père, son enfance en étant tellement marquée par la peur que même adulte, il la terrifiait encore?

J'en étais à mon deuxième verre lorsque le téléphone sonna. C'était Destiny.

— Je peux vous parler? demanda-t-elle. S'il vous plaît, on pourrait se voir?

Elle était très agitée, et quand ils sont tendus, les gens sont enclins à faire des choses dangereuses et imprévisibles. Je décidai de la calmer.

— OK, je vous retrouve à l'endroit habituel.

Une heure plus tard, je me garais dans le parking du 24/7. Elle sortit du restaurant et marcha droit sur ma voiture. Elle avait l'air secouée, éperdue.

— Faut que je vous parle, dit-elle, puis elle saisit la photo que m'avait donnée Simon, la posa sur le tableau de bord et se tassa sur le siège passager.

— C'est quoi, tout ça? demandai-je après qu'elle eut fermé la portière.

— J'ai peur de Vicki, répondit-elle. Je sais qu'elle me tuera si elle découvre que je vous ai parlé. Elle déteste les balances. Elle fait de grands discours sur la haine qu'elle en a.

Elle était effrayée à en perdre la tête.

— Je vous en prie, promettez-moi de pas le dire à Vicki.

— Pour le moment, elle est en prison, répondis-je. Elle a poignardé une autre femme.

— Elle l'a tuée? me demanda-t-elle d'un ton qui semblait presque plein d'espoir, comme si cela répondait à ses prières.

— Non, il n'y a que des blessures superficielles.

— Alors tôt ou tard, elle va sortir.

— Exact.

— Je peux pas laisser faire ça.

— Que voulez-vous dire?

— Faut que je m'assure qu'elle reste en taule.

— Comment pourriez-vous y arriver?

— Je pourrais m'assurer qu'elle soit accusée d'autre chose.

— Comme quoi?

— Genre peut-être… qu'elle fournissait des mineures. Genre trafic sexuel. Je pourrais le dire aux flics. Et si je le faisais, peut-être que… comme témoin, je pourrais… vous savez bien… m'en tirer?

— C'est possible, oui. Mais il vaudrait mieux ne pas se tromper, Destiny.

— Ça veut dire quoi?

— Qu'il vaudrait mieux avoir des preuves solides. Quelque chose d'assez costaud pour pouvoir conclure un marché avec le district attorney.

Je vis qu'elle tournait ça dans sa tête. Pour finir, elle me lança:

— Des preuves, j'en ai assez.

— Parce que vous étiez impliquée?

— Un peu, oui, mais c'était Vicki qui dirigeait. J'étais qu'une…

— Qu'une quoi ?
— Genre… une assistante ?
L'histoire qu'elle me relata pendant les minutes qui suivirent était sale, même pour Los Angeles. La maison dans le désert était un endroit où Vicki retrouvait régulièrement ses divers clients. Ç'avait été un bordel de fortune pendant des années. Récemment, la clientèle s'était faite plus spécialisée – avec un goût prononcé pour les mineures. Souvent des étrangères qui ne parlaient pas anglais. Elles étaient amenées à la maison, violées, puis rendues à leurs gardiens. D'autres étaient du coin, ramassées dans les rues, auxquelles on les renvoyait.
— Les filles changeaient sans arrêt, reprit Destiny. Il y en avait qui n'y allaient qu'une fois.
Elle pensait aussi que certaines faisaient la route enfermées dans des vans allant de ville en ville. Ç'aurait pu continuer sans arrêt, mais la fille dans l'eau compliquant les choses, Vicki avait mis fin à l'opération.
— Peut-être que ça reprendra quand ça se sera calmé, ajouta-t-elle. Mais j'aurai rien à y voir, je le jure.
Cette nouvelle vertu qu'elle se découvrait ne m'intéressait pas.
— Continuez.
Elle s'exécuta, dévoilant plus de détails sur la manière dont les choses se passaient à ce qu'elle appela soudain « Lolitaville ».
— On y allait avec quelques filles, reprit-elle. Une fois qu'on y était, Vicki emmenait la première dans la maison.
— Et vous, où étiez-vous ?
— Je restais dans le van avec les autres, pour les surveiller. Comme une gardienne, on pourrait dire. Mais je les frappais pas. J'en ai jamais frappé.
À ses yeux, cela prouvait clairement qu'elle était bien.
— En fait, y avait même pas besoin. Parce que dès qu'elles étaient dans le van, elles pouvaient plus vraiment se battre.
— Pourquoi ?

— Parce que avant qu'on parte de L.A., Vicki les droguait. Pas avec du lourd. Vicki voulait pas en faire des zombies. Elle voulait seulement qu'elles soient faciles à gérer. Qu'elles crient pas. Qu'elles pleurent pas. Qu'elles nous cognent pas ou essaient pas de s'enfuir. Mais il fallait qu'elles soient encore assez vives pour satisfaire le client. Non parce que, ç'aurait servi à quoi si elles avaient été que du poids mort ?

Une fois encore, je restai discrète, – comme si je ne faisais qu'évaluer la qualité de son témoignage.

— Rien de plus que de la drogue ? Elle ne se servait pas d'autre chose pour les contrôler ? demandai-je.

— Non, elle les menottait. Celles qu'elle laissait à l'intérieur, je veux dire. Alors, elle ressortait et venait chercher la suivante.

— Et vous, vous n'y êtes jamais entrée ?

Elle fit non de la tête.

— J'étais qu'une gardienne, moi.

À la façon dont elle avait dit ça, on aurait pu croire qu'elle assurait la sécurité dans un centre commercial.

— Après qu'on les avait fait toutes rentrer, des hommes se pointaient, poursuivit-elle. Ils choisissaient la fille qui leur plaisait, faisaient ce qu'ils voulaient avec, regagnaient leurs voitures et rentraient à Los Angeles ou ailleurs. (Elle sortit une cigarette et l'alluma.) Vicki avait conçu un emploi du temps vraiment strict. Dès qu'il se pointait, le mec était minuté. Vicki ne lui donnait pas une seconde de plus. Dès que le temps du mec était écoulé, c'était fini et il dégageait.

Elle claqua dans ses mains.

— Terminé, dehors… si vous voyez ce que je veux dire.

— Et les filles, qu'est-ce qui leur arrivait après ?

— Quand c'était fini, je les ramenais au van. Je leur parlais gentiment. Leur disais que tout allait bien. Et je leur donnais quelque chose à manger et à boire.

Elle semblait croire que cette simple obligeance faisait d'elle quelqu'un de meilleur.

— Combien de temps avez-vous fait ça ? lui demandai-je.

— Jusqu'au moment où la fille a été retrouvée dans l'eau. Là, j'ai compris que c'était Vicki qu'avait fait le coup et je me suis dit : « Faut plus avoir à faire quoi que ce soit avec elle. »

— Vicki a-t-elle eu à voir avec la mort de cette fille ?

Elle me regarda d'un air entendu.

— Elle pouvait tout faire. Et peindre cette image sur le mur près de McDuffy's où tout le monde pouvait la voir… ç'a pas dû lui plaire.

Elle haussa les épaules et précisa :

— Je suis pas en train de dire qu'elle l'a tuée. Ou l'a fait tuer. Mais avec Vicki, on sait jamais.

Lorsque je n'eus plus de questions à lui poser, elle tapa dans ses mains d'un air presque joueur.

— Ben, ça doit être tout, dit-elle. C'est tout ce que j'ai. Mais ça fait beaucoup, non ?

— Si, mais peut-être pas assez.

Elle fut surprise d'entendre ça.

— Ils vont vouloir des noms, Destiny, lui expliquai-je.

Elle réfléchit à cette exigence avant de prendre sa décision.

— Je devrais pouvoir leur en donner, dit-elle enfin en souriant nerveusement. Vous pourrez m'aider ? Vous devez connaître des gens.

— Je ferai de mon mieux, l'assurai-je.

Elle donna l'impression d'avoir enfin sorti la tête de la gueule du lion.

— Merci, dit-elle. Non parce que Vicki pourrait me tuer ou me faire tuer par une de ses brutes.

Elle sortit un paquet de cigarettes.

— Ça vous gêne si je… ? me demanda-t-elle légèrement comme si maintenant, nous étions deux vieilles copines en train de papoter.

— Non, allez-y.

Destiny en alluma une et se renversa en arrière. Elle n'était pas pressée de partir. Elle regarda au bout de la rue.

— Un jour, j'aimerais bien avoir une jolie petite maison, reprit-elle.

Elle était complètement à l'aise, presque comme si elle était chez elle dans ma voiture.

— Qu'est-ce qui vous est arrivé ? lui demandai-je.

— Comment ça ?

— Pour que vous terminiez à la rue. À travailler pour Vicki Page.

— Le truc habituel. La mère accro à la dope. Avec un petit copain qui s'intéressait plus à moi qu'à elle. J'ai compris que c'était le moment de foutre le camp, et je l'ai fait.

À tout point de vue, cela lui semblait une victoire suffisante – rien que pouvoir échapper à un type avant qu'il ne soit trop tard…

— Le truc, c'est que si je pouvais avoir une deuxième chance, je me tirerais de Los Angeles.

— Pour aller où ?

— Dans le Colorado, je pense.

— Pourquoi le Colorado ?

— Je sais pas. Le ciel est grand, là-bas.

Ses yeux papillonnèrent.

Elle cherchait un autre sujet de conversation. Paresseusement, d'une manière totalement désinvolte, elle tendit la main vers le tableau de bord où elle avait posé la photographie que Simon m'avait donnée la veille au soir.

— C'est quoi ?

Elle y jeta un bref coup d'œil, puis se figea, son regard fixé sur le cliché. À croire qu'elle venait de ramasser un serpent à sonnette.

Et comme pour cacher ce qui s'était passé dans sa tête, elle reposa la photo sur le tableau de bord.

— Qu'est-ce qu'il y a dans cette photo ? lui demandai-je.

— Non, rien, répondit-elle, et elle tira vite et nerveusement sur sa cigarette. Vous êtes déjà allée au Colorado ?

Le changement, je le reconnus, était de pure diversion. Elle ne voulait rien tant que changer de sujet, mais ce n'était pas au programme.

Je la regardai sévèrement.

— Qu'avez-vous vu sur cette photo, Destiny ?

— Rien, répéta-t-elle.

Je savais que ce n'était pas vrai.

— Ce n'est pas le moment de me mentir, l'avertis-je.

À nouveau, elle avait peur, et cherchait une sortie.

— Je peux pas, dit-elle. C'est comme je vous ai dit : Vicki me tuerait. (Elle était terrifiée.) Je peux pas, je peux pas !

Je lui indiquai la photo d'un geste du menton. Il n'y avait qu'un seul homme qu'elle pouvait y avoir reconnu. Je tapotai le visage souriant de Simon.

— Vous savez qui c'est ?

Elle fit non de la tête, mais je vis la vérité dans ses yeux.

— Vous l'avez déjà vu, pas vrai ?

Elle hésita brièvement, mais elle était coincée.

— Vous avez vu cet homme, répétai-je fermement.

Elle acquiesça d'un signe de tête.

— À la ferme ?

Elle acquiesça de nouveau.

— Oui, dit-elle.

Je pris le cliché sur le tableau de bord et la lui tins sous le nez.

— Vous êtes sûre ? exigeai-je de savoir.

Elle regarda la photo comme un témoin qui choisit un visage dans un tapissage.

— C'était lui.

Si c'était vrai, tout ce que Claire avait dit était exact. Toutes ses accusations.

Contre son père autrefois.

Contre Simon aujourd'hui.

Je jetai un coup d'œil au cliché qui avait arrêté Destiny.

Simon qui sourit.

Mon père droit dans son uniforme, l'air aussi ferme que ses convictions.

Qu'ils soient seulement sur la même photo me fit l'effet d'une obscénité.

L'idée même de la bourse au nom de mon père n'avait jamais été autre chose qu'un stratagème pour me rallier à sa cause. Et je m'étais laissée avoir.

Quelle sotte j'ai dû lui paraître. Rien de plus qu'une énième femme qui tombe dans son piège.

CLAIRE

CHAPITRE 10

Il est presque six heures lorsque j'arrive à la maison.

Je m'assieds dans le fauteuil de l'entrée et tente de digérer le fait que mon père est près de la fin.

Un Klaxon se fait entendre dehors. Un petit coup, comme pour convoquer quelqu'un. Puis un autre, et encore un autre. Toutes les cinq secondes. J'essaie d'ignorer, mais ça n'arrête pas. C'est dur. C'est rapide. Ça rend fou. C'est comme de recevoir des coups répétés dans l'oreille.

Je me lève, je gagne la fenêtre et je regarde dehors.

Et c'est lui.

Mehdi.

Assis dans sa voiture, à regarder fixement ma maison et sourire chaque fois qu'il appuie sur son Klaxon. Petit air supérieur sur la figure. Il s'imagine que je suis sans défense contre ce harcèlement mesquin.

Mais je ne le suis pas.

La rage me prend et me pousse jusqu'à mon bureau.

J'en déverrouille le tiroir.

Le pistolet de Max y repose, inerte, rassurant jusqu'à ce que je l'arrache à son long sommeil.

Mehdi écarquille grand les yeux lorsque je bondis dehors.

Tout de suite il voit le pistolet, se retourne et cherche à mettre le contact.

Mais je fonce sur lui comme portée par le vent.

Je suis à sa voiture, je lui appuie le canon de l'arme sur la tempe.

— Les mains sur le volant! lui ordonné-je.

Il pâlit aussitôt.

Dans mon regard glacial, il lit sa mort prochaine.

— Claire, c'était juste une blague... juste une blague. Je...

— *Les mains sur le volant!*

Ma voix déchire la lumière qui faiblit.

— *Maintenant!*

Il bredouille :

— Juste une blague, Claire... toutes ces mauvaises critiques! Je vais les enlever. C'est promis.

J'appuie fort le canon du pistolet sur le côté de sa tête.

— La ferme!

— Claire, s'il vous plaît, je...

— *La ferme!*

J'arme le chien.

Le clic métallique le frappe comme un électrochoc. Tout son corps se raidit, puis presque aussitôt devient mou.

— Je vous en prie, Claire.

Et il se met à geindre.

Je le regarde d'un œil égal.

— Ne reviens plus jamais ici.

J'ôte le pistolet de sa tête.

Il met vite le contact et file.

Alors qu'il s'en va, je sens tout le poids du pistolet dans ma main. Sa puissance me remonte dans le bras, jusqu'au cerveau.

Je regarde la voiture de Mehdi disparaître dans un virage au loin.

Il s'est évanoui dans la nature, je suis toute saisie de constater à quel point il est facile d'empêcher un homme de faire ce qu'il veut.

Il suffit d'en accepter les conséquences.

SLOAN

CHAPITRE 11

Je ne perdis pas de temps pour appeler Simon.

— J'ai appris deux ou trois trucs, lui dis-je lorsqu'il décrocha.

Et d'un ton lourd de sous-entendus, j'ajoutai :

— Sur Claire.

— Ah… ?

— On devrait aller faire un tour.

— Vous voulez dire… maintenant ? Ce soir ?

— Il ne faut plus attendre.

Il entendit l'avertissement dans ma voix et présuma que Claire était encore une fois à deux doigts de péter les plombs.

— Je vois, dit-il solennellement. OK, d'accord.

J'avais déjà choisi un endroit non loin de Palazzo et lui demandai de m'y retrouver.

Il y arriva quelques minutes plus tard, habillé pour un dîner relax à L.A. : polo Lacoste jaune et short bleu.

— Où va-t-on ? me demanda-t-il en montant dans ma voiture.

— On sort de L.A.

— Pourquoi ?

— Il faut qu'on soit prudents.

Il eut l'air heureux et semblait penser qu'enfin, j'en étais arrivée au point vers lequel il ne cessait de me pousser.

— Vous avez décidé de faire quelque chose, c'est ça ? Pour Claire.

J'acquiesçai d'un signe de tête.

Il garda le silence un instant pour réfléchir.

— Ce truc que vous avez dit à Claire, comme quoi vous connaissiez des gens qui… C'est vrai ? Vous en connaissez vraiment ?

Sa question ne me parut pas dans le seul droit fil de la conversation. Je le soupçonnai de se dire que tuer Claire était en train de devenir le plan B.

— Oui, lui répondis-je.

— Parlez d'un tour inattendu dans cette histoire ! lâcha-t-il d'une manière qui me laissa entendre combien cela l'amusait. Claire qui finit par terminer morte au lieu du diabolique Simon !

Il était maintenant parfaitement à l'aise avec moi.

— Êtes-vous jamais allé par là ? lui demandai-je en prenant la route qui conduisait à la ferme.

Il fit non de la tête.

Un instant plus tard, nous arrivions, les faisceaux jaunes de mes phares illuminant les fenêtres noires et la porte rouge de la bâtisse. Il examina l'endroit sans la moindre expression dans le regard.

— C'était un bordel, lançai-je.

Il haussa les épaules.

— Ah, les hommes ! Faut bien que jeunesse se passe !

— Ces filles-là étaient mineures.

Il garda le silence, imperturbable.

Je cherchai quelque chose qui me dirait qu'il connaissait l'endroit, qu'il en avait été un client régulier, mais il ne donnait aucun signe de l'avoir jamais fréquenté.

Dans le même temps, il ne demandait pas non plus pourquoi je l'avais emmené en plein désert et m'étais arrêtée dans ce lieu désolé.

Au lieu de ça, il y alla même d'une hypothèse :

— Vous préparez quelque chose, n'est-ce pas ? Et c'est pour ça qu'on est ici. Pour en discuter.

Et il rit.

— Ça, vous avez vraiment le nez pour le théâtral, Sloan ! reprit-il.

Il jeta un regard autour de lui.

— Très cinématographique, ce coin. Ça vous met dans l'ambiance, n'est-ce pas ?

Un petit garçon qui apprécie à quoi on joue.

— Entrons, dis-je.

Nous descendîmes de voiture et gagnâmes le bâtiment. Une petite brise courait à la surface du désert. Elle agitait doucement l'armoise et bruissait dans l'herbe sèche.

Une longe enfilade de marches conduisait à une grande véranda affaissée. Les craquements qu'on entendait sous nos pieds étaient comme d'infimes pleurs.

J'ouvris la porte et fis signe à Simon d'entrer dans la pièce de devant. Il gagna la fenêtre du fond, l'ouvrit et regarda dehors. Il n'y avait que du vide.

— C'est calme ici, dit-il. J'ai même envisagé d'acheter quelque chose dans le désert.

Il rejoignit le centre de la pièce et pivota lentement sur les talons. Jamais encore je n'avais vu un air aussi dur sur le visage de quiconque. Quelque chose avait changé, mais j'ignorais de quoi il s'agissait. Il semblait plus agressif et sûr de lui, l'homme sans arme qui tout d'un coup vient d'en attraper une.

— Vous seriez devenue chef de la police si vous étiez restée au LAPD, dit-il. Votre père n'y est pas arrivé, mais vous, vous y seriez parvenue.

Il se mit à tourner lentement autour de la salle, les mains dans le dos, parfaitement relax.

— Vous savez comment s'appelle cette maison ?

Il vit à quel point sa question me surprenait.

— Lolitaville, répondit-il d'un ton nostalgique, comme un type qui se rappelle le bon vieux temps. C'est drôle comme tout change, Sloan. Autrefois, l'âge du consentement pour les filles était de dix ans. Et ce n'est pas de consentement au mariage que je vous parle. Non, à la baise.

— Sauf que nous ne vivons pas autrefois, lui rappelai-je.

Il arrêta de tourner et me fit face.

— Ça fait des années que ça dure, dans cette maison. Parce que nous avions trouvé quelqu'un pour nous couvrir. Quelqu'un qui connaissait la chanson. Quelqu'un des forces de l'ordre.

Son regard se fit de glace.

— Quelqu'un qui avait de l'ambition, reprit-il. Qui voulait être chef de la police. (Il sourit.) Et des types comme ça, je suis sûr que vous en connaissez.

On y était. C'était pour ça qu'il était si sûr de lui.

— Mon père couvrait Lolitaville? C'est ça que vous êtes en train de me dire?

Le Simon poli, modeste et injustement accusé disparut comme un masque dont il n'avait plus besoin.

— Vous me prenez pour un con, Sloan? me renvoya-t-il d'un ton égal.

Il me regarda avec mépris.

— Vous croyez donc que je n'ai pas tout de suite compris dès que nous avons pris cette route?

Il ricana un rien. Pour lui, tout cela n'était qu'un jeu – et un jeu dont il connaissait bien les règles sur lesquelles il pouvait compter.

— Pourquoi croyez-vous que j'aie fait appel à vous ce jour-là? enchaîna-t-il. Pourquoi vous, entre tous les arrangeurs, nettoyeurs, mangeurs de péchés, appelez ça comme vous voudrez, qui travaillent à Los Angeles? Parce que je vous tenais. Parce que j'avais le moyen de vous contrôler.

Il était absolument certain d'être hors de portée de tout ce que j'aurais pu faire pour l'atteindre.

— Vous savez ce qui ne va pas chez vous, Sloan ? Vous êtes toujours la petite fille à son papa. Vous voulez que votre père soit une victime. Un homme victime de tous les mensonges qu'a inventés une salope complètement folle pour le détruire. Vous ne voulez pas que son image soit ternie par quoi que ce soit.

Il sourit.

— J'aurais tort ?

Lorsque je ne répondis pas, il partit à l'autre bout de la pièce et s'adossa au mur.

— Si je tombe, votre petit saint de père tombera lui aussi.

Il avait le regard froid et assuré, celui d'un homme qui sait où se cachent les secrets et comment les faire sortir au grand jour.

— Parce que tout ce que croyait votre mère sur son compte était vrai.

Sur quoi, le monsieur que la partie impatiente, il se redressa brusquement et se dirigea vers la porte.

— Bon, on peut retourner à Los Angeles, maintenant ? Charlotte et Emma m'attendent.

Il pivota et passa dans la véranda.

Je l'y suivis et refermai la porte derrière moi.

Il traversa la véranda en se pavanant et rejoignit les marches. Arrivé à la première, tout plaisir, il respira un grand coup.

— J'adore l'air du désert ! s'exclama-t-il.

Il leva la tête vers les étoiles. Il avait l'air relax de celui qui ne craint rien.

— Je suis un peu ornithologue, reprit-il. Saviez-vous que les hirondelles passent quatre-vingts pour cent de leur existence en l'air ? Qu'elles mangent en volant et y réunissent les matériaux pour leurs nids ? Et même qu'elles s'accouplent, oui, en vol ? Imaginez-vous ça !

Et il rit.

— Ça donne un sens nouveau à l'expression « s'envoyer en l'air », vous ne trouvez pas ?

Il était tout au bord des marches lorsqu'il fit un tour complet sur lui-même.

— Ne vous inquiétez pas pour votre père, me confia-t-il d'un ton presque réconfortant. Sa réputation ne risque rien avec moi.

Les ténèbres qui nous entouraient semblaient sans fin et impénétrables, néant sombre qui bloquait toute source de lumière hormis celle de son sourire méprisant.

— Vous êtes un menteur, lui assenai-je.

Il sourit encore.

— Peut-être, dit-il, mais vous ne le saurez jamais vraiment, n'est-ce pas ? À moins de fouiller dans le passé de ce lieu. Ce que vous ne ferez pas. Parce que vous avez peur de ce que vous y découvririez.

Il me mettait au défi d'enquêter sur mon propre père et était sûr et certain que je ne m'y risquerais pas. Il avait souillé le souvenir que j'en avais et savait que celui-ci ne changerait plus. Jamais je ne chercherais davantage par crainte de découvrir que tout ce que j'avais admiré chez cet homme – sa bonté, son incorruptibilité –, n'était que mensonges.

Je me contentai de le dévisager, et il recula. Un léger craquement se fit entendre sous ses pas, supplique d'un rien qui se brisait.

Je me rappelai l'espoir passionné qu'avait Claire que « quelque chose » vienne stopper les individus comme Simon Miller. Et je songeai :

Voici ce qui va arriver :

Une planche va lâcher.

Il perdra pied et dégringolera les marches, sa tête ira cogner et recogner contre le bois, violemment encore et encore jusqu'à ce qu'il s'étale dans la poussière.

Alors il mourra, à moins que « quelque chose » n'intervienne pour l'arrêter.

Sauf qu'en fait de « quelque chose », il n'y avait que moi.

Et que je ne fis que le regarder se retourner et descendre les marches, pas le moins du monde découragé.

CLAIRE

CHAPITRE 12

Je regarde le soleil se lever après une nuit sans sommeil. L'aube est rose et dorée, mais plus rien n'est beau à mes yeux. Jusqu'à l'aurore qui m'accuse parce que le mariage de Simon approche inexorablement.

Cette nuit, il a empoisonné tous mes rêves. Il est debout dans un couloir sombre, avec Emma à l'autre bout. Je suis entre eux deux et le regarde faire un pas, puis un autre. Il est sûr que je vais battre en retraite lorsqu'il s'approchera d'elle.

Je me suis réveillée en pensant au pistolet.

Après avoir chassé Mehdi, je l'avais posé sur la table de nuit près de mon lit.

Ce fut la première chose que je vis dans la lumière du petit matin.

Je songeai à la panique qui avait fait bafouiller Mehdi, à l'air pétrifié qu'il avait eu alors que je n'avais jamais eu la moindre intention de l'abattre.

Mais Simon n'est pas Mehdi. Mehdi n'est qu'un lamentable petit péteux. Simon, lui, est une force que seule la mort peut arrêter.

Que seule la mort...

J'imagine l'arme dans ma main.

Dans mon rêve, Simon fait un pas de plus dans le couloir.

Je sors mon pistolet.

Il sourit et fait encore un pas.

Je lève mon arme.

Son sourire s'élargit.

Je presse la détente.

Il part en arrière, comme les méchants dans les films noirs, un filet de sang sombre se répand sur sa poitrine.

Ce n'est qu'une image de film, mais elle me semble parfaitement réelle.

SLOAN

CHAPITRE 13

Le lendemain matin, j'arrivai au travail juste après neuf heures. Jake était déjà là. Il ne me jeta qu'un regard et devina que j'avais eu une nuit difficile.

— Nom de Dieu, Sloan, me lança-t-il, t'as une tête de déterrée.

Je m'assis dans le fauteuil devant son bureau.

— As-tu déjà entendu parler d'un endroit appelé Lolitaville ? lui demandai-je.

Il fit non de la tête.

— C'est une maison en plein désert. Où on emmenait des filles. Des jeunes. Quelqu'un m'a dit qu'à l'époque, un flic de L.A. couvrait ce trafic. Je veux savoir si c'est vrai.

Il me dévisagea d'un air soupçonneux.

— Pourquoi cela aurait-il de l'importance aujourd'hui, Sloan ?

— Je veux juste savoir.

Il réfléchit un moment, puis me dit :

— Eh bien… Les mauvais flics se connaissant toujours entre eux, tu devrais probablement commencer par là.

— À qui devrais-je demander ?

— Moi, j'irais voir Nick Devine. Avoir le nez plus sale que lui… Et j'ai entendu dire qu'il avait un cancer. Il ne lui resterait plus que quelques mois à vivre. Il pourrait avoir envie de parler maintenant vu qu'il n'a plus rien à perdre.

Nick Devine, pensai-je. *Qui mieux que lui !*

CLAIRE

CHAPITRE 14

Mon premier élève du matin est Ray Patrick, mais je ne veux pas le voir. Le soupçon a tout assombri. Pourquoi m'a-t-il engagée sous un faux prétexte ?

Je repense à la jeune fille avec laquelle il parlait à la galerie, aux regards de pure vénération qu'elle lui jetait. Simon adorait les instants où Melody le regardait de cette façon.

L'admiration débordante d'une adolescente aurait-elle le même effet sur Ray ?

Je jette un coup d'œil au parking.

Il va arriver d'une minute à l'autre. J'envisage de partir parce que le doute et la méfiance empoisonnent tout ce que j'éprouve.

Je suis toujours à me battre avec cette idée lorsqu'un SUV noir entre dans le parking. Est-ce celui qui m'a suivie ?

J'attends que le conducteur descende.

C'est Ray.

Il s'immobilise et attend qu'une jeune fille ait fait le tour du véhicule. Il la prend par la main et tous deux entrent à la cafétéria où j'ai pris place.

— Salut, Claire, me lance Ray en arrivant à ma table. Je vous présente ma fille, Jade. Ça fait un moment qu'elle veut apprendre un peu de français.

Elle est trisomique.

Elle sourit, mon cœur fond.

— Je voulais m'assurer que ça marcherait avec vous, reprend Ray avant d'ajouter en français : *Désolé de vous avoir induite en erreur.*

Tout le poids de mes doutes à son propos me quitte soudain en même temps que le reste de mes sombres soupçons.

Il sourit et me demande :

— À propos, comment est mon accent ?

— Il est parfait, l'assuré-je.

— J'espère que vous ne m'en voulez pas de vous avoir trompée, mais je sais à quel point il est important d'être bien assortis. Je suis certain que Jade et vous vous entendrez bien.

— J'en suis certaine moi aussi.

— Et donc, pourquoi ne pas lui donner sa première leçon tout de suite ?

— D'accord.

Il s'écarte et je commence mon cours.

— Merci, Claire, dit-il à la fin de la séance.

Puis il me regarde de près.

— Tout va bien ?

J'évite sa question.

— Où avez-vous appris le français ? lui renvoyé-je.

— J'ai vécu à Paris quand j'étais jeune et avais des aspirations artistiques, mais aucun talent pour les justifier, me répond-il sur le ton d'autodérision que je trouve si attirant. Ce fut mon année de tous les dangers. J'aimerais y vivre à nouveau un de ces jours, mais promets de ne pas peindre.

Il marque une pause, puis ajoute, et très sérieusement :

— Je n'ai aucune envie d'y retourner seul.

Est-il en train de me demander de songer à l'accompagner ? C'est une possibilité que je ne puis envisager parce que je sais que cela ne se produira pas. J'ai accepté de prendre la seule route qui m'est aujourd'hui ouverte, et elle ne conduit pas à Paris.

C'est même pour cela que lorsque je suis partie de chez moi ce matin-là, j'ai pris le pistolet de Max.

SLOAN

CHAPITRE 15

Nick Devine n'a pas été difficile à trouver. Depuis qu'il a pris sa retraite du LAPD, il passe ses journées vautré dans un coin sombre du Home Plate Bar à siroter des whiskys et régaler ses compagnons de beuveries d'histoires de flics.

Le cancer l'ayant fait maigrir un peu, il avait l'air plus usé, mais dans ses yeux brillait toujours le même sinistre éclat. Sa vie avait été celle d'un flic voyou et rien dans son passé crapoteux ne le gênait le moins du monde. Plus sans vergogne que lui, il n'y avait pas, et pas une seule fois il ne s'était reproché les saloperies qu'il avait faites. Pour lui, la corruption était ce qui gouvernait le monde et jamais il ne lui avait opposé la moindre résistance.

Dès qu'il me vit, il me fit signe sans grand enthousiasme, rien n'indiquant qu'il m'invitait à le rejoindre.

— Inspecteur Wilson, me lança-t-il lorsque je le fis quand même. Je ne pensais pas que vous viendriez ici un jour. Je me disais que c'était un peu trop bleu pour vous.

— Trop… « bleu » ?

— Oui, trop flic.

— J'en ai été une.

— « Ai été » est juste.

Il voyait bien que j'avais quelque chose en tête, mais fut surpris lorsque je lui lançai :

— Vous avez fait partie du Vice Squad[1], non ?

Cette désignation même le fit rire.

— Le « vice » ? Mais c'est quoi ? Rien de plus que des crimes sans victimes. Où on tente sa chance. Où on prête du fric à un taux plus élevé que certaines banques qui ne vous prêteraient même pas un centime. Où est le vice dans tout ça ?

Du Nick Devine tout craché, et dans des circonstances moins pressantes, je me serais levée et aurais filé, tout simplement. Mais comme Jake l'avait dit : les mauvais flics connaissent les mauvais flics et si mon père était bien l'homme que m'avait décrit Simon, Devine ne pouvait pas ne pas le savoir.

Il continue quelques minutes dans cette veine. Les histoires habituelles de stars de cinéma surprises avec des putes, et souvent du même sexe. Et de me jeter une poursuite en voiture ici et une planque là. Et encore de se moquer de l'honneur et de traiter à la légère tout individu y croyant.

Il ne me fallut pas longtemps pour en avoir assez.

— Parlez-moi de Lolitaville, lui lançai-je.

Ses yeux qui ne cessaient de bouger se figèrent.

— Pourquoi ça vous intéresse ? me renvoya-t-il.

— J'ai un client qui y serait… impliqué. J'essaie de l'en sortir.

Il garda le silence quelques secondes et réfléchit.

— Bah, je suis en train de crever, dit-il enfin. D'après le toubib, je n'en aurais plus que pour environ un mois. Pourquoi me soucier de qui saurait quoi ?

Il pencha la tête à droite.

— Que voulez-vous savoir, inspecteur ?

— Tout ce que vous pourrez me dire.

— C'était un bordel en pleine cambrousse, expliqua-t-il d'un ton désinvolte. Pour les gros bonnets. Du genre nababs

1. Équivalent américain de notre brigade des mœurs.

du cinéma. Avocats et politiciens de haut vol. Ce qui m'a toujours paru bizarre dans la mesure où ils auraient pu se payer tout ce qu'il y a de mieux. Des putes super classe. Dans des hôtels luxueux. Mais non, ceux-là, c'était le crado de base qui leur plaisait. Ça devait leur donner des frissons de se retrouver dans une baraque minable au milieu de nulle part.

Il me montra le panneau INTERDIT DE FUMER au bout de la salle et sortit délibérément une cigarette, qu'il alluma.

— Dans les bars à flics, je peux faire tout ce que je veux et personne ne me fera chier.

Il avait la voix d'un mort vivant enfin libre de toute retenue.

— Qui dirige Lolitaville aujourd'hui ? repris-je.

— Pour l'instant, c'est fermé, d'après ce que j'entends dire, mais ça reprendra probablement dans un moment. C'est dirigé par une pute de bas étage, une certaine Vicki Page. Une fieffée salope comme Dieu n'en a plus jamais fait d'autres.

Et il se renversa en arrière, complètement relax. À croire qu'il était dans une chaise longue à bronzer au bord d'une piscine.

— Pourquoi est-ce fermé ?

Il haussa les épaules.

— Vicki a dû flairer les ennuis et a préféré fermer pour être à l'abri. Elle l'a déjà fait. Quand une fille s'échappait ou qu'on ne pouvait pas la retrouver pendant un moment, ou que quelqu'un venait mettre son nez où il fallait pas. Dès qu'elle pensait que ça pouvait être découvert, elle fermait l'affaire jusqu'à ce que ça se calme. C'est comme ça qu'elle opère. Tu t'approches, elle plie la tente et disparaît dans la nuit. Mais ça repartira dès que la fumée se sera éclaircie.

Il était manifestement très au fait de l'opération.

— Est-ce que ça s'est toujours appelé comme ça ?

— Non. Ça ne remonte qu'à quelques années, répondit-il aussi librement qu'il l'aurait fait aux questions d'un agent recenseur. Au moment où la clientèle a préféré le saignant au à point.

— Et ça veut dire quoi ?

— Où elle a voulu de la jeunette.

— Je vois.

— Et Vicki a été bien sûr trop heureuse d'obliger, ajouta-t-il. Sa moralité ferait dégueuler un asticot.

Même chose pour toi, me dis-je, mais je gardai ça pour moi et passai à la question suivante.

— Où…

— Attendez une minute, m'interrompit-il. Je vous dis plein de trucs, mais… Et si vous me donniez quelques réponses, hein ?

— D'accord.

— Où avez-vous entendu parler de Lolitaville ?

— Par Simon Miller.

Ce nom le prit clairement par surprise.

— Qu'avez-vous à faire avec lui ?

— C'est un de mes clients.

Nous disions tous les deux des choses qu'il fallait taire, ce qui laissait entendre que nous étions sur un pied d'égalité. En révélant le nom de mon client, je lui garantissais de la fermer et j'étais sûre qu'il en fasse autant.

Un ravissement mauvais éclaira son regard.

— Vous lui faites son sale travail ? s'enquit-il.

— Faut bien vivre, lui renvoyai-je sèchement.

Il passa vivement son bras par-dessus le dossier de son siège.

— Ah ben ça alors ! marmonna-t-il.

Et il souffla un nuage de fumée dans ma direction. Son sourire était tout d'autosatisfaction.

— Vous êtes vraiment la fille à son papa, Sloan ! s'exclama-t-il.

Je prétendis que sa remarque ne m'affectait en rien.

— Que voulez-vous dire ?

Il tira longuement sur sa cigarette et lança un deuxième nuage de fumée dans ma direction.

— Tout pour aller de l'avant, répondit-il. Le fonceur-né. Et convaincue d'avoir tout ce qu'il faut ! Exactement comme votre père.

Il avait l'air un rien perplexe.

— Parce que comme lui, vous montiez vite dans la hiérarchie, reprit-il. Et tout d'un coup, vous dételez. Pourquoi avez-vous fait ça ?

— Le boulot me posait des problèmes. J'avais du mal à être un bon flic.

— Votre père, lui aussi, avait ce problème.

Il renversa la tête en arrière et se mit à rire.

— L'incorruptible Monroe Wilson.

La façon dont il avait prononcé le nom de mon père semblait chargée de sales implications.

— Mon père n'avait pas de problèmes pour être un bon flic, insistai-je. Et c'est pour ça que ce n'était pas juste.

— Qu'est-ce qui n'était pas juste ?

— Tout ce que ma mère disait sur lui. Qu'il était corrompu.

Il tira une dernière bouffée de sa cigarette.

— Une femme qui en avait, votre mère.

— « Qui en avait » ? lui renvoyai-je, moqueuse. Parce qu'il faudrait en avoir pour mentir sur quelqu'un ? Pour lui détruire sa carrière ? Parce que diffamer un type exigerait d'en avoir ?

— Et si votre mère pensait vraiment qu'il n'était pas bon ? me fit-il remarquer sur un ton qui en disait long.

— Parce que vous pensez qu'elle croyait vraiment ce qu'elle racontait sur lui ?

— Je dis seulement que lorsqu'on a cru qu'un homme était bon, il est dur de découvrir qu'on s'est trompée. Qu'on vous a roulée dans la farine. Qu'un type qu'on croyait connaître et admirait vraiment n'était pas du tout admirable. Que ce n'était qu'un énième menteur. Qu'un énième hypocrite. Qu'un énième flic au nez sale.

Son regard semblait aussi peiné que l'avait été celui de ma mère.

— Moi aussi, j'ai déçu ma femme, ajouta-t-il.

Et soudain il eut l'air tout à fait las.

— Faut croire qu'il n'y a rien de plus bas qu'un dieu déchu, conclut-il.

— Mais mon père n'était pas…

Il me fit taire d'un geste de la main.

— De toute façon, de l'eau a coulé sous les ponts. Oubliez ça.

— L'oublier ? Mais comment ? Elle l'a détruit. Je ne peux pas oublier. Ou le lui pardonner.

Il haussa les épaules.

— L'avoir dans les pattes était dangereux, ça, c'est sûr. Toujours à montrer du doigt. À prétendre avoir des preuves.

— Elle ne prétendait pas avoir des preuves.

— Oh que si !

Si son sourire était presque enjoué, le ton de sa voix était tout ce qu'il y a de plus sérieux.

— Elle allait les donner à Harry Griggs.

— Harry Griggs ?

— C'était le patron des Affaires internes à l'époque, m'expliqua-t-il. Toujours à porter des costumes en lin blanc et un chapeau assorti. C'est pour ça qu'on l'appelait Harry « White Hat ».

Il ne doutait en rien de sa vision du monde. Celui-ci était laid et méchant et personne n'y défendait le moindre idéal.

— Votre mère avait décidé de vendre la mèche.

Il écrasa ce qu'il lui restait de cigarette sur le plateau de la table.

— Et vous savez ce qui est arrivé après.

Et de sortir une autre cigarette en tapotant le paquet et de l'allumer.

— Ce qui a été très heureux pour votre père, bien sûr.

Ses yeux se rétrécirent d'un air entendu.

— Très, très heureux.

Il sourit et je sentis toute la violence de ce qu'il impliquait.

— Parce que votre mère était une… une femme qui gênait.

Il cligna de l'œil.

— Du genre dont il faut se débarrasser, enchaîna-t-il sans faire le moindre effort pour cacher tout ce qu'avait de choquant ce qu'il suggérait. Quand on veut aller de l'avant…

Du Nick Devine à son plus sordide, créature toute en sombres insinuations qui fait allusion à d'horribles réalités.

Je ne marchai pas.

— Le LAPD a mené une enquête exhaustive, lui rappelai-je. Ma mère s'est suicidée. Tous les rapports disent la même chose. Du coroner aux plus hautes autorités.

Un sourire glissa de nouveau sur ses lèvres.

— C'est que… c'est ça, le problème avec le suicide, dit-il. Surtout avec une arme sur la tempe. C'est facile à simuler. On s'assure que le corps est dans la bonne position et le pistolet à la bonne place. On ajoute un petit résidu de carbone ici et là…

Il haussa les épaules.

— Enfantin.

Ses yeux étaient des dagues.

— Et vous, vous sauriez simuler un suicide comme ça, non, Sloan ? demanda-t-il presque taquin.

— Oui.

— Où avez-vous acquis ce talent bien particulier ?

— Au boulot.

Il laissa échapper un long et lent soupir.

— Exactement comme votre vieux père.

Il recommençait à insinuer que celui-ci avait simulé le suicide de ma mère.

— Il n'était pas à la maison quand ça s'est produit, lui remontrai-je fermement. Il était au quartier général, et c'est moi qui ai découvert ma mère.

— Oui, je sais, dit-il. Vous étiez supposée être rentrée avant 15 h 30, mais vous étiez en retard.

— Comment savez-vous ça ?

— Comment croyez-vous que je le sais ?

— N'importe qui aurait pu vous le dire.

Il donnait l'impression de ne pas m'entendre.

— C'était censé être un suicide-meurtre, dit-il d'un ton égal. Comme ça, personne n'en aurait douté. Une mère tue sa fille avant de se tuer elle-même. Une affaire comme ça, c'est de l'emballé, c'est pesé. Tout le monde sait que c'est la folle de mère qui a fait le coup. Et en général, il n'y a même pas vraiment d'enquête. En tout cas, pas celle qu'il y aurait eu si seule votre mère était morte.

Je lui ris au nez.

— Alors comme ça, mon père vous aurait embauché pour tuer et ma mère et moi ?

Lui ne rit pas. Il me dévisagea sans rien dire.

— Il vous faudrait une meilleure histoire, repris-je d'un ton méprisant. Non parce que… Allons, Nick, vous pensez vraiment que je vais croire quoi que ce soit dans tout ça ?

Quelque chose se radoucit en lui, comme si une mauvaise nostalgie le prenait.

— Vous portiez une jolie petite robe rouge quand vous êtes entrée chez vous ce jour-là, dit-il.

Je le fixai d'un regard glacial.

— La porte de derrière était censée être ouverte, vous vous rappelez ? Mais elle était fermée à clé et vous avez dû faire le tour par-devant.

Je sentis ma peau se tendre sur mes os.

— Vous aviez l'air d'une très gentille petite fille, Sloan, précisa-t-il presque avec tendresse. Toute innocente.

Il semblait revoir celle que j'étais ce jour-là. Sept ans. Une enfant.

— Mais… j'ai pas pu, dit-il. Je suis ressorti par-derrière pendant que vous faisiez le tour. Fin de l'histoire.

Lorsque je gardai le silence, il ajouta d'un ton presque intime :

— Je vais sûrement brûler en enfer pour certaines des choses que j'ai faites. Mais au moins n'ai-je pas pu faire ça. (Il hocha fort la tête.) Même pas pour l'incorruptible Monroe Wilson.

Je sentis comme un trou dans la terre.

Un trou qui s'ouvrait sous mes pieds.

Et je tombai et tombai.

CLAIRE

CHAPITRE 16

L'appel m'arrive juste un peu avant midi.

Un médecin me dit que mon père est en train de mourir.

Je prends la voiture et rejoins l'hôpital.

Il est couché sur le dos, les yeux fermés, et respire très faiblement en aspirant et expirant de légères bouffées d'air. Cette veille est celle que j'attendais.

Elle prend fin une heure plus tard, au moment où sa respiration s'arrête. J'appelle une infirmière, puis m'acquitte de la paperasse nécessaire pour procéder à l'enlèvement et à la crémation de son corps.

Je suis hébétée.

Je n'éprouve rien.

Je ne suis concentrée que sur les trois heures qui vont suivre.

À ce moment-là, à condition qu'il suive son emploi du temps habituel, Simon sera chez lui.

— Il y a un aumônier… si vous voulez le voir…, me dit un aimable employé de l'hôpital quand je signe le dernier papier. Et nous pouvons aussi vous fournir un conseiller pour le deuil.

— Non, merci, lui réponds-je en hochant la tête.

Avant de partir, j'enfile le couloir jusqu'à la chambre de Margot. C'est maintenant une vieille femme qui occupe ce qui a été son lit.

Je gagne le poste des infirmières.

Un jeune homme y travaille à un ordinateur.

— Pourriez-vous me dire ce qu'il est advenu de Margot Garrett ? Elle était à la chambre 414.

— Laissez-moi vérifier.

Il tape quelques mots.

— Vous êtes de la famille ?

— Non. Je suis son professeur de français.

— Eh bien, je suis désolé de vous dire que Mme Garrett est décédée tôt ce matin.

C'était une mort que j'aurais pu prévenir et cela élimine les derniers doutes que je pourrais avoir sur ce que je dois faire.

Je pivote sur mes talons et me dirige vers ma voiture.

Et me promets de ne plus jamais agir trop tard.

Plus rien ne m'arrêtera maintenant.

SLOAN

CHAPITRE 17

La voix de Simon m'était arrivée, claire et nette : *Mais vous ne le saurez jamais, n'est-ce pas ? À moins de fouiller. Ce que vous ne ferez pas.*

Mais j'avais fouillé.

Et maintenant j'avais à gérer ce que j'avais découvert.

J'arrêtai l'enregistrement et restai immobile dans le silence de pierre de mon bureau.

Pendant quelques minutes, je cherchai un moyen de sortir de la cellule sans fenêtre dans laquelle j'étais enfermée et me demandai comment je pourrais un jour m'en libérer.

Il semblait n'y avoir qu'une clé : s'emparer de la plume… et ne pas la lâcher.

J'empochai l'enregistreur et gagnai ma voiture.

CLAIRE

CHAPITRE 18

J'arrive pour offrir ma dernière heure de français.

— *Bonjour*, me lance joyeusement Chloé en m'ouvrant la porte.

— *Bonjour.*

Elle me conduit à une table où elle a déjà disposé le matériel pour la leçon.

Je lui montre un dessin représentant des gens debout dans un parc enneigé, tous emmitouflés dans des cache-nez et de lourds manteaux.

— *Il fait… ?*

— *Froid*, me répond Chloé, ravie.

Je lui montre une scène représentant des gens à la plage sous un grand soleil.

— *Il fait… ?*

— *Chaud.*

Le troisième dessin est celui d'une petite fille debout devant une grande maison. Elle arbore un énorme sourire.

— *Elle est… ?*

— *Heureuse.*

— *Très bien*, lui dis-je parce qu'elle a bien utilisé le féminin de l'adjectif.

Le croquis suivant montre la même petite fille, mais avec de grands yeux mouillés et un sourire qui s'est transformé en froncement des sourcils.

— *Elle est… ?*

— *Triste.*

— *Super.*

Dans le dernier dessin, une petite fille différente se tient à la porte d'une grande maison qui ressemble un peu à celle de Simon.

— *Elle est… ?*

Chloé me donne la bonne réponse :

— *À la porte.*

Je regarde le dessin de la petite fille et pense à Emma. *Elle est en danger*, me dis-je en français.

Puis j'ajoute, mais cette fois en anglais : *Mais pas pour longtemps.*

SLOAN

CHAPITRE 19

Candace me regarda d'un air sombre en arrêtant la bande.

— Miller ne pensait pas que tu irais le chercher, dit-elle. Pas au risque d'endommager la réputation de ton père.

Je lui avais déjà fait part de l'avertissement que j'avais reçu de Vicki Page et de la conversation nettement plus troublante que j'avais eue avec Nick Devine, les derniers moments que j'avais passés avec lui exceptés. Ses ultimes accusations me résonnaient encore dans la tête, mais je les avais gardées pour moi.

— Il va falloir qu'il y ait une enquête, reprit-elle d'un ton sinistre. Et sacrément complète.

Elle voulait dire une enquête qui pourrait faire remonter tout un univers de corruption dans lequel mon père pouvait avoir été impliqué.

— Je sais, répondis-je.

Elle vit la douleur dans mes yeux.

— Y a-t-il autre chose, Sloan ? demanda-t-elle.

Je fis non de la tête.

— Pas pour le moment.

— Bon, mais ne t'inquiète pas : on amènera Simon Miller devant les tribunaux, m'assura-t-elle.

J'eus envie de donner à Claire la même assurance pleine de confiance. J'attrapai mon portable et composai son numéro.

CLAIRE

CHAPITRE 20

Je roule en repensant à cette dernière nuit avec Melody. Encore une fois je la vois debout sur le pont, en train de regarder au loin l'eau noire qui bouillonne tandis que je m'approche d'elle. J'entends notre conversation, les derniers mots que je lui ai adressés, toujours les plus cuisants : *Je ne te crois pas.*

La boucle est bouclée.

Je ne l'ai pas crue, et maintenant personne ne me croit, moi.

Sloan exceptée.

Ce qui n'a plus aucune importance.

Parce que c'est à moi d'agir. Seulement à moi.

Je compare ma vie à celle d'Emma.

C'est une enfant, avec toute la vie devant elle. Moi, j'ai quarante et un ans. Et suis sans enfant. Seule. La vie que je vais perdre n'est rien comparée à celle qu'elle perdra, elle, si je n'agis pas.

Je regarde autour de moi. Tout est lointain et silencieux. Los Angeles n'est plus qu'un arrière-plan statique, comme une projection sous forme de film, simple image sur un écran.

Le temps, lui aussi, s'est arrêté. Il est aussi surréaliste qu'un tableau de Dalí. Toutes les pendules ont fondu.

Mon portable sonne, mais je ne réponds pas.

Je ne suis plus seulement une femme. Je suis une balle qui fonce vers sa cible.

SLOAN

CHAPITRE 21

Claire ne répondant pas, je consultai mon GPS.

Elle était comme à son habitude dans sa voiture, à aller d'un élève à un autre.

Mais en suivant les clignotements de la lumière m'indiquant où elle se trouvait sur le plan de Los Angeles et en voyant qu'elle prenait tel embranchement, puis tel autre, je compris très exactement où elle se rendait.

Chez Simon.

Je décrochai mon téléphone et la rappelai.

Pas de réponse.

Je consultai à nouveau la carte GPS.

Elle n'était plus qu'à quelques kilomètres de chez lui.

Simon m'ayant parlé d'une arme, immédiatement je la visualisai dans la main de Claire.

Je savais que c'était moi qui l'y avais mise avec mes histoires de meurtre. Elle suivait la direction que je lui avais donnée.

Encore une fois, je regardai le GPS. Il n'y avait plus aucun doute : elle était fixée sur Simon. Je n'avais plus le temps de réfléchir ou de planifier quoi que ce soit.

Je me ruai vers ma voiture. *Arrête, Claire !* pensai-je désespérément. *Tu n'as pas à faire ça.*

CLAIRE

CHAPITRE 22

Mon portable sonne à nouveau au moment où je prends l'allée de chez Simon.

Je n'y suis plus retournée depuis le jour où je me suis effondrée.

La maison n'a pas changé.

Je fourre le pistolet dans mon sac à main et me dirige vers la porte.

Je marche et m'imagine en train de prendre mon arme, de faire feu et de voir le corps de Simon basculer en arrière avant de tomber lourdement dans l'entrée.

Je suis incapable d'imaginer quoi que ce soit après.

J'arrive à la porte et je sonne.

Quand j'entends des pas, je pose mon doigt sur la détente.

Je ne dirai rien à Simon.

Je ne lui laisserai pas le temps de dire quoi que ce soit.

Dès que la porte s'ouvrira, je le tuerai.

Les bruits de pas s'arrêtent.

Il est juste derrière la porte.

J'entends le loquet.

La porte s'ouvre.

SLOAN

CHAPITRE 23

Je vérifiai le traqueur de Claire.

La petite bille bleue de sa voiture s'était arrêtée.

Elle était arrivée chez Simon.

Je virai à droite et me faufilai dans la circulation en klaxonnant comme une folle et écrasant le champignon.

Mais on était à L.A. Il y avait des voitures partout pour bloquer toutes les routes et boucher toutes les artères de la ville.

Ma seule arme était mon Klaxon, je le martelai sans pitié comme si je m'attendais à ce que Claire l'entende et comprenne que je venais lui épargner de faire quelque chose qui n'était plus nécessaire.

Encore une fois j'entendis la voix de Candace m'assurant que Simon Miller allait tomber. Le long cauchemar de Claire était terminé.

Je repris mon portable et l'appelai à nouveau.

CLAIRE

CHAPITRE 24

Mon téléphone sonne, mais Charlotte n'indique en rien qu'elle l'entendrait.

Elle se tient debout toute raide à la porte.

— Bonjour, Claire, dit-elle d'un ton net et clair.

Sa voix est posée, sans aucune peur. Il n'y a en elle plus rien de la panique et de la colère qui ont marqué notre dernière rencontre. Elle ne tente pas de me fermer la porte au nez.

— J'étais venue voir Simon, lui dis-je. Je reviendrai un autre jour.

Sur quoi, je fais demi-tour pour partir.

— Il est là, me dit-elle.

Elle s'écarte de la porte pour me laisser passer.

— Entrez donc.

Il y a dans ses yeux un regard étrange, indéchiffrable.

Je hoche la tête.

— Non, dis-je. Je vais…

— Entrez, Claire, m'ordonne-t-elle.

J'ai peur d'être victime d'une embuscade qu'elle et Simon m'auraient tendue.

Je glisse la main dans mon sac et serre le pistolet dans ma main.

— Il vous attend, reprend-elle en me poussant à l'intérieur.

Mon téléphone sonne à nouveau tandis qu'elle m'accompagne dans le couloir.

Je pense qu'il va s'arrêter au bout de quelques sonneries, mais elles déchirent encore l'air quand nous entrons dans le bureau de Simon.

SLOAN

CHAPITRE 25

Toujours pas de réponse.

Je vis une ouverture dans la circulation et fonçai droit devant.

Enfin, j'étais dans le quartier de Simon. Rues plus larges. Moins de trafic.

J'appuyai à fond sur l'accélérateur, ma voiture bondit en avant tel un cheval de course à la cloche.

Je jetai un coup d'œil au GPS.

Heure d'arrivée : 10 h 37.

Il était 10 h 34.

CLAIRE

CHAPITRE 26

— Voilà Simon, dit Charlotte alors que j'entre dans la pièce derrière elle.

Je m'attends à le voir assis majestueusement derrière son grand bureau en acajou, mais Charlotte me montre le plancher d'un geste du menton.

Simon y est étendu sur le dos, comme un cadavre qui flotte dans l'eau, visage tourné vers le ciel. Il a un trou sur le côté gauche de la tête et ses cheveux sont trempés de sang.

Charlotte me donne quelques secondes pour regarder fixement son cadavre.

— Emma avait quelque chose qui n'allait pas, commence-t-elle. Je l'ai remarqué quand il me l'a ramenée hier soir.

Elle croise les bras sur sa poitrine et s'appuie fort au mur comme si elle avait besoin de son support.

— Je lui ai posé des questions et elle m'a dit que Simon la mettait… mal à l'aise.

Elle se tourne vers moi.

— Je suis venue ici pour lui parler, reprend-elle. Il m'a dit que tout ça, c'était dans la tête d'Emma et que j'étais idiote de l'écouter.

Elle aspire une profonde et tremblante bouffée d'air.

— « Tu es exactement comme Claire, a-t-il poursuivi. Aussi cinglée qu'elle. »

Et son regard glisse vers lui.

— Et là, il a sorti une arme de son bureau. C'était pour notre protection, m'a-t-il assuré. Parce qu'il avait peur de ce que vous pourriez faire.

— De ce que moi, je pourrais faire ?

Elle acquiesce d'un signe de tête.

— À moi ou à Emma.

Sa voix se fait de glace.

— Il a pris le pistolet, me l'a mis dans la main et en a appuyé le canon sur sa tempe en me disant : « Si tu crois ta fille, abats-moi. »

C'était bien le Simon que je connaissais. Toujours la star de son propre grand spectacle.

— Il a resserré sa prise sur ma main et a appuyé encore plus fort le canon du pistolet sur sa tempe. « Allez, vas-y ! m'a-t-il lancé. Tire ! »

Je le vois en train de goûter chaque seconde de son cirque.

— Il a posé mon doigt sur la détente, enchaîne-t-elle, et il a répété : « Eh bien, tu crois Emma ou tu ne la crois pas ? »

Elle me regarde d'un air douloureux.

— J'étais incapable de bouger.

J'imagine l'étincelle de triomphe dans les yeux de Simon. Il était en train de l'emporter et il le savait.

— Et quand je n'ai pas bougé, il m'a dit : « Ne m'accuse plus jamais, Charlotte ! » d'un ton vraiment dur. Le roi qui donne un ordre à sa servante. « Et ne te mets jamais plus sur mon chemin. Parce que moi, j'obtiens toujours ce que je veux ! »

Elle me regarde d'un air admiratif.

— Mais c'est là que je me suis souvenue de la dernière chose que vous m'aviez dite, Claire. Vous m'aviez dit : « Croyez votre fille. »

Elle jette un coup d'œil au cadavre de Simon et se tourne vers moi.

— Je croyais ma fille, j'ai pressé la détente.

Et pour la première fois, elle semble sur le point de s'effondrer.

— Maintenant, je ne sais plus quoi faire, dit-elle.

Je suis sur le point de la consoler lorsque j'entends une autre voix.

— Moi, je sais.

Je me tourne vers la porte. Sloan s'y est encadrée, et il est clair qu'elle a tout entendu.

— Oui, je sais quoi faire, répète-t-elle. Vous pouvez partir, toutes les deux. Ne parlez jamais de ça à personne. Et ne reprenez jamais contact avec moi.

Elle me regarde droit dans les yeux.

« Adieu, Claire », est alors tout ce qu'elle me dit.

TROIS MOIS PLUS TARD

CLAIRE

Mon premier élève de la journée est un ingénieur à la retraite prénommé Mike. Ses parents ont eu la maladie d'Alzheimer et dès le milieu de la soixantaine, ils ne l'ont plus reconnu. Aujourd'hui âgé de cinquante-neuf ans, Mike a peur d'être lui aussi bientôt victime de ce mal et a lu qu'apprendre une langue étrangère réduit les chances d'en être frappé.

Il ne veut que mémoriser des mots, j'ai donc organisé ma leçon pour tester et approfondir ce talent particulier. Je dis un mot en français et lui en donne le sens en anglais. Au bout de cinq, je le teste. Quand il arrive à me les redire tous, il arbore un énorme sourire.

Après Mike, j'ai un autre élève et encore un autre, chacun marquant un temps dans le rythme de ma journée.

Il est tôt le soir quand je rentre à la maison. J'allume la télévision. Ça ne m'intéresse plus de regarder la chaîne *Femme Fatale*. Je n'ai plus rien en commun avec ces femmes de film à grand spectacle.

Je vis dans un monde très différent.

Plus ouvert aux possibilités.

Un monde sans Simon.

Cette vie n'a rien de plus théâtral que les tâches de routine qu'il convient d'effectuer – préparer mes leçons, faire le ménage et la cuisine. Je donne mes cours, je déjeune avec Ava et dîne avec Ray et Jade.

C'est une vie simple.

Que je chéris.

J'ai parfois l'impression de vivre dans l'épilogue de ma propre histoire, de calmement observer comment les derniers détails en sont réglés.

Trois jours après la mort de Simon, la fille dans l'eau a été identifiée comme étant Lily Robinson. L'autopsie a révélé qu'elle était morte d'une overdose. Vicki Page a aussitôt été soupçonnée parce que Destiny parlait déjà à la police et leur avait dit l'avoir emmenée à Lolitaville. Elle avait aussi vu le tableau de Lily sur le mur près de McDuffy's et avait clairement laissé entendre que Vicki avait ordonné l'assassinat de Lily parce qu'elle aussi l'avait vu. À quoi la police avait répondu en mettant la pression sur un certain nombre de nervis travaillant pour elle. Et l'un d'eux avait fini par passer à table.

Lily avait quinze ans et était orpheline. Pas de famille connue. Ses tableaux sont maintenant accrochés dans mon entrée.

Je ne vois plus Destiny: elle a été prise dans un programme de protection des témoins. Elle s'est vu accorder l'immunité en échange de ses révélations sur Vicki, celle-ci ayant depuis été accusée et du meurtre de Lily et de trafic de mineures. Elle attend son procès dans une prison de Los Angeles. Destiny a encore identifié deux hommes qui fréquentaient Lolitaville, mais parce qu'elle risque la prison à vie, Vicki cherche à écoper d'une peine plus légère et en a donné bien d'autres. C'est presque chaque semaine qu'ils sont arrêtés. Des médecins. Des juges. Des acteurs. Des producteurs.

Parce que plusieurs flics du LAPD avaient des liens avec le bordel de Vicki en plein désert, la presse parle de toute l'affaire comme du « Scandale de Lolitaville ». Plusieurs officiels de la police ont été démasqués comme l'ayant couvert pendant des années, le plus proéminent d'entre eux n'étant autre que Monroe Wilson.

Je n'ai revu Sloan qu'une fois après la mort de Simon.

Accidentellement.

J'étais avec Jade sur la jetée de Santa Monica et attendais que Ray nous y rejoigne.

Sloan était à l'autre bout et, appuyée à la rambarde, elle regardait la mer. Quelle guerrière solitaire elle faisait ! J'ai eu envie d'aller la voir, mais je me suis rappelé l'avertissement strict qu'elle m'avait lancé et j'ai fait demi-tour.

Adieu, Sloan.

La petite exposition des tableaux de Lily organisée par Ray n'a été vue que par un petit groupe de piliers de galeries, en plus de quelques-uns de ses amis.

Ava est venue, ainsi que deux ou trois personnes que j'avais rencontrées à la salle des ventes.

La seule vraie surprise a été d'y voir Charlotte, qui s'est très sagement tenue à distance les trois quarts du temps, mais s'est sentie assez en sécurité pour s'approcher de moi juste avant de partir.

— Emma va bien, m'a-t-elle dit. Je voulais que vous le sachiez.

Nous n'avons rien indiqué du secret que nous partageons.

— Allez-vous bien, Claire ? m'a-t-elle demandé ensuite.

— Oui, je vais bien.

Je repensai au « suicide » que Sloan avait simulé avec une belle compétence en supprimant les bandes de surveillance, disposant le corps de Simon comme il fallait, positionnant le pistolet juste à la bonne distance et selon l'angle convenant à une blessure qu'on s'inflige, allant même jusqu'à fournir le mobile – à savoir que Sloan qui, tout bien considéré, était quand même sa mangeuse de péchés, l'avait averti d'une enquête à venir sur le bordel du désert appelé Lolitaville. Simon ayant réagi avec calme, avait-elle dit au premier flic du LAPD arrivé, elle l'avait laissé dans son bureau parfaitement convaincue qu'il allait bien.

Elle était presque à la porte d'entrée lorsqu'elle avait entendu le coup de feu et avait rebroussé chemin à toute allure, hélas pour le trouver mort. Côté histoire, c'était du cousu main.

Vers la fin de la soirée, j'avais rejoint la pièce où Ray avait accroché les tableaux de Lily. Le panneau à l'entrée indiquait : « Le monde de Lily ». Ses œuvres étaient dans des cadres noirs et éclairées par une lumière voilée.

Ray était venu et s'était tenu à côté de moi.

— L'exposition te plaît ? m'avait-il demandé.

— C'est beau, lui avais-je répondu.

— Veux-tu aller dîner quelque part ?

— J'adorerais.

— OK, je passe te prendre dès que j'aurai fermé la galerie.

— Ce sera trop tard pour emmener Jade ?

— Non, avait-il dit en hochant la tête. On y va tous les trois.

Tous les trois.

Comme tout cela me semble simple aujourd'hui – le bonheur.

Après avoir quitté la galerie, je suis revenue à la maison toutes vitres baissées. Le souffle chaud du vent me rappelait un festival d'art sur lequel j'étais tombée plusieurs années auparavant. J'y avais remarqué le portrait d'une femme. Elle avait été enchaînée, mais s'en libérait. Elle avait la tête tournée vers le ciel et de ses bras tirés en avant sortaient des plumes qui devenaient des ailes et l'arrachaient à son combat, à ses trahisons, doutes, douleurs et craintes.

Si c'était aussi facile, nous serions toutes des oiseaux qui s'élèvent dans les airs.

Mais que ce ne soit pas facile ne signifie pas que ce ne puisse être fait.

Dans la collection
Robert Pépin présente…

Kent ANDERSON
Un soleil sans espoir

Pavel ASTAKHOV
Un maire en sursis

Federico AXAT
L'Opossum rose

Alex BERENSON
Un homme de silence
Départ de feu

Lawrence BLOCK
Entre deux verres
Le Pouce de l'assassin
Le Coup du hasard
Et de deux…
La Musique et la nuit

C. J. BOX
Below Zero
Fin de course
Vent froid
Force majeure
Poussé à bout

CHI Wei-jan
Rue du Dragon-Couché

Lee CHILD
Elle savait
61 heures
La cause était belle
Mission confidentielle
Coup de chaud sur la ville
(ouvrage numérique)
Jack Reacher : Never go back
(*Retour interdit*)
La cible était française
Bienvenue à Mother's Rest
Formation d'élite
Simples déductions

James CHURCH
L'Homme au regard balte

Michael CONNELLY
La lune était noire
Les Égouts de Los Angeles
L'Envol des anges
L'Oiseau des ténèbres
Angle d'attaque
(ouvrage numérique)
Volte-Face
Le Cinquième Témoin
Wonderland Avenue
Intervention suicide
(ouvrage numérique)
Darling Lilly
La Blonde en béton
Ceux qui tombent
Lumière morte
Le Coffre oublié
(ouvrage numérique)
Dans la ville en feu
Le Poète
Los Angeles River
La Glace noire
Mulholland, vue plongeante
(ouvrage numérique)
Les Dieux du verdict
Billy Ratliff, 19 ans
(ouvrage numérique)
Mariachi Plaza
Deuil interdit
Le Cadavre dans la Rolls
Jusqu'à l'impensable
Le Dernier Coyote
Créance de sang
Sur un mauvais adieu
La Défense Lincoln
Chronique du crime
Echo Park
En attendant le jour
Une vérité à deux visages
À genoux
Nuit sombre et sacrée
Incendie nocturne
Le Verdict du plomb

Miles CORWIN
Kind of Blue
Midnight Alley
L.A. Nocturne

Martin CRUZ SMITH
Moscou, cour des Miracles
La Suicidée
Le Pêcheur de nuées

Matt GOLDMAN
Retour à la poussière
Et la glace se fissure

Steve HAMILTON
La Deuxième Vie de Nick Mason

Chuck HOGAN
Tueurs en exil

Melodie JOHNSON HOWE
Miroirs et faux-semblants

Fabienne JOSAPHAT
À l'ombre du Baron

Andrew KLAVAN
Un tout autre homme

Michael KORYTA
La Rivière perdue
Mortels Regards
Le témoin ne répond plus

Stuart MACBRIDE
Surtout, ne pas savoir

Russel D. McLEAN
Ed est mort

Robert McCLURE
Ballade mortelle

Alexandra MARININA
Quand les dieux se moquent

T. Jefferson PARKER
Signé : Allison Murrieta
Les Chiens du désert
La Rivière d'acier

P. J. PARRISH
Une si petite mort
De glace et de sang
La tombe était vide
La Note du loup

George PELECANOS
Une balade dans la nuit
Le Double Portrait
Red Fury
La Dernière Prise
À peine libéré

Henry PORTER
Lumière de fin

James RAYBURN
La Vérité même
L'Otage introuvable

Sam REAVES
Homicide 69

Craig RUSSELL
Lennox
Le Baiser de Glasgow
Un long et noir sommeil

Thom SATTERLEE
Le double était parfait

Roger SMITH
Mélanges de sangs
Blondie et la mort
Le sable était brûlant
Le Piège de Vernon
Pièges et Sacrifices
Un homme à terre
Au milieu de nulle part

p.g.sturges
L'Expéditif
Les Tribulations de l'Expéditif
L'Expéditif à Hollywood
De facto grosso

Peter SWANSON
La Fille au cœur mécanique
Parce qu'ils le méritaient
Chacune de ses peurs

David SWINSON
La Fille de Kenyon Street
Le Chant du crime

Joseph WAMBAUGH
Bienvenue à Hollywood
San Pedro, la nuit

Photocomposition Belle Page

Achevé d'imprimer en janvier 2021
par CPI BRODARD & TAUPIN (72200 La Flèche)
pour le compte des Éditions Calmann-Lévy
21, rue du Montparnasse, 75006 Paris

PAPIER À BASE DE FIBRES CERTIFIÉES

CALMANN LÉVY s'engage pour l'environnement en réduisant l'empreinte carbone de ses livres. Celle de cet exemplaire est de :
950 g éq. CO_2
Rendez-vous sur www.calmann-levy-durable.fr

N° d'éditeur : 6002252/01
N° d'imprimeur : 3041544
Dépôt légal : février 2021
Imprimé en France.